स्वप्न भंग

स्वप्न भंग

रामदरश मिश्र

प्रतिभा प्रतिष्ठान, नई दिल्ली

प्रकाशक : प्रतिभा प्रतिष्ठान,
1661 दखनीराय स्ट्रीट, नेताजी सुभाष मार्ग, नई दिल्ली–110002
 / संस्करण : प्रथम, 2013 / मूल्य : दो सौ रुपए
मुद्रक : भानु प्रिंटर्स, दिल्ली ISBN 978-93-83111-35-0

SWAPAN BHANG *stories by* Ram Darash Mishra Rs. 200.00
Published by Pratibha Pratishthan, 1661 Dakhni Rai Street,
Netaji Subhash Marg, New Delhi-110002

ये कहानियाँ

अपने कहानी-लेखन की यात्रा में मैंने कई लंबी कहानियाँ लिखी हैं। उनमें कुछ कम लंबी हैं, कुछ अधिक लंबी। मेरी कुछ लंबी कहानियाँ ('अकेला मकान', 'पराया शहर', 'निर्णयों के बीच', 'एक अधूरी कहानी', 'आखिरी चिट्ठी', 'आज का दिन भी', 'वसंत का एक दिन') प्रतिभा प्रतिष्ठान से प्रकाशित 'आखिरी चिट्ठी' संग्रह में आ चुकी हैं। वह संग्रह मेरी लंबी कहानियों का पहला भाग भी कहा जा सकता है। शेष लंबी कहानियाँ ('स्वप्न भंग', 'बबुआ', 'दुकान', 'विदूषक', 'सहयात्री', 'होली', 'परिणति', 'दिन के साथ') 'स्वप्न-भंग' संग्रह में दी जा रही हैं। इस संग्रह को मेरी लंबी कहानियों का दूसरा भाग भी कह सकते हैं। इन कहानियों में भी विविध प्रकार के चरित्रों, समस्याओं और स्थितियों को रूपायित किया गया है।

अनुक्रमणिका

विदूषक

जब भी गाँव जाता हूँ, मन में अपने बचपन के सहपाठियों और मित्रों से मिलने की एक अजीब बेचैनी भरी होती है। इस जीवन-यात्रा में कुछ तो नवयौवन के पड़ाव पर ही अभावों से टूटकर गिर पड़े जैसे आँधी में टिकोरे; कुछ बाद में टूटे कुछ बीमारी या अवस्था की लपेट में आ गए। यानी एक-एक कर न जाने कितने चले गए और कितनों से तो (जो दूसरे गाँवों के थे) युगों से भेंट ही नहीं हुई। पता नहीं कौन क्या कर रहा है, जीवित भी है कि नहीं। गाँव के भी कई सहपाठियों से जमाने से भेंट नहीं हुई, क्योंकि वे नौकरी के सिलसिले में बाहर रहते हैं। जब मैं गाँव पहुँचता हूँ तो वे नहीं होते, वे पहुँचते हैं तो मैं नहीं होता। यही स्थिति मेरे बचपन के बहुत जीवंत दोस्त जोगीराय की थी। वे रेलवे में काम करते थे और अपने ढंग से गाँव आते-जाते रहे होंगे। मैं जब भी गाँव पहुँचता (और कितना कम पहुँचता हूँ) उनके बारे में पूछता, 'आए हैं क्या?' उत्तर 'नहीं' में मिलता।

संयोग से इस बार होली के आसपास घर पहुँचा। इस बार पूछा तो ज्ञात हुआ कि वे तो अब नौकरी से रिटायर होकर गाँव में ही रहते हैं। मुझे बहुत प्रसन्नता हुई। मेरे मन में स्कूल के दिन खेलने लगे। हाँ, खेलना कहना ही अधिक संगत होगा, क्योंकि जोगीराय के साहचर्य में समय खेलता हुआ ही अनुभव होता था।

"चाचाजी, जोगीराय को बुला लाऊँ?"

"अरे नहीं, मैं ही मिल लेता हूँ चलकर।"

"आप कहाँ मिलेंगे उनसे? पता नहीं खेत में होंगे या खलिहान में। भैंस चरा रहे होंगे या कहीं गए होंगे। मैं तो जाकर उनके घर सूचना दे दूँगा कि वे आएँ तो जरा भेज दिए जाएँ, और मिल जाएँगे तो क्या बात?"

'जोगीराय विदूषक रहे हैं' यह बात उनके समय के लोगों को तो ज्ञात रही ही है, नई पीढ़ी भी इसकी कुछ-न-कुछ झलक देख चुकी होगी, तभी सभी लोग जोगीराय का नाम आते ही हँसने लगते हैं। इस समय भी सबके चेहरों पर हँसी की एक चमक थी।

भतीजा लौटकर आया तो बताया कि जोगीराय संयोग से मिल गए थे। वे खेत की ओर जा रहे थे। बोले, "अच्छा, तुम्हारे चाचाजी आए हैं? आऊँगा, अभी जरा खेत की ओर जा रहा हूँ।"

जोगीराय से मिले जमाना हो गया था और वे अभी उसी तरह मेरे भीतर छाए हुए थे, इसलिए उनसे मिलने की एक उतावली अनुभव कर रहा था, परंतु जोगीराय शाम तक नहीं आए। रात भी हो गई। एक बार मन में चोट सी लगी—मुझे कितनी ललक है इस आदमी से मिलने की और यह मेरा आना सुनकर भी, बल्कि बुलाए जाने पर भी नहीं आया। पूरा दिन बीत गया। लोग निहायत कामकाजी हो गए हैं। किसी को किसी से मिलने की फुरसत कहाँ है इन दिनों—चाहे कोई बंबई से आए, चाहे दिल्ली से, चाहे सिंगापुर से।...नहीं, जोगीराय ऐसे नहीं हो सकते। किसी जरूरी कामकाज में फँस गए होंगे। आखिर मेरी तरह सभी लोग फुरसत से तो हैं नहीं।

जोगीराय का जीवंत अतीत बार-बार सामने आता था और विश्वास नहीं करने दे रहा था कि इतने ठंडे हो गए हैं कि इतने दिनों बाद अपने बचपन के प्रिय मित्र से मिलने नहीं आ रहे।...और मेरे बार-बार न चाहने पर भी उनका दूर और पास का अतीत मेरे मन पर दस्तक दे रहा था। अपने तमाम दोस्तों के बीच जोगी जोगी थे। उनका व्यक्तित्व तो अलग था ही, उनका पारिवारिक परिवेश भी कुछ अलग था। तमाम गरीब ब्राह्मण घरों के बीच जोगीराय का घर संपन्न कहा जाता था। तमाम कच्चे घरों के बीच उनका पक्का मकान अलग से चमकता था। उनके घर में एक बड़ा सा दढ़ियल बकरा और खूँखार कुत्ता था। हम लोग उनके घर के पास से गुजरने में डरते

थे। उनका कुत्ता भौंकता हुआ खदेड़ लेता था और बकरा भी सामने पड़ने पर खतरा बन जाता था। यानी कई तरह से उस घर की अलग पहचान बन गई थी और उसी तरह जोगीराय भी अपनी खुद की पहचान थे, लेकिन अपने पक्के मकान, कुत्ते, बकरे के आतंक से अलग एक व्यंग्य-विनोद की पहचान। अन्य सारे साथी एक-दूसरे के जैसे दिखाई पड़ सकते थे किंतु जोगीराय बस जोगीराय थे—अपने में मस्त, अवधूत और खिलंदड़। मुझे याद है कि वे पाँच-छह साल की उम्र तक गाँव में नंगे घूमते थे, कोई परवाह नहीं किसी के कुछ कहने-सुनने की। लोग छेड़ते थे तो ये और हँसते थे, रोते हुए घर नहीं भागते थे। कभी मेढक पकड़कर, कभी केंचुआ पकड़कर, कभी हाथ में जोंक लेकर अपने दोस्तों को पकड़ाते थे। वे रोते हुए भागते थे और जोगी हँसते रहते थे। एक बार कोई मोटे पेटवाला अतिथि उनके यहाँ आया। वह दोपहर को सोया हुआ था। मैं जोगीराय के साथ खेलता हुआ उनके घर पहुँचा तो जोगीराय उस अतिथि को देखकर खड़े हो गए और मुसकराते हुए कुछ इशारा करने लगे। मैं समझ नहीं पा रहा था कि वे क्या सोच रहे हैं, क्या करना चाहते हैं। फिर पास से ही एक तिनका ले आए और अतिथि की गहरी ढोंढ़ी में डालकर गुदगुदी करने लगे। मुझे हँसी आ रही थी और डर भी लग रहा था कि जोगीराय खुद तो इसका फल भोगेंगे ही, मुझे भी सहना पड़ेगा। मैंने इशारों से उन्हें मना भी किया किंतु वे मंद-मंद मुसकराते हुए उसकी ढोंढ़ी में तिनका हिलाए जा रहे थे। वह नींद में अटपटापन अनुभव कर रहा था। कुछ देर बाद आजिज जाकर वह मेहमान जाग गया। अधकचरी नींद के नाते उसकी आँखें लाल-लाल थीं। जोगीराय खिलखिलाते हुए अंदर भाग गए। मैं भी डरकर लौट आया। दूसरे दिन जोगीराय मिले तो पूछा, 'क्या हुआ?'

'अरे भाई, बड़ी मार पड़ी। उसने मेरे बाप से कह दिया और मेरी जमकर धुनाई हुई।' कहकर जोगीराय खिलखिलाकर हँसने लगे।

'अरे, तुम मार खाने की कथा सुनाकर इतना हँस रहे हो?'

'अरे, मार न खाई जाए तो फिर छेड़-छाड़ का मजा ही क्या है यार? देख, आज वह सोएगा तो फिर वही करूँगा जो कल किया था। कितना मजा आ रहा था यार, उसकी गहरी ढोंढ़ी में लकड़ी कोंचने में। देखा नहीं, गुदगुदी से उसका मोटा पेट कैसे हिलता था!'

न जाने कितने छोटे-मोटे प्रसंग जोगीराय की हँसी और सजा से भीगे हुए हैं। जोगीराय जो अब गरदन को झटका देते हुए चलते हैं, वह भी उनकी हँसी की ही सजा है। हमारे एक अध्यापक थे। वे रह-रहकर गरदन को झटका देते थे। जोगीराय उन्हें देखते थे, मुसकराते थे और बाद में खिलखिलकर हँसते थे। कहते थे—'कैसा उल्लू मास्टर मिला है हम लोगों को, गरदन यों फेंकता है जैसे उसे मिरगी आ रही हो।' जोगीराय पढ़ने में बहुत सामान्य थे। क्लास में मास्टरों के पूछने पर सही जवाब नहीं दे पाते थे, इसलिए पिटते भी थे। उस दिन गरदन-झटक मास्टर की क्लास में हम बैठे हुए थे। उसने मार्क कर लिया कि जोगी उसकी गरदन झटक देखकर मुसकरा रहा है। गुस्से में उसने कोई सवाल पूछ दिया। जोगीराय ने उसी तरह गरदन झटकते हुए कहा कि जवाब नहीं सूझ रहा है। फिर क्या था, उन पर गरदन-झटक मास्टर का गुस्सा उतरना ही था। जब हम लोग छुट्टी में घर लौट रहे थे तो हमने कहा, 'हाय, बेचारे जोगी को बड़ी मार पड़ गई।' जोगी खिलखिलाकर सामने आ गए—'अरे यार! छोड़ो मार-वार की। जो मजा उसे चिढ़ाने में आया, उसके बारे में सोचो।' और जोगी बार-बार गरदन झटककर दोस्तों का मनोरंजन करने लगे। फिर तो यह उनका शगल हो गया और कुछ दिनों बाद स्वयं उनकी आदत पड़ गई। अब वे झटके पर झटका देते हुए चलते रहते हैं।

जोगीराय तथा उन जैसे लोगों के बारे में बाद में सोचता रहा हूँ कि उन्हें अवसर मिला होता तो क्या उनकी यह व्यंग्य-विधायिनी प्रतिभा साहित्य में चमकी न होती, जो बचपन या युवावस्था में एक हलके-फुलके विनोद और शरारत के रूप में ली जाती रही है। जोगीराय जिस तरह व्यंग्य-विनोद की कथाएँ गढ़ते थे, उससे उनके भीतर छिपी हुई शक्ति के संकेत मिलते थे। उन्हें अवसर मिला होता तो क्या वे दूसरे हरिशंकर परसाई नहीं बने होते। उनके व्यंग्य-विनोद अपने आसपास की जीवंत स्थितियों एवं चरित्रों से फूटते थे और सबसे बड़ी बात यह थी कि वे स्वयं अपने व्यंग्य-विनोद को जीते थे, उनके परिणामों को हँसते-मुसकराते झेलते थे। बल्कि उनकी मान्यता थी कि व्यंग्य-विनोद करने का मजा ही क्या, यदि उसकी सजा न मिले। अब तो आलम यह है कि बड़े-से-बड़े व्यंग्यकार सुरक्षित होकर व्यंग्य करते हैं। यानी वे चाहते हैं कि वे दूसरों पर चोट तो करें किंतु वे स्वयं सुरक्षित रहें। यदि

उन्हें कोई प्रतिफल भोगना पड़ता है तो साहित्य में हाय-तौबा मच जाता है। जोगीराय किसी पर हमला नहीं करते थे, बस विनोद करते थे और जीते थे।

हम लोगों के एक सहपाठी थे इंद्रासन। वे वैसे तो शक्तिशाली थे, किंतु थोड़े स्त्रैण स्वभाव के थे। उनकी चाल में, उनकी बोली में जनानापन था। एक दिन जोगीराय ने दोस्तों के बीच उड़ा दिया कि इंद्रासन साड़ी और टिकरी केरैया (माथे पर पहनने का एक गहना) पहनकर लड़कियों के साथ गीत गाते जा रहे थे।

'धत! लबार कहीं का, अंडबंड बकता रहता है।' हममें से किसी ने डाँटा।

'अरे, आप लोग झूठ मान रहे हैं? उन्होंने यह टिकरी केरैया तो खासतौर पर कलकत्ता से अपने चाचा से मँगाई है।' जोगी हँसने लगा।

'कलकत्ता से?'

'हाँ, आप लोग नहीं जानते? अरे, इस बार जब इंद्रासन के चाचा कलकत्ता जाने लगे तो उन्होंने पूछा, 'अरे, इंद्रासन इस बार आऊँगा तो तुम्हारे लिए क्या-क्या लाऊँ?'

इंद्रासन चुप रहे तो चाचा ने पूछा, 'धोती-कुर्ता?'

इंद्रासन चुप।

'जूता, टोपी?'

इंद्रासन चुप।

'छाता, घड़ी, कलम-कुछ तो बोलो।'

इंद्रासन चुप रहे तो चाचा ने जोर देकर कहा, 'अरे बोलता क्यों नहीं?'

एकाएक हाथ चमकाते हुए इंद्रासन बोल पड़े—'ए चाचा, मेरे लिए तो लाइएगा टिकरी केरैया रैया रैया रैया…'

जोगी ने जो नकल करके बताया तो सभी हँसते-हँसते लोटपोट हो गए।

'तो क्या हुआ?'

फिर तो चाचा ने इंद्रासन की पीठ पर एक लात मारकर कहा, 'भाग साला जनाना! हमारे घर में तुम्हीं को पैदा होना था।'

'तो फिर क्या टिकरी केरैया भेजा उन्होंने?'

'अरे वे काहे को भेजते?'

'तुम्हीं तो कह रहे थे कि कलकत्ता से मँगाई हुई टिकरी केरैया पहनकर वे गा-बजा रहे थे।'

'हाँ, वे लड़कियों से कह तो यही रहे हैं कि यह कलकत्ता से आई है, लेकिन उन्होंने यहीं के सोनार से बनवा ली है। सोनार मुझसे बता रहा था।'

कुछ दिनों बाद हम लोग शाम को खेत में रामलीला का खेल खेलने के लिए जुटे। यह तय होने लगा है कि कौन क्या बनेगा? और सारे पार्ट तो बँट गए, कोई सीता बनने को तैयार नहीं था। यहाँ तक कि इंद्रासन भी नहीं। वे लक्ष्मण बनने की जिद कर रहे थे। हममें से किसी ने कहा—

'अरे भाई, तुम जिस योग्य हो उसका पार्ट लो। तुम तो लड़कियों के बीच साड़ी पहनकर गाते-बजाते हो और तुम्हारे पास कलकत्ता से मँगाई गई टिकरी केरैया भी है। तुम यह सब पहनकर सीता के रोल में खूब जमोगे।'

इंद्रासन उत्तेजित हो गया और झगड़ा करने के लिए तैयार हो गया तो उस लड़के ने कहा, 'मुझसे क्यों झगड़ते हो, जिस आदमी ने यह सूचना दी है, उससे निबटो।'

और उसके बाद कई दिन तक गाली देते हुए इंद्रासन जोगीराय को खोजते रहे और जोगीराय छिप-छिपकर बचते रहे और हँसते रहे। पूरे गाँव में हल्ला हो गया टिकरी केरैया का। इंद्रासन जहाँ से गुजरते, किसी गली से आवाज आती—टिकरी केरैया रैया रैया रैया! फिर तो इंद्रासन ने तंग आकर खुद ही जोगीराय का पीछा करना छोड़ दिया।

मेरे एक सहपाठी थे रामलाल। एक दिन देखा कि वे गाली देते हुए जोगीराय को खदेड़ रहे हैं और जोगीराय हँसते हुए भाग रहे हैं। मैं पहुँच गया और रामलाल को पकड़ लिया। और भी लड़के जुट आए। जोगीराय थोड़ी दूर पर खड़े मुसकरा रहे थे। मैंने पूछा, 'बात क्या है भाई? इस तरह जोगीराय पर खफा क्यों हो?'

'बात क्या है, यह जोकर साला कुछ-न-कुछ गढ़ता रहता है।'

'आखिर हुआ क्या?'

एक लड़के ने बताया कि जोगीराय कह रहा था कि पिछले साल जब तिरबेनी और हरेकृष्ण बाबा प्रयाग नहाने गए थे तो…।

'हाँ तो, तो क्या?'

'हरेकृष्ण बाबा ने जैसे ही पानी में डुबकी मारी—चिल्ला उठे 'जय तिरबेनी जी!' तिरबेनी बाबा घाट पर खड़े थे। वे डरकर चिल्लाए, 'का हो गया भइया!' उन्हें लगा कि हरेकृष्ण बाबा डूब रहे हैं और तिरबेनी बाबा को बुला रहे हैं। उन्होंने आव देखा न ताव, पानी में कूद पड़े, चिल्लाते हुए 'हरेकृष्ण, हरेकृष्ण, हरेकृष्ण!' लोगों ने समझा कोई भक्त है, जो कृष्ण का नाम लेकर चिल्ला रहा है हरेकृष्ण-हरेकृष्ण। उधर हरेकृष्ण बाबा ने देखा कि तिरबेनी बाबा पानी में कूदकर उनका नाम पुकार रहे हैं तो वे चिल्लाने लगे—'तिरबेनीजी, तिरबेनीजी!' फिर तो चारों ओर शोर मच गया—तिरबेनी जी, हरेकृष्ण···हरेकृष्ण, हरेकृष्ण···।'

'अरे भाई! इस साले ने कैसी कहानी गढ़ी है मेरे पिता और चाचा के नाम पर। सच यह है कि ये लोग कभी प्रयाग नहाने गए ही नहीं और मेरे पिता हरेकृष्ण को भइया कहेंगे? वे तो उनसे बड़े हैं।' रामलाल गुस्से में हाँफ रहा था। मुझे हँसी आ रही थी। मैंने कहा, 'अरे भाई रामलाल, इसमें इतना गुस्सा होने की क्या बात है? जोगी ने कोई गाली तो नहीं न दी, आपके पिताजी और चाचाजी को प्रयागराज में नहला ही रहा है। यह तो पुण्य का काम कर रहा है।' अब रामलाल की समझ में बात आई तो चुप हो गया। मैंने जोगी को भी बुलाया। वह मुसकराता हुआ आया। उसकी मुसकराहट देखकर रामलाल फिर बौखलाने को हुआ कि मैंने शांत कर दिया। बच्चे भी हँसने लगे। मैं वहाँ से अलग हुआ तो सोचने लगा कि तिरबेनी बाबा और हरेकृष्ण बाबा ने प्रयाग स्नान किया हो या न किया हो, जोगीराय ने हम सबको प्रसन्नता के प्रयाग में स्नान जरूर करा दिया।

इसी तरह की यादों में खोए-खोए न जाने कब नींद आ गई। जोगीराय दूसरे दिन भी मिलने नहीं आए और जब कभी मैं उनसे मिलने की बात करता तो भतीजा कहता, 'वे मिलेंगे नहीं। रुकिए, पहले देख तो आऊँ।' और आकर बताता कि ''वे घर पर नहीं हैं।' कई दिन तक यह घटना दुहराई गई तो भतीजा झल्लाकर बोला, ''छोड़िए चाचाजी, आप क्यों इस नाचीज के लिए इतने बेचैन हैं? आप जैसा बड़ा आदमी इस जैसे घसकट्टे से मिलने के लिए आतुर है और यह है कि उसे घास काटने से फुरसत नहीं मिलती?''

"अरे ऐसा मत कहो। सबका अपना-अपना महत्त्व होता है। कोई बड़ा होता है तो अपने घर का होता है। छोटे उससे दान लेने तो नहीं आते। सबके काम का अपना-अपना महत्त्व होता है। हो सकता है, जोगीराय आवश्यक कामों में फँसे हुए हों।"

"छोड़िए चाचाजी, अरे जो आवश्यक काम सबको है, वही उसको भी है। आखिर जिन लोगों को आपसे मिलना अच्छा लगा, वे अपने उन्हीं कामों के बीच से तो आए। हो सकता है कि जोगी को अब आपसे मिलना अच्छा न लग रहा हो।"

"हाँ, होने को तो कुछ भी हो सकता है।" मैंने कह तो दिया किंतु जोगीराय जिस रूप में मेरे भीतर थे, उसे महसूस करते हुए विश्वास नहीं हो रहा था कि उन्हें मुझसे मिलना अच्छा नहीं लग रहा होगा।

आखिर तीसरे दिन शाम को जोगीराय आए। दुआ-सलाम हुआ। उन्होंने आते ही अपनी विवशता की कहानी कहते हुए देर से आने की माफी भी माँगी।

"बहुत दिन बाद आप से भेंट हो रही है, जोगी भाई! एक जमाना गुजर गया। आपको देखते हुए बचपन की कितनी बातें याद आ गईं बल्कि यों कहिए कि जब से मैं गाँव आया हूँ और आपसे मिलने की संभावना बनी है, तभी से उन बातों में खोया हुआ हूँ।"

जोगीराय मुसकराए और बोले, "हाँ श्रीधर भाई, वे दिन भी क्या दिन थे!" कहकर उन्होंने मेरे बचपन की कुछ शरारतों का उल्लेख कर दिया और वहाँ बैठे लोग हँसने लगे।

"कैसे रहे जोगीराय? बहुत दिनों बाद भेंट हो रही है न। कैसे हैं घर-परिवार के लोग? बचपन की मस्ती इस यात्रा में कहीं छूट गई कि साथ चलती रही?"

"बचपन की मस्ती बचपन की मस्ती होती है, भाई साहब! जब तक माँ-बाप जीवित होते हैं, अपने ऊपर कोई जिम्मेदारी नहीं होती। बपई के मरने के बाद तो सारा बोझ मेरे ही ऊपर आ गया न? रेहन के खेतों से हम बड़े खेतवाले थे। लोगों ने रेहन के खेत छुड़ा लिये। फिर पहले तो पिताजी और उनके भाई लोग साथ थे, अतः खेत काफी लगते थे। सब अलग हो गए तो

खेतों की औकात समझ में आई। अपने खेतों से काम चलाना मुश्किल हो गया। नौकरी खोजने लगा। पढ़ाई तो दरजा सात के बाद ही छूट गई थी। कोई लिखने-पढ़ने की नौकरी तो मिलने से रही, किसी तरह रेलवे में नौकरी मिली लेबर की। बस वहीं से थोड़ी-बहुत तरक्की करता हुआ कुछ ऊपर उठा। खलासी बन गया।''

''चलिए, नौकरी छोटी भी हो तो एक स्थायी सहारा बन ही जाता है।''

''क्या सहारा बनेगा भाई साहब, छोटी सी तनख्वाह में क्या सहारा बनेगा? घर पर पत्नी थी, पाँच बच्चे थे, जिनमें चार बेटियाँ थीं और एक बेटा संजय। और सारे खर्चे छोड़ दीजिए, केवल चार-चार बेटियों के विवाह का ही खर्चा जोड़ लीजिए तो हाथ-पाँव फूल जाएँ। दो-दो जगह गृहस्थी।'' आखिर छोटी तनख्वाह में क्या-क्या करता? बेटा संतानों में बड़ा था। सोचता था कि उसे अपने पास बुलाकर लिखाऊँ-पढ़ाऊँ, लेकिन घर पर चार लड़कियों के साथ मेरी औरत कैसे रहती? कोई पुरुष नाम का प्राणी तो वहाँ होना ही चाहिए था।''

मैंने अनुभव किया कि जोगीराय कुछ गमगीन हो गए। एकाएक हँसे। शायद उन्हें लगा कि उनकी ख्याति हँसने-हँसाने की रही है, उन्हें गमगीन नहीं होना चाहिए। इसलिए उन्होंने अपने भारीपन को झटककर फेंक दिया और अपनी सहज गरदन-हिलाऊ मुद्रा को कुछ तेज करते हुए हँसकर बोले, ''लेकिन भाई साहब, मैंने भी कमाई-धमाई का कुछ रास्ता निकाल ही लिया था। व्यापारी लोग अपना माल छुड़ाने माल गोदाम में आते थे तो उनका सामान खोजता था, यानी खोजने का बहाना करता था। सामान दिखाई पड़ गया तो उसे उठाकर ऐसी जगह फेंक देता था कि खोजते रहो, दिखाई ही न पड़े। और आकर कहता था—'पता नहीं माल कहाँ पड़ा है, भीड़ में मिल नहीं रहा है। आज खोजे रहूँगा, कल-परसों आइएगा।' व्यापारियों के हाथ-पाँव फूल जाते थे—

'अरे नहीं भाई, हमारा बड़ा हर्ज हो जाएगा। कुछ करो भाई।'

'क्या करूँ? सामान पैदा करूँ? अब जाने कहाँ दबा पड़ा है, कुछ माल छँटेगा तो उसका पता चलेगा।'

'अरे नहीं-नहीं, कुछ कीजिए, कुछ कीजिए।' इसका मतलब वे भी

समझते थे, हम भी—यानी मेरे साथ काम करनेवाले सभी लोग। और जब व्यापारीजी कुछ पान-फूल चढ़ाते थे तो उनका सामान खोज निकालने का नाटक करता था। बस ऐसी ही छोटी-छोटी ठगी करके कुछ कमा लेता था।''

इतना कहकर जोगीराय जोर से हँसे। और मुझे लगा कि जोगीराय अभी भी हँसते हैं, लेकिन उनकी हँसी का संदर्भ कितना बदल गया है। तब अपना खोकर हँसते थे, अब पाकर हँसते हैं।

लगा—जैसे मेरे भीतर का सवाल उनसे टकरा गया। वे बोले, ''नहीं भाई साहब, इसमें अनुचित बात कोई नहीं थी। अरे वे व्यापारी न जाने कितना कमाते हैं गरीब लोगों को ठग-ठगकर। मैंने अपना पेट भरने के लिए थोड़ा ठग लिया तो क्या बुरा किया? न ठगता तो मेरा घर कब का उजड़ गया होता। यह क्या पाप है भाई साहब?''

''नहीं-नहीं, ठीक ही किया। लाखों-करोड़ों कमाने के लिए जो लोग दूसरों का खून चूसते हैं, उनकी कमाई में से अपनी दो रोटी के लिए पैसे खींच लेना कोई पाप नहीं है, यह तो जीवन की रक्षा है और जीवन की रक्षा पाप नहीं होती।''

फिर एक गंभीर चुप्पी बीच में आ गई थी। मैंने तोड़ी—''होली को दो दिन रह गए हैं जोगी भाई। याद है न अपने बचपन और जवानी के दिनों की होली। और सब लोग जो करते थे, करते ही थे किंतु तुम तो फागुन की मस्ती के प्रतीक बन जाते थे। बाप रे बाप! फागुनी हवा की तरह किस-किस से छेड़-छाड़, किस-किसकी चीजों से छेड़-छाड़, क्या-क्या स्वाँग, क्या-क्या झूठे किस्से-कहानियाँ, गाना-बजाना, नाचना-कूदना, चिढ़नेवाले लोगों पर छिप-छिपकर पानी डालना, कीचड़ और धूल फेंकना, और गनपति बाबा की तो शामत आ जाती थी। वे तो तुमसे भागते फिरते थे, लेकिन रह-रहकर तुम्हारे नाटक की लपेट में आ ही जाते थे।''

जोगीराय मुसकराए, फिर गमगीन हो गए, बोले, ''हाँ भाई साहब, मेरी-उनकी जुगलबंदी खूब चलती थी। गालियाँ तो खूब देते थे लेकिन मुझे प्यार भी करते थे, इसलिए दूर हो-होकर भी मेरे पास आ जाते थे। वे मेरी छेड़-छाड़ पर गालियाँ तो देते ही थे, हँसी-मजाक का जवाब भी खूब देते थे। देखिए वे कितने बुजुर्ग थे और मैं कितनी छोटी अवस्था का, लेकिन ऐसा

लगता था कि मेरी–उनकी यारी हो। उनकी याद आती है तो मन रोने लगता है। मेरा हँसी–मजाक उनके लिए दो बार घातक सिद्ध होते–होते बचा। उसके बाद तो मैंने कान पकड़ लिया और उनसे छेड़–छाड़ बंद कर दी, लेकिन उन्होंने बुरा नहीं माना और वे विशेषतया जब मैं फागुन में घर आता था, मुझे पूछते हुए मेरे पास चले आते थे और अपनी रौ में बहने लगते थे।''

''वे दो घटनाएँ क्या थीं जोगी भाई, जरा मुझे भी तो बताइए।''

''एक घटना तो सावन की है। हम दोनों बाजार से साथ ही आ रहे थे। बाढ़ आकर हटी थी। घर और बाजार के बीच एक नाला पड़ता था। वह हर बरसात में खूब भर जाता था। इस बार तो खैर बाढ़ ही आई थी। एक दूसरा रास्ता भी था, जो लंबा था। मैंने गनपति बाबा से कहा, 'बाबा, कहाँ लंबे रास्ते से घर जाइएगा, चलिए नाले में से चलते हैं।'

वे बोले, 'अरे पागल हो गए हो। उसमें छाती भर पानी है और धारा भी तेज है। मेरे पाँव कहीं फिसल गए तो? मुझे तैरना भी नहीं आता है।'

'अरे बाबा, आपको कुछ नहीं करना पड़ेगा। बात यह है बाबा, जब मैं कई साल पहले खूब बीमार पड़ा था तो मेरी औरत ने मनौती मानी थी कि मेरे स्वामी अगर अच्छे हो गए तो किसी बाभन को अपने कंधे पर बिठाकर नदी–नाला पार कराएँगे। सो बाबा, उस मनौती को पूरा करने का इससे अच्छा अवसर क्या होगा? मेरे बड़े पुण्य जागे हैं कि आपके साथ आज बाजार से लौट रहा हूँ।'

गनपति बाबा तैयार हो गए। उन्हें कंधे पर बिठा लिया और ज्यों ही बीच धारा में गया, मैं डुबकी मारकर अलग हो गया और वे पानी में चित्त हो गए। मैं कुछ दूर हटकर खिलखिलाने लगा और वे पानी में डूबने–उतरने लगे। फिर मुझे होश आया कि अरे मैंने क्या कर दिया? जाकर उन्हें पकड़ा और खींचकर धारा से बाहर ले आया। बाबा ने खूब गालियाँ दीं। मैंने कुछ नहीं कहा किंतु रातभर मेरी आत्मा धिक्कारती रही कि यह कौन सा मजाक है, कहीं वे डूब गए होते तो? अब तक तो तुम अपने मजाक के लिए खुद को सजा देते रहे हो जोगी, अब दूसरों को सजा देकर मजाक का मजा ले रहे हो? उसी दिन तय किया कि अब बाबा से छेड़–छाड़ नहीं करूँगा—खासतौर पर इस तरह की छेड़–छाड़।'' जोगीराय चुप हो गए, लगा जैसे उसी पुराने पश्चात्ताप

के गम में उतर गए हों।

"लेकिन आदत आसानी से नहीं जाती भाई साहब; और फागुन ससुरा तो आकर न जाने कब मेरी उस आदत को उकसाने लगता था। याद है वह साल। मैं नौकरी से आया हुआ था और अपने खलिहान में बैठा हुआ था। गनपति बाबा मुझे खोजते हुए आ गए थे, कुछ और लोग भी आ गए। वैसे तो लोगों को भी मेरी चुहलबाजी का आकर्षण खींच लाता था, लेकिन जब वे गनपति बाबा को मेरे साथ देखते थे तो हुलसित हो जाते थे। सो और लोग भी आ गए। वहाँ पेड़ की एक डाल रखी थी, जिसका बीच का भाग जमीन पर था और दोनों सिरे जमीन से उठे हुए थे। मैं उसके एक सिरे पर बैठा, दूसरे पर आग्रहपूर्वक गनपति बाबा को बैठा दिया, इसलिए संतुलन कायम था। मेरे न चाहते हुए भी छेड़-छाड़ शुरू हो गई। कुछ लोगों ने उकसाया, कुछ गनपति बाबा के हँसी-मजाक ने। देखते-देखते फागुन का वातावरण गहरा हो उठा। किसी मजाक से छिड़कर गनपति बाबा जोश में आए ही थे कि मैं डाल पर से उठ गया। डाल का संतुलन बिगड़ा और गनपति बाबा दूर जा गिरे। लोग हो-हो करके हँसने लगे, लेकिन जब गनपति बाबा के कराहने की आवाज आई तो हमने झपटकर उन्हें उठाया। मालूम पड़ा, उनके पाँव में काफी चोट आई है। मैं बहुत दुःखी हुआ, कई दिन तक मैं अपने को धिक्कारता रहा और दुबारा तय किया कि अब इनसे मजाक नहीं करूँगा।"

फिर एक चुप्पी छा गई। कुछ क्षण बाद मैंने पूछा, "अब तो घर की जिम्मेदारियों से मुक्त हो गए होंगे।"

"हाँ, एक तरह से हो गया हूँ! चार बेटियाँ थीं, सभी ब्याह दी गईं।"

"और बेटा संजय क्या करता है?" मैंने पूछा।

वे चुप रहे और लगा कि धीरे-धीरे भारी हो रहे हैं। फिर उनकी आँखों से टप-टप आँसू गिरने लगे। मैं चकित सा उन्हें देखता रहा। अरे, मैंने क्या कह दिया कि इनका यह हाल हो गया।

जोगीराय चुप ही रहे और लगता था कि वे अपनी रुलाई को चाँप रहे हैं, किंतु भतीजे ने कहा, "चाचाजी, इनके साथ तो बड़ा बुरा हुआ। दो साल पहले इनका इकलौता जवान बेटा चल बसा।"

"ओह, माफ करना जोगी भाई, मैंने आपके दर्द को छेड़ दिया।" आगे

कुछ पूछने की हिम्मत नहीं हुई; यद्यपि पूछना चाहता था कि कैसे क्या हो गया। फिर भतीजा ही बोला, ''चाचाजी, संजय एक जलते हुए घर में कूद पड़ा था। होली के दिन गनपति बाबा के घर में किसी ने आग लगा दी थी। उनका पोता मकान में फँस गया था। सभी लोग बाहर खड़े होकर चिल्ला रहे थे, लेकिन भीतर कोई नहीं पैठ रहा था। संजय ने बच्चे को तो बचा लिया, लेकिन खुद को नहीं बचा सका।''

''अरे! यह तो बहुत दर्दनाक हादसा हुआ।''

जोगीराय सँभल चुके थे, वे बोले, ''भाई साहब, मैंने बहुत चाहा कि संजय कुछ पढ़-लिख ले, लेकिन वह पढ़ाई-लिखाई में मेरा बाप निकला। मैंने सात पास कर लिया था, उसने यह भी नहीं किया। उसे लेकर मैं बेहद परेशान रहा और कभी-कभी सोचता था कि मेरे साथ न रहने के कारण वह आवारा निकल गया। क्या करता? नौकरी छोड़कर घर तो नहीं न बैठता। सोच लिया कि कोई बात नहीं, पढ़ाई के खयाल से निकम्मा ही सही, गाँव की घर-गृहस्थी तो सँभालेगा ही। कुछ खेत मैंने और खरीद लिये थे और संतोष था कि इससे बेटे का काम चल जाएगा। दो भैंसें भी खरीद दी थीं, दूध पिएगा और बेचेगा भी। शादी भी कर दी।''

''संतानें भी होंगी ही।''

''हाँ, दो बेटियाँ ही हैं। मैं अपनी बेटियों की शादी करके निश्चिंत हुआ था, लेकिन बताइए, जवान बहू, दो-दो पोतियाँ अब क्या करूँ?''

मैं क्या कहता, चुप रहा।

''भाई साहब, मैंने चाहा कि भैंसों को बेच दूँ, कौन बवाल पाले इस बुढ़ौती में। लेकिन संजय का बड़ा गहरा लगाव था इन भैंसों से। इसलिए इन्हें बेच नहीं पाता। अपने को उनके साथ लगा दिया। उन्हें चराने के लिए यहाँ-वहाँ निकल जाता हूँ। इससे मन भी बहलता है और लगता है संजय मेरे साथ है।''

मन बहुत भारी हो आया था। लगता था रो दूँगा। एक व्यंग्य-विनोद के जीवंत व्यक्तित्व का इस तरह टूटना मुझे तोड़ रहा था।

''लेकिन भाई साहब!'' जोगीराय के स्वर में एक ऊर्जा सी महसूस हुई। मैंने सिर उठाकर उन्हें देखा। ''मैं संजय को बहुत निकम्मा और मूर्ख

कहता रहा। न जाने किन–किन शब्दों से उसे कोसता रहा, लेकिन उसने गनपति बाबा के पोते की जान बचाकर मेरा सिर ऊँचा कर दिया। बेटे के, और वह भी इकलौते बेटे के मरने के गम का आरपार नहीं है, लेकिन वह इस तरह मरकर मेरा सिर ऊँचा कर गया। और विडंबना देखिए कि अपने को लायक कहने वाला जोगीराय जिंदगी भर छेड़–छाड़कर गनपति बाबा को दुःखी ही करता रहा और उसके नालायक बेटे ने गनपति बाबा के पोते को बचाने के लिए अपनी जान दे दी।'' जोगीराय ठठाकर हँसे तो मैंने उस हँसी को पहचानने की कोशिश की।

''भाई साहब, देखिए इस गाँव में अब होली नहीं होती, उसकी छूत छुड़ाई जाती है। देखिए, दो दिन रह गए होली को, सम्मति नहीं गड़ी लेकिन आप आ गए हैं तो होली जमकर होगी। आपके साथ जोगीराय फिर एक बार जोगीराय बनेगा। और सुनो भाइयो, आज के लड़कों को छोड़ो, चलो अभी मेरे साथ चलो, सम्मति गाड़ते हैं, सम्मति बटोरते हैं और नाचते हैं, गाते हैं।''

साथ बैठे कुछ लोगों को पकड़े हुए जोगीराय वहाँ से चल पड़े। वे एक जोगीड़ा गा रहे थे। उनके स्वर में कुछ स्वर मिलने लगे। मैं भी साथ हो लिया। मैं सब देखता रहा और यह नहीं समझ पा रहा था कि जोगीराय के दर्द से उल्लास फूट रहा है या उल्लास से दर्द।

□

बबुआ

इस बार बहुत दिनों बाद गाँव आया था। घर के दरवाजे पर बैठा ही था कि देखा, कोई व्यक्ति मेरे कोले की ओर से हाथ के बल जमीन पर सरकता चला आ रहा है।

''अरे, ये तो बबुआ लग रहे हैं।'' मैंने पास खड़ी माँ से कहा।

''हाँ बेटे, वही हैं।''

''यह क्या हो गया और कब?''

''दो महीना पहले ये तुम्हारे ननिहाल गए हुए थे, सरजूजी में माघी अमावस्या नहाने के लिए। आधी रात को पेशाब करने उठे तो उन्हें लगा जैसे किसी ने पीछे से जोर से धक्का मारा हो और ये ओसारे के नीचे गिर पड़े। लाद-फाँदकर लाए गए। धीरे-धीरे अब हाथ के बल चलने लगे हैं।''

''यह तो लकवे का हमला था। तुम लोगों ने लिखा नहीं।''

''तुम्हारे भइया ने लिखा तो था। लगता है, तुम्हें चिट्ठी मिली नहीं। वैसे तुम्हारे भइया यह भी कहते हैं कि दूर-दराज पड़े हुए आदमी की अपनी ही समस्याएँ काफी होती हैं, यहाँ से क्यों हर दुःख-दर्द का बोझ उस पर लादा जाए। वह वहाँ क्या-क्या झेलता होगा, हम लोग उसके लिए कुछ कर पाते हैं क्या?''

मुझे लगा कि भइया ने चिट्ठी नहीं लिखी होगी। उन्हें लगा होगा कि क्यों यह समाचार देकर मुझे परेशान किया जाए।

बबुआ पास आ गए थे। मैंने उठकर उनके पाँव छुए।

''कैसे रहे बाबू?'' उन्होंने अपनी पूर्व परिचित ठनकती आवाज में पूछा।

मैं खुशी से बोल पड़ा, ''भगवान् का लाख-लाख शुक्र है कि आपकी आवाज सही-सलामत है।''

''हाँ सो तो है, तुम अपनी कहो। बहू कैसी है, बाल-बच्चे कैसे हैं? दिन-रात तुम्हारी ही चिंता लगी रहती है।''

''सभी ठीक हैं बबुआ, बस आपको इस हालत में देखकर न जाने कैसा-कैसा लग रहा है।''

''तुम्हें देखने का बहुत मन हो रहा था। इस हालत में पता नहीं कब लुढ़क जाऊँ। तुम आ गए हो, जी को बहुत संतोष मिल रहा है।''

तब तक भाई साहब आ गए। मुझे देखते ही खुशी से चिल्ला उठे— ''अरे तुम कब आए? न चिट्ठी न पत्री।''

''अभी-अभी तो आया हूँ। और विश्वविद्यालय के काम से एकाएक आना पड़ गया।'' कुछ पल के लिए मौन छाया रहा।

''आते ही बबुआ को इस हाल में देखा तो न जाने कैसा-कैसा लगा। मुझे तो इस घटना का पता ही नहीं चला। आपने चिट्ठी लिखी थी, वह मुझे नहीं मिली।''

भइया यों चुप रहे जैसे उन पर कोई प्रतिक्रिया ही नहीं हुई और मुझे लग गया कि शायद उन्होंने चिट्ठी लिखी ही नहीं थी।

''अरे क्या चिट्ठी, क्या पत्री, जब कोई खुद ही अपनी जान देने पर तुल जाए तो क्या किया जाए।'' भइया ने कहा।

'यानी' के भाव से मैं उन्हें देखता रहा।

''जिंदगी भर तो ये घर-गृहस्थी, खेती-बारी को बरबाद करते हुए आवारागर्दी करते रहे, कभी इस मेले में, कभी उस मेले में, कभी इस रिश्तेदार के यहाँ, कभी उस रिश्तेदार के यहाँ, कभी इस बाजार, कभी उस बाजार, कभी इसकी बारात में, कभी उसकी बारात में, कभी इस चेले के यहाँ, कभी उसे चेले के यहाँ, कभी मेले में हनुमान बन रहे हैं, कभी चौताल की प्रतिस्पर्धा में भाग लेने के लिए इस गाँव या उस गाँव भागे जा रहे हैं। अब इस उम्र में भी

इनका जी नहीं मानता तो कोई क्या करे? मैंने बहुत मना किया था कि ठंडक बहुत है, मत जाइए अमावस्या नहाने, लेकिन काहे को? जरूर जाएँगे और अमावस्या नहाने का तो बहाना था, असल बात थी ससुराल करने की। अब जो बहुत अपेल करेगा वह भोगेगा ही।''

''देखा बेटे, यही इनका काम रह गया है। इधर से आएँगे तो हूँसा, उधर से आएँगे तो हूँसा। बस जिंदगी भर ये मुझे हूँसा ही देते रह गए। कभी प्यार से दो शब्द नहीं बोले।'' पिताजी बोले। उनकी आँखें भर आई थीं।

''क्या प्यार से बोलूँ? मैं नौकरी में था तो इस परिवार के विकास के लिए पेट काट-काटकर पैसे भेजता रहा और जब कभी घर आता था तो मालूम पड़ता था कि पिताजी महाराज कहीं गाने-बजाने या रिश्तेदारी में गए हुए हैं। खेत परती पड़े हैं या फसल खेत में सूख रही है, बैल सूखकर आधा हो गए हैं, मकान टूट-फूट रहा है और पैसों का कोई हिसाब-किताब ही नहीं।''

मैं सोचने लगा कि भइया सही कह रहे हैं। और सोचते-सोचते बबुआ के प्रति कटु होने लगा कि एकाएक चौंका। भइया और बबुआ एक-दूसरे पर बरस रहे थे, तड़का-तड़की हो रही थी। फिर माँ ने ही भइया को डाँटा— ''अरे क्या पुरानी रट लगाए रहते हो। इतने दिनों पर छोटा भाई आया है और तुम दोनों बाप-बेटे अपनी-अपनी रागिनी अलापने लगे।''

''ठीक है, मैं जा रहा हूँ अपनी जगह पर। मैं तो बाबू का आना सुनकर आया था—अपना सुख-दुःख कहने, लेकिन वे भी चुप हैं तो मैं जा रहा हूँ।'' वे झटके से मुड़े और हाथ के बल घिसटते हुए कोले की ओर चल पड़े। मैं अजीब हालत में था, दोनों मेरे आदरणीय, किसे क्या कहूँ?

''किस चक्कर में पड़ गए बेटे! थके-माँदे आए हो, चलो नहाओ-धोओ, खाओ-पीओ, आराम करो। इन बाप-बेटे में तो यह रोज का कौआरौर है।'' माँ ने कहा। भइया समय की नजाकत समझकर चुप रहे और मैं नहाने चला गया। नहा-धोकर भइया के साथ खाना खाने बैठा तो एकाएक बोल पड़ा—''और बबुआ?''

''उनके लिए खाना कोले में चला जाता है। बात यह है कि दरवाजे पर से शौच के लिए कुछ दूर जाने में उन्हें दिक्कत होती है, इसलिए कोले की

झोंपड़ी में उनका निवास हो गया है। पास में गड़ही है, अतः उन्हें सब काम करने में सुविधा होती है। हाँ, जब इच्छा होती है तो खाने के लिए दरवाजे पर चले आते हैं और नहीं इच्छा होती है तो खाना वहीं चला जाता है।'' माँ ने कहा।

''और नहाना?''

''कोई बच्चा वहाँ जाकर नल चला देता है। उसके नीचे बैठकर नहा लेते हैं या बाल्टी भरकर रख दी जाती है, दो लोटा ऊपर डाल लेते हैं और मड़ई में बैठकर कपड़ा बदल लेते हैं।''

''अरे, उनके लिए नहाने-धोने को कोई मतलब कभी रहा है? दो लोटा पानी डाल लेते रहे हैं, कोई अंग भीगा कोई नहीं भीगा, बस नहाना हो गया। और तुम तो जानते ही हो, दतुवन के नाम पर वे अंगुली से दो बार दाँत रगड़ लेते हैं, हो गई दतुवन।'' भइया ने कहा।

माँ ने आशंका की निगाह से भइया को देखा कि फिर न शुरू हो जाएँ। लेकिन चूँकि बबुआ वहाँ नहीं थे, अतः कौआरौर की आशंका नहीं थी।

खाना सामने आ गया तो मैं ठहरा रहा। भइया ने मंत्र पढ़कर थाली के चारों ओर पानी छिड़का और खाने लगे। फिर मुझे ठहरा हुआ देखकर बोले, ''खाते क्यों नहीं?''

''माँ, बबुआ के लिए खाना गया?''

''हाँ, भेज रही हूँ, तुम खाओ न।''

''क्या यह अच्छा नहीं होता कि आज वे हमारे साथ खाते? उन्हें यहाँ लाने में थोड़ी तकलीफ तो होती, लेकिन इतने दिनों बाद उनके साथ खाने का तो सुख मिलता।''

''बेटे, सुख तो मिलता, लेकिन खाते-खाते ही बाप-बेटे में छिड़ जाता तो सारा सुख दुःख में बदल जाता और अभी तो वे झल्लाकर गए हैं, आएँगे भी नहीं।'' माँ ने कहा।

''और उन्हें इस गंदगी में ही खाना अच्छा लगता है तो कोई क्या करे? उनका तो धर्म ही भरभट्ठ हो गया है। अरे, जब वे ठीक थे तब भी धर्म के विरुद्ध आचरण करते रहे। न कभी पूजा, न पाठ, नहाना-धोना भी जरूरी नहीं। कपड़े-लत्ते पहने ही खा-पी लेते थे। अब तो अशक्त ही हो गए हैं। तो

भी कम-से-कम दरवाजे पर आकर खाना खा सकते थे कुरता-वुरता निकालकर।'' कहकर भइया सँभले। चौके में वे तो कुरता निकालकर बैठे थे, किंतु मैं तो कुरता पहने हुए था। फरवरी के महीने में मैं नंगा होकर तो नहीं रह सकता था और इस संदर्भ में धर्म-कर्म का तो मेरे लिए सवाल ही नहीं था।

''अरे भाई, तुप लोगों का सवाल दूसरा है। शहर में रहते हो, रोज कपड़े धुलते हैं, लेकिन देहात में तो इन सब बातों का ध्यान रखना होता है।'' भइया बोले।

मैं मुसकराया। जानता था कि भइया मुझे कुछ नहीं कह सकते थे और चूँकि अनजाने उनके मुँह से कुछ निकल चुका था तो उसका प्रतिकार भी करना था।

खाना खाकर मैंने सोचा, थोड़ा सो लूँ। माँ से कहा, ''माँ, यह कमरा बंद करके सो रहा हूँ। कोई भी आए तो मैं दो घंटे तक जगाया न जाऊँ।''

भइया खेत की ओर चले गए। मैंने अपने को कमरे में बंद कर लिया। आँख मूँदकर सोने का प्रयत्न करने लगा। लेकिन बार-बार बबुआ की छवि आँखों में उतरकर परेशान करने लगी। हाथ के बल घिसटकर चलते हुए बबुआ की छवि मुझमें अँट नहीं रही थी। बार-बार उसे लाँघकर उनके यौवन और यौवनोत्तर जीवन की छवि चमक उठती थी। औसत कद के फुरतीले, गेहुएँ शरीर की चमक मुझे अपनी ओर खींचे लिये जाती थी। जब मैंने होश सँभाला तो अपने घर को अभाव में डूबा हुआ ही पाया और अभाव व्यक्ति को, विशेषतया गृहपति को न जाने कितने समझौतों और विवशताओं के साथ हो लेने को बाध्य कर देता है, बबुआ भी बाध्य हो गए थे। किंतु सुनता रहता था कि वे अपने यौवन काल में (जब उनके ऊपर बाबा की समृद्ध छाया थी) बहुत फुरतीले लठैत थे। अकेले कई-कई शत्रुओं को मजा चखा देते थे। किसी की हिम्मत नहीं होती थी हमारे घर से टकराने की। लेकिन जब बाबा अशक्त हो गए और घर बबुआ की सैलानी प्रवृत्ति के कारण अभावों में डूब गया, तब बबुआ को सहने और दबने की आदत डालनी पड़ी। कई बार किसी पड़ोसी के गलत व्यवहार के विरुद्ध माँ बबुआ को ललकारती थीं तो भी वे टकराने के आवेश में नहीं आते थे। किंतु उनकी स्फूर्ति ज्यों की त्यों बनी हुई थी। हाँ, उसकी दिशाएँ बदल गई थीं। बल्कि बदली भी कहाँ थीं, वे भी तो

पहले से थीं। हाँ, अब स्फूर्ति की यात्रा समग्रत: उन्हीं दिशाओं में दिखाई पड़ती थी। जाड़े के मौसम में जिस समय लोग सोकर उठ रहे होते थे, उस समय बबुआ खेत में से घास उखाड़कर दरवाजे पर पटक देते थे और छाँट-छूटकर छुट्टी पा लेते थे। किसी की बारात या मेला जाना होता था तो जब तक और लोग प्रस्थान की तैयारी कर रहे होते थे, बबुआ दो-तीन कोस की दूरी तय कर चुके होते थे और सच बात तो यह कि वे अकेले नहीं होते थे, अपने साथ चलने को उकसाते रहते थे—'अरे मोहन, अरे सोहन, अरे रामराज, अरे केशव, भई देर हो रही है, चलो-चलो धूप हो जाएगी। अरे तुम लोग कहाँ सो गए हो, चलते क्यों नहीं?' लगता है, वही संस्कार मुझे भी मिला है, मैं भी, जब कहीं जाना होता है तब काफी समय पहले वहाँ पहुँचना चाहता हूँ, इसलिए काफी पहले से प्रस्थान करने की बेचैनी अनुभव करने लगता हूँ, हड़बड़ी में मुझसे कुछ नहीं होता। काफी आश्वस्त भाव से मैं स्थान और समय के साथ हो लेना चाहता हूँ।

मुझे लगा कि मैं सो नहीं पाऊँगा और यह भी लगा कि फरवरी के खेत मुझे अपने बीच बुला रहे हैं। वास्तव में यहाँ आने में इन खेतों के आकर्षण की महत्त्वपूर्ण भूमिका थी। उठा और माँ से बोला कि खेतों की ओर जा रहा हूँ।

गाँव की गलियों से होकर गुजरा तो लोग मिलते गए, दुआ-सलाम होता गया। 'कब आए?' 'आते क्यों नहीं?' 'गाँव याद नहीं आता क्या?' जैसे प्रश्नों से टकराता और हँसता हुआ आगे बढ़ता रहा। बाहर निकला तो गदराती हरियाली का उमड़ता हुआ सागर सामने था। थोड़ी दूर पर परेन नाला मिला। इसमें थोड़ा पानी जमा था और इसकी तलहटी में दूर-दूर तक स्वप्नलोक की तरह मटर और तीसी के फूल फूले हुए थे। एक आर्द्र हवा इस फैले अस्तित्व के स्पंदनों से मेरे स्पंदनों को जोड़ रही थी। हाँ, बाढ़ के दिनों में यह नाला खेतों में फैल जाता है। याद है, एक साल मेरे 'नहीं-नहीं करने पर भी बबुआ ने मुझे इन खेतों में फैले पानी में तैरना सिखाया था। तैरना क्या सिखाया था, जीवनदान दिया था। एक बार एक यात्रा में नाव में पानी भर आया था, तब मैं नदी में कूद पड़ा था और तैरकर अपनी जान बचाई थी, कई लोग तो नदी में डूबकर मर गए थे। यह भी याद है कि बबुआ ने कई बार इस नाले में डूबते लोगों को बचाया था। एक बार की बात है, मैं इस नाले के बाँध पर खड़ा था।

नाले के उस पार के खेतों की फसलें पानी में डूब रही थीं। अत: गाँव के लोग फसलें काट-काटकर ला रहे थे पशुओं को खिलाने के लिए। बबुआ भी उस पार गए हुए थे। उनके साथ और कई लोग फसल काटकर इस पार आ रहे थे। तब तक बबुआ को लगा कि नरेश डूब रहे हैं। उन्होंने अपना बोझा फेंक दिया और फुरती के साथ नरेश के पास जाकर सिर से धक्का मार-मारकर बाहर की ओर लाने का प्रयत्न करने लगे। वे नरेश की पकड़ में आए बिना खिलंदड़ी शैली में उन्हें उबारने की कोशिश करने लगे, फिर भी नरेश डूबते-उभरते ही रहे। बबुआ चिल्लाए—'अरे लोभी आदमी, बोझा तो छोड़ दे, तुझे अपनी जान से प्यारा बोझा ही लग रहा है?' नरेश ने जब बोझा छोड़ा तो बबुआ उन्हें खींचते हुए किनारे तक ले आए। ऐसे ही उन्होंने न जाने कितने डूबतों को बचाया है।

चलते-चलते अचानक भय सा लगा। हाँ, सामने घंटहवा पीपल खड़ा था। यद्यपि चारों ओर फसलें लहरा रही थीं, लोग आ-जा रहे थे और अब पीपल भी काफी उजड़ चुका है, लेकिन तो भी बचपन में जो भय का संस्कार पड़ जाता है, वह जाता नहीं है। नाले के किनारे एकांत में खड़ा यह पीपल का पेड़ घंटहवा पीपल कहा जाता है। यानी मृतकों से संदर्भित घंट इसमें लटकाए जाते हैं। कई-कई बार तो कई-कई घंट इसमें लटकते दिखाई पड़ते थे और यहाँ से बल्कि इसके आसपास से गुजरने में एक सनसनाहट सी होती थी। यहाँ भय का कारण अकेला यह पीपल ही नहीं था, यह नाला भी था, जिसमें लोगों के अनुसार न जाने कितने बुड़वे रहते थे और उसके किनारे एक पाकड़ का पेड़ था, जो अब नहीं रहा। उस पर कई-कई भूत रहते थे और यहाँ से गुजरते हुए पत्ता भी खड़कता था तो लगता था कि अब कुछ हुआ। बबुआ इन सबमें विश्वास करते थे, फिर भी नहीं डरते थे और हम (मैं और मेरे जैसे अनेक लोग) सिद्धांतत: भूत-प्रेत में विश्वास नहीं करते, फिर भी डरते थे।

बबुआ तो चाहे खेत में से घास उखाड़नी हो, चाहे कहीं जाना हो, सुबह होने से काफी पहले अपना काम शुरू कर देते थे। वे तीन-चार बजे के आसपास कहीं जाने के क्रम में इसी पाकड़ के पास से गुजर रहे थे। देखा, नीची डाल पर बंदर जैसा कोई जीव बैठा हुआ है। इन्हें देखते ही उसने नीचे झुककर दाँत चियारकर कुछ आवाज की। वे डरे नहीं और जोर से डपटकर

बोले, 'हट साला, मंत्र मारूँगा तो भस्म हो जाएगा।'

'कौन था बबुआ?' मैंने पहली बार यह कहानी सुनकर पूछा था।

'अरे बुड़वा साला था।'

'शायद बंदर ही रहा हो।'

'अरे नहीं, उसके लंबे-लंबे पाँव लटके हुए थे, पंजे पीछे की ओर थे और बड़े-बड़े बाल थे।'

मैं मुसकराया था। वे बोले, 'तुम झूठ समझ रहे हो बाबू!'

'हाँ भूत-प्रेत की बातें झूठी हैं।'

'अरे, जो मैंने खुद देखा-भोगा है, उसे झूठ कैसे मानूँ?'

उनके पास तो ऐसे-ऐसे कई किस्से थे, जिन्हें वे घटनाएँ कहते थे। एक घटना घंटहवा पीपल की भी थी। वे 10 बजे रात को कहीं से आ रहे थे। ज्यों ही इस पीपल के पास से गुजरे, पीछे से सुनाई पड़ा—छिन-मिन, छिन-मिन, छिन-मिन, छिन-मिन!

उन्होंने मुड़कर देखा तो भयानक भूत सामने खड़ा था।

'क्या है?' उन्होंने डपटकर पूछा।

'सुलतीं दे सुलतीं दे।'

उन्हें लगा कि सुरती निकालने और मलने लगूँ, तब तक तो यह दबोच ही लेगा। मन-ही-मन हनुमान चलीसा का पाठ करने लगे और अपने को निडर दिखाते हुए आगे बढ़ने लगे। भूत बड़े जोर से हँसा। बोला, 'सुलतीं नहीं देंगा तो तुझे खाऊँगाँ।' 'अरे भाग मलेच्छ कहीं का, नहीं तो तेरी लट काटकर ले जाऊँगा, फिर तू जिंदगी भर मेरी चाकरी करेगा।'

भूत विकराल हँसी हँसा और बबुआ से भिड़ गया। वे भी घबराए नहीं, भिड़ गए और पटका-पटकी होने लगी। आखिर भूत तो भूत ही ठहरा। उसकी काया का नर-काया क्या कर सकती है। फिर बबुआ के मुँह से निकल गया—'जय दीक्षित बाबा की।' और देखते क्या हैं कि एक श्वेत वस्त्रधारी मूर्ति सोने के खड़ाऊ पर उड़ी चली जा रही है, उसके हाथ में सोने की छड़ी है। और आते ही उसने भूत के सिर पर मारी, भूत चिचियाने लगा। फिर तो उसने जमकर उसकी धुनाई की। भूत रोता-चिल्लाता रहा। उस मूर्ति ने ललकारकर कहा, 'जानता नहीं पापी कि यह मेरा भक्त है। फिर इसे छूने की हिम्मत न करना।'

'नहीं-नहीं, कभी नहीं' कहता हुआ और रोता-चिल्लाता हुआ वह भाग खड़ा हुआ और जाकर घंटहवा पीपल की किसी डाल में समा गया।

हाँ, यह हमारे लिए कहानी हो या बबुआ के लिए घटना किंतु इतना सच है कि बबुआ आदमी से भले डरते रहे हों, भूत-प्रेतों से नहीं डरते थे। रात-विरात उनकी यात्राएँ इसका सबूत हैं।

दीक्षित बाबा यानी हमारे गाँव के बरम बाबा। गाँव के पूर्व ओर टीले पर उनका थान बना हुआ है। गाँव वालों को उनके प्रताप पर बड़ा विश्वास है और वे बबुआ के सिर आते हैं। जब कभी कोई संकट पड़ता है, बबुआ आविष्ट होते हैं और सबसे पहले दीक्षित बाबा उनके सिर आते हैं, फिर शीतला माई, फिर डीह बाबा और न जाने कौन-कौन लोग। उन्हें आविष्ट होते हुए मैंने बार-बार देखा है। पहले तो अगियारी करते हैं, मन-ही-मन देवता को आमंत्रित करते हैं, फिर एकाएक आविष्ट हो उठते हैं। झूमने लगते हैं, जमीन पर जोर-जोर से हाथ रगड़ते हुए अगियारी की आग बिखेरने लगते हैं, जमीन से थोड़ा ऊँचे उठ-उठकर गिरने लगते हैं और फिर देवताओं की भाषा में बोलने लगते हैं। परिवार और गाँव के लोग उनसे योगक्षेम की याचना करने लगते हैं। देवताओं के आशीष पर आश्वस्ति अनुभव करने लगते हैं और समझते हैं कि उन पर आनेवाली बला टल गई है।

जब बच्चा था तो मैं भी इस क्रिया पर विश्वास करता था और अभिभूत था। जब मैं बड़ा हुआ तो विवेक-बुद्धि ने इसे नकार दिया और यह सबकुछ अविश्वसनीय नाटक लगने लगा। लेकिन अब लगता है कि इस नाटक का भी अपना एक सच है।

आखिर बबुआ को इससे मिलता क्या था? वे तो बल्कि देते ही थे। अभाव, भय, असुविधाओं से अँटे पड़े इस कछार में जीने के लिए आखिर कुछ तो सहारा चाहिए था। डॉक्टर थे नहीं, जो हर रोग का सही निदान और उपचार करते, शिक्षा का प्रसार था नहीं, जिससे काल्पनिक अप्रत्यक्ष सत्ताओं को सही रूप में जानने की दृष्टि मिलती। यहाँ तो हर रोग का कारण थी कोई-न-कोई दुष्ट अदृश्य सत्ता (भूत, प्रेत, चुड़ैल, बुड़वा, गड़ंत) और निदान थे देवी-देवता। इस प्रकार की स्थितियों और मनःस्थितियों में जीते हुए लोगों के लिए बबुआ एक सहारा बनते थे। वे अपने माध्यम से उन देवी-देवताओं का

साक्षात्कार कराते थे, जिनके अभयदानी स्वर से उनमें जिजीविषा और आश्वस्ति की चमक पैदा हो जाती थी। हाँ, बबुआ ओझा-सोखा की तरह देवता-व्यापारी नहीं थे। वे तो लोगों में देवता का आशीष अनुभव कराने के लिए स्वयं को अगियारी में जलाते थे, उठते-गिरते थे और अपने को थकाकर अपनी ऊर्जा कम करते थे।

नाला पार कर मैं अपने खेत में जा पहुँचा। गदराते हुए चने की आभा मेरी आँखों में भर आई थी। खेत के बीच-बीच में बबूल के पेड़ खड़े थे। दरअसल, दो गाँवों के बीच फैली हुई यह बहुत सुनसान जगह है। बल्कि सच यह है कि नाले का भुतहा सन्नाटा ही दूर-दूर तक फैला हुआ है, लेकिन फागुन का महीना तो सन्नाटे में भी एक उत्सव जगा देता है। फसलें तो अपनी रंगत में सारे सन्नाटे को पी जाती हैं और चुपचुप गाने लगती हैं। मैं देख रहा था सन्नाटे में जगे हुए फसलों के फूलों के महोत्सव को, जिनके नीचे अनाज के दानों के रूप में नया जीवन गदरा रहा था, पक रहा था।

मैं एक जगह बैठकर चना निखोर-निखोरकर खाने लगा। पीछे से एक आवाज आई—"शरदजी हैं क्या?"

मैंने मुड़कर देखा

"नमस्ते शरदजी!"

"नमस्ते भाई नमस्ते।" कहकर मैं उसे देखने लगा। शक्ल कुछ पहचानी सी कुछ अनपहचानी सी लग रही थी।

"अरे, आप कैसे पहचानिएगा? आप आते ही कितना हैं कि सबको पहचानें? मैं पकरपुरा का मनजीत यादव हूँ। कब आए?"

"आज ही आया हूँ भाई।"

"कैसे हैं शंकर बाबा। कैसी-कैसी निर्दय लीला करता है ऊपरवाला।"

"क्यों क्या हुआ?"

"अरे, हुआ क्या नहीं? ऐसे फुरतीले और परोपकारी आदमी को उसने अपंग करके बैठा दिया, यह कुछ हुआ ही नहीं।"

मैं चुप रहा। लगा कि यह आदमी बात करने के लिए बात किए जा रहा है। बबुआ के जिस दर्द से भागकर खेत में आया, उसी को यह अनजाना आदमी बिना वजह ले बैठा।

"अरे, ठगी-बेईमानी से कोई रुपया चाहे जितना कमा ले, लेकिन पुण्य तो शंकर बाबा ने ही कमाया है। किसी का दु:ख हो, किसी का काज-प्रयोजन हो, शंकर बाबा वहाँ सबसे पहले पहुँचते हैं और मेरी यह जिंदगी तो उन्हीं की दी हुई है।"

मैं कुछ उत्सुक हो गया और पूछ बैठा—"वह कैसे?"

"शरदजी, दस साल पहले की बात है। भादों की रात थी, पानी खूब बरस रहा था। मैं खेत से घर आ रहा था कि रास्ते में गेहुँअन साँप ने काट लिया। मैं साँप-साँप चिल्लाता हुआ घर आया। लोगों ने देखा—मेरे पाँव से खून गिर रहा है। समझ लिया कि मुझे साँप ने काटा है। मैं तो बेहोश सा होने लगा किंतु बाद में लोगों ने बताया कि एक आदमी शंकर बाबा के घर की ओर भागा, लेकिन दूसरे लोग कहने लगे—'वे आएँगे नहीं। आप लोगों को याद है न, इसी मनजीत ने उन्हें अपमानित किया था। याद है न, पर साल इसने उनके खेत में बढ़कर उनकी फसल कटवा ली थी। उनके विरोध करने पर कहा था कि आपने बढ़कर मेरा खेत जोत-बो लिया है। मेरा खेत यहाँ तक है, मैं तो कटवाऊँगा, जो करना हो कर लो। वे चुपचाप चले गए थे।'

'हाँ इस बदतमीजी के बाद कौन आएगा।'

'लेकिन थोड़ी देर बाद लोगों ने देखा कि शंकर बाबा उस काली और भीगी रात में गिरते-पड़ते, भीगते-भीगते आ गए और कई घंटे तक उनका मंत्र साँप के जहर से लड़ाई करता रहा। आखिर मंत्र जीत गया और मैं बच गया। बाद में सुना कि आपके गाँववालों ने उन्हें मेरे यहाँ आने से मना किया था, लेकिन बाबा ने लोगों से कहा, 'मंत्र सबका जीवन बचाने के लिए होता है, वह दोस्त-दुश्मन नहीं देखता। जिस दिन वह यह देखना शुरू करेगा, उस दिन वह मंत्र नहीं रहेगा और अपना असर खो देगा।' सच पूछिए शरदजी! तो मेरा नया जन्म हुआ और नया जन्म पिछले जीवन से अलग था। मुझे नेकी-बदी का अंतर मालूम हो गया और लगने लगा कि नेकी के रास्ते में मन को कितना चैन मिलता है।"

मैं मनजीत को चुपचाप सुनता रहा और भीतर तक भीगता रहा।

"अच्छा शरदजी चलता हूँ, फिर किसी दिन घर आऊँगा बाबा को देखने।"

मेरा भी चना समाप्त हो गया था, उठकर दूसरी दिशा को चल दिया। फागुन की तिजहरिया फसलों के रंग-बिरंगे फूलों से रँगी हुई उत्सवलोक की तरह लग रही थी। मैं चाहता था इसमें घूमता रहूँ, घूमता रहूँ। घूमते-घूमते सिवान के खेतों की ओर निकल गया। इधर के खेत मटियार हैं, खूब अच्छी फसल होती है। दूर-दूर तक गेहूँ की ऊँची-ऊँची फसल उमड़ी हुई थी, जिसमें सरसों के पीले-पीले फूल अपनी रंगत भर रहे थे। यहाँ से गाँव तक की लंबी दूरी में पकती हुई हरियाली का समुद्र उमड़ा हुआ था और न जाने कितनी ऋतुएँ और उनसे जुड़े क्रिया-व्यापार इस फागुनी फसल-महोत्सव के भीतर से आ-जा रहे थे। और सबके बीच मैं बबुआ के साथ अपने को देख रहा था। मैं बबुआ के साथ धान काट रहा हूँ, धानों की दँवरी हाँक रहा हूँ। सुबह होते-होते 'हर-हर महादेव' की धुन के साथ घर लौट रहा हूँ··· मैं बबुआ के साथ दशहरे का मेला देखने जा रहा हूँ, कार्तिक पूर्णिमा के मेले में बड़हलगंज जा रहा हूँ, जाड़ों में उनके साथ खेतों में से घास उखाड़ रहा हूँ। रात को उनके साथ रजाई में लिपटकर पुवाल के बिस्तर पर सो रहा हूँ और एक अद्भुत उष्ण गंध का अनुभव कर रहा हूँ। उनके गीत मेरे स्वप्न में भी जाग रहे हैं, उनकी कहानियाँ मेरे आँसुओं में घुली जा रही हैं, उनके साथ बाजार जा रहा हूँ, फागुन चढ़ते ही उनके साथ चौताल गा रहा हूँ। कहीं कोई वर्जना नहीं थी, एक खुला हुआ मानवीय राग बबुआ के भीतर से बरसता था और मुझे अपने में भिगोता हुआ साथ लिये चलता था···और जीवन का यह अल्हड़ राग घर में, खेतों में छोड़ जाता था एक अभाव, जिससे माँ लड़ती थीं, भाई साहब लड़ते थे और फिर वे बबुआ से भी लड़ते थे।

खेतों में घूमते-घामते मन उस फागुन को खोज रहा था, जो आते ही फसलों और पेड़-पौधों पर तो छा ही जाता था, मनुष्य के कंठ-कंठ में, हृदय-हृदय में बजने लगता था और रास्ते रंगों में सराबोर रहागीरों और उनके फागुनी गीतों से भर जाते थे। लगता था कि लोग अपनी कठिन दिनचर्या से ऊबकर फागुन की मस्ती के साथ हो लिये हैं और बटोर लेना चाहते हैं यह रसात्मक ऊर्जा, जिसके सहारे वे शेष कठिन दिनों से लड़ सकेंगे। घरों की चहारदीवारी में जड़ नैतिकता में बंद स्त्रियों के लिए खिड़कियाँ खुल गई हैं, जिनमें आते-जाते फागुनी पवन से छेड़-छाड़ करती हुई वे उसके साथ बही जा रही हैं दूर-

दूर तक। उनका बंद यौवन खुले बचपन में लौट जाता था और वे कोयल की कूक दोहराने लगती थीं।

फिलहाल तो रास्ते स्तब्ध हैं, दिशाएँ चुप हैं, लोग अपने काम-काज में व्यस्त हैं, किसी को शायद पता ही नहीं है कि फागुन आ गया है। हाँ, भाभियों, सालियों आदि के रंगों में डूबे वस्त्रों की जगह कभी-कभी रंग-बिरंगे झंडे जरूर दिखाई पड़ जा रहे हैं···कोयल भी शायद कहीं सहमी हुई बैठी होगी।

"पालागी बबुआ!"

"जय हो भाई जय हो!" देखा एक मरियल सा आदमी सामने खड़ा है।

"कब आए?"

"आज ही आया।"

"घूम-घूमकर खेत देख रहे हैं, अच्छा कर रहे हैं।"

मैं उसे अपरिचय के भाव से देखता रहा।

"अरे! आप मुझे पहचान नहीं रहे का? अरे! मैं सिघुआपार का साधो हरिजन हूँ न।"

"हाँ-हाँ, अब पहचान गया। कैसे हो भाई?"

"जी रहा हूँ बबुआ। संकर बाबा कैसे हैं अब?"

"वैसे ही हैं।"

"भगवान् भी कितना अनियाय करता है न! ऐसे पुन्नि आतमा आदमी को कैसे-कैसे दिन देखा रहा है। जो आदमी सबके दुःख में शामिल होने के लिए दौड़ता रहा है, उसे भगवान् ने पाँव तोड़कर बैठा दिया। हे परभू! तुमरी माया तुमही जानो।" वह धीरे-धीरे आगे बढ़ गया।

हाँ, यह साधो हरिजन है—हमारे उस समय के हलवाहे का पट्टीदार। इसे लेकर बबुआ की कितनी दुर्गति की गई थी। भइया कमा-कमाकर पैसा घर भेजते थे। बबुआ कोई सामान खरीदने जाते थे तो कभी सामान लाते थे, कभी चिंता के साथ कह देते थे, पैसे किसी ने काट लिये या रास्ते में कहीं गिर गए। फिर घर में कौआरौर होता था। एक बार वे खूनी आँव के शिकार हो गए। मैं भी गरमी की छुट्टियों में घर आया हुआ था। बबुआ को लगा कि अब

वे बचेंगे नहीं, तो हमें पास बुलाया और बोले, 'देखो बच्चो, मैं अब जा रहा हूँ। मेरे पास कुछ नहीं है, जो तुम लोगों को दे जाऊँ। हाँ, सिधुआपार के साधो हरिजन को मैंने दो सौ रुपए दिए थे। उनके बदले वह अपनी गाय देने वाला था, ले आना।' इसके अलावा उन्होंने गाँव के चार-पाँच हरिजनों के नाम बताए और कहा कि इन्हें इतने-इतने रुपए उधार दिए हैं, ले लेना।

अब घरवालों की समझ में आया कि बबुआ के पैसे कैसे गिर जाते हैं या चाई काट लेते हैं।

लेकिन बबुआ जी गए और भइया को मालूम पड़ा तो कहा-सुनी तो होनी ही थी। बबुआ ने कहा, 'अरे मैं मरा भी नहीं और सारे भेद भी बता दिए। अब दिन-रात मेरी खुभाई होती रहेगी।'

बबुआ जी गए और जाहिर है, साधो के यहाँ से गाय नहीं आनी थी, नहीं आई और अन्य हरिजनों को दिए गए रुपए भी नहीं लौटने थे, नहीं लौटे। बबुआ ने उनकी जिस हालत से पसीजकर उन्हें रुपए दिए थे, वह हालत तो ज्यों-की-त्यों थी, बल्कि अधिक बुरी थी। उनका मन कैसे तकाजे करता?

मैं उन तमाम रास्तों से गुजर रहा था, जिन पर मैं बबुआ का हाथ पकड़कर या उनके साथ चलता रहा हूँ। जब बबुआ कहीं बाहर जाते थे तो इन्हीं में से किसी रास्ते पर खड़ा होकर उनके आने की बाट जोहता था और जब मैं बड़ा हो गया और पढ़ने के लिए बाहर चला गया तो वे मेरी बाट जोहते थे।

चलते-चलते फिर अपने एक खेत में आ गया। देखा—उसमें खड़ा गेहूँ पकने की दिशा में अग्रसर है। मेरा खयाल है कि हर साल यही खेत सबसे पहले पकता है। यह खेत हमारे फागुन का साथी है—बड़ा ही हमदर्द। इसे पता रहता था कि घर अभावों से गुजर रहा है और होली आ रही है। और दिन चाहे जैसे भी बीतें, होली को तो पकवान चाहिए ही और संपन्नता की अनुभूति होनी चाहिए। यह खेत अपनी फसल को आदेश देता रहा है कि 'काम चलाऊ ढंग से पक जा मेरे भाई' और बबुआ देखते थे कि खेत की थोड़ी फसल काम चलाऊ ढंग से पक गई है। इसे काटकर ले जाते थे, उसे पीटकर दाने निकालते थे और होली होली की तरह बीतती थी। फागुन भर उनके कंठ से फूटते चौताल की लय में पकवान की लय भी मिल जाती थी और मन तथा पेट

एक-दूसरे से सुखद संवाद करने लगते थे।

यों कपड़े-लत्ते जैसे भी थे, थे। होली के दिन कुछ संपन्न लोग नए कपड़े बनवाते थे, लेकिन होली तो वास्तव में नंगों का त्योहार है। नंगे तन पर कीचड़, सानी-पानी, राख-रंग सभी एकाकार हो उठते थे। इस त्योहार का शृंगार कपड़े नहीं करते, मस्ती करती है। अवधूत है यह त्योहार।

और बबुआ में तो हमेशा एक अवधूत बना रहा है। एक तरह से वे औघड़ थे—प्रयोगवादी औघड़। वे चीजों को एक रूप में सही-सलामत रखते ही नहीं थे। पानी भरने की उबहन काटकर बैलों का पगहा बना देते थे। जब उबहन की जरूरत पड़ती थी तो पगहों को जोड़कर उबहन बना लेते थे। कभी धोती को काटकर कई गमछों में परिवर्तित कर देते थे, कभी कई गमछों को जोड़कर धोती बना लेते थे। कभी कमीज या कुरते की बाँह आधी काटकर बनियान बना देते थे, कभी पूरी काटकर स्लीवलेस। कभी बड़े कोट को काटकर छोटा कर देते थे और कभी छोटे कोट में कुछ और जोड़कर लंबा कर देते थे। छड़ी को लाठी बनाना तो संभव नहीं था, नहीं तो वह भी करते। दरवाजे पर ईंट का ढेर लगा है—एक दिन यों ही उसे उठा-उठाकर पास की दूसरी जगह रखने लगते थे। माँ व्यंग्य करती—बइठल बनिया का करे, ए कोठी क धान वो कोठी करे (बैठा हुआ बनिया क्या करे, इस बखार का धान उस बखार में डाले)। बबुआ कभी नए कपड़ों में सज-धजकर निकलते थे, कभी अपने ही द्वारा बनाए गए विचित्र-विचित्र गूदड़नुमा पोशाकों में दिखाई पड़ते थे।

घूमते-घामते खलिहान में आ गया। खलिहानों की सफाई होनी शुरू हो रही थी और मटर के कुछ डाँठ खलिहान में आ गए थे। मैं पाकड़ के नीचे अपने खलिहान की जमीन में बैठ गया। अतीत की ढेर सारी स्मृतियाँ आने-जाने लगीं। चैत की रात, यहाँ से वहाँ तक गँजे हुए डाँठ, तमाम लोगों का होना, गाना, किस्से सुनना-सुनाना, हँसी-मजाक, डाँठ खाते जानवरों को रात भर खदेड़ना, ठंडी-ठंडी हवा में अलसाई हुई नींद का आना, सुबह-सवेरे ही दँवरी का नधना, बैलों को हाँकने की ध्वनि हट्ट-हट्ट...डेढ़-दो महीने तक एक अलग ही दुनिया की रौनक छाई रहती थी। पाकड़ के दोनों पेड़ लाल-लाल किसलयों से भर जाते थे और उन पर रह-रहकर कोयल कूकती थी।

और बाद में एक और दृश्य जुड़ गया था। भइया नौकरी छोड़ चुके थे और घर-गृहस्थी में अपने को लगा दिया था। पैसे-रुपए के हिसाब से घर फिर ठंडा पड़ गया था और ठंडा पड़ गया बबुआ का हाथ। किंतु उन्हें सुरती चाहिए थी। खूब गुड़ खाने की भी आदत थी। इसलिए खलिहान में दाँयी जाती फसल के नीचे से अनाज निकाल लेते थे और बनिया के यहाँ जाकर सुरती और गुड़ खरीद लेते थे। गुड़ घर में ही कहीं छिपा लेते थे और चुपके-चुपके खाते थे। अपने छोटे पोते को भी इसमें राजदार बना लिया था और कभी-कभी चुपके से उसे बनिया के यहाँ भेज देते थे। उसे क्या पता कि यह सब गलत हो रहा है। एक दिन वह पकड़ा गया, भइया ने उसे खूब पीटा और पूरे घर ने बबुआ की लानत-मलामत की। 'बूढ़े हुए और आदत नहीं गई। बाप-रे-बाप! इस घर में कैसे बरक्कत होगी जब घर का मालिक ही खलिहान से ही चुपके-चुपके अनाज बनिया के यहाँ भेज रहा है सुरती, भेली के लिए।' मैंने सुना तो मैं भी बहुत अप्रसन्न हुआ, लेकिन बाद में सोचा कि जिस व्यक्ति को सुरती खाने की आदत है और जो गुड़ का भी शौकीन है, वह आखिर करे क्या? वृद्ध होने पर तो आदतें और भी जोर मारती हैं। वृद्ध को सोचना चाहिए यह और बात है किंतु यदि सोच से ही दुनिया का सारा काम चल जाता तो दुनिया कब की सुधर गई होती। और आदमी तो आदमी है, इसलिए कि उसकी कमजोरियाँ भी उसके साथ हैं। आज न जाने क्यों मैं बबुआ की इन कमजोरियों पर अत्यंत भावुक हो उठा था और कहीं अपने को धिक्कार भी रहा था कि बबुआ को बबुआ के रूप में देखकर उन्हें पूरा प्यार और सम्मान नहीं दे सका, कहीं अपने को भी भइया के स्वर के साथ पाता रहा। कमजोरियाँ तो कमजोरियाँ, अपने उन मानवी गुणों के लिए भी बबुआ को परिवार का शाब्दिक आक्रमण सहना पड़ता था जो परिवार के विकास में बाधक अवश्य रहे, किंतु जिनमें मनुष्य मात्र के लिए प्यार की महक थी, जिनके कारण वे न जाने कितने फक्कड़, दुःखी और जरूरतमंद लोगों के दिलों में बसे थे और सच पूछिए तो शायद मेरे व्यक्तित्व और साहित्य में भी संवेदना बनकर व्याप्त हैं। तभी तो एक दिन वे गीत बनकर मेरे भीतर से फूट पड़े थे।

चार बज रहे थे। आज पड़ोसी गाँव संतपुर में सोमवार का बाज़ार है। इस बाज़ार से बबुआ का ही नहीं, हम सबका बचपन से ही बड़ा गहरा लगाव

रहा है। इतने-इतने महानगरों के बड़े-बड़े बाजारों से दिन-रात गुजरने के बावजूद लगता है, बाजार तो संतपुर का ही है। उसके साथ गाँव-घर, जर-जवार, बचपन-यौवन के सुख-दुःख की इतनी यादें जुड़ी हैं कि लगता है, वह बाजार नहीं हमारा जीवन है। उसकी एक आदिम महक मेरे तन-मन में व्याप्त है। वह खींचने लगा। अब घर कौन जाए, लेकिन घर न जाने पर माँ और भइया को चिंता हो उठेगी कि मैं कहाँ गया। तब तक भतीजा दिखाई पड़ गया। उससे कह दिया।

बाजार में अब अनेक स्थायी दुकानें बन गई थीं और लगा कि उसकी आबोहवा में एक शहरीपन साँस ले रहा है। फिर भी यह था तो संतपुर का ही बाजार। यहाँ आते ही कितने लोगों की यादों से घिर गया, जो मिलते थे और अब दुनिया में नहीं रहे। फिर भी जान-पहचान के काफी लोग मिले और हालचाल पूछते रहे, लेकिन जब लालू पटहेरा की दुकान पर गया तो उसने आर्द्र कंठ से सबसे पहले बबुआ का हालचाल पूछा। इसी तरह रहीम दरजी, जनक सोनार, संतू कोइरी, रामजी हलवाई, सोहन माली, दयाल बजाज ने भावभीने स्वर में बबुआ के बारे में पूछा और कहा उनके बिना बाजार ही सूना हो गया है। मैं उनके इस भाव से भर आया और सोचने लगा कि सचमुच, ये ही लोग बबुआ के मित्र हैं। बबुआ बड़े लोगों के यहाँ कम जाते थे, इन्हीं लोगों के यहाँ इनका आना-जाना, उठना-बैठना होता था। लगता था कि ये लोग अपने परिवार के हैं। शायद यही संस्कार मुझे मिला है कि बड़े कहे जानेवाले लोगों से मिलने में मुझे आश्वस्ति नहीं मिलती, सामान्य जनों के बीच ही मैं प्रकृतिस्थ रह पाता हूँ, जहाँ खुले लोगों के खुलेपन के बीच अपने को खोल सकूँ।

बाजार से मैंने कई पत्ते सुरती के और दो किलो मिठाई ले ली। लौटने लगा तो गाँव के और कई लोग साथ हो लिये। बातचीत चली तो मोहन भाई बोले, "भगवान् ने शंकर काका के साथ जो कुछ किया, बुरा ही किया, लेकिन इस बुरे में भी एक अच्छी बात बच गई।"

"कौन सी बात भई?" गोवर्धन ने कहा।

"बात यह कि उनकी जबान सही-सलामत रही। अगर उनकी जबान छिन गई होती तो घुट-घुटकर मर जाते।"

और मेरे सामने कई साहित्यकारों की विवश मूर्तियाँ एकाएक उपस्थित हो गईं। वे साहित्यकार, जो जीवन भर अपनी वाणी से साहित्य-रस झरते रहे, लकवे की स्थिति में गों-गों करते रहे। कुछ कहना चाहकर भी नहीं कह पा रहे थे, लिखना चाहकर भी नहीं लिख पा रहे थे और उनके भीतर न जाने क्या-क्या उमड़ रहा था, जो उनकी आँखों से आँसू बनकर बरस पड़ता था। सालों वे इसी स्थिति में अभिव्यक्ति से वंचित होकर जीते हुए मरते रहे।

''तुम्हें पता है न गोवर्धन भाई कि शंकर काका और अवधेश भाई हर बारात में किसी-न-किसी बात पर झगड़ पड़ते थे। अवधेश भाई के मझले लड़के की शादी थी और मैंने तय किया कि शंकर काका को मैं झगड़ने नहीं दूँगा। बस बारात में उनकी खाट के पास खाट बिछाकर जम गया। जब कोई बात होती थी और देखता था कि काका अब उत्तेजित होनेवाले हैं तो मैं रोक लेता था—'अरे जाने दीजिए काका, आराम से नजारा देखिए।' रात बीती, सुबह बीती, दोपहर बीती, तिजहर होने को आई और, मैंने अनुभव किया कि काका का चेहरा फूलकर गुब्बारा हो रहा था। भीतर-भीतर न जाने कितनी बातें घुमड़ रही थीं और मैं उन्हें चुप्पी में बाँधे बैठा था। शाम होते-होते कोई प्रसंग आया तो वे बोले, 'गोवर्धन!'

'हाँ काका।'

'अब मेरा पेट फूल रहा है, नहीं रहा जा रहा है। अब मुझे मत रोको।'

लेकिन मैं तो तय करके आया था कि इस बार इन्हें कहीं टकराने नहीं दूँगा सो उनका पैर दबाते हुए कहा, 'अब तो समय बीत गया काका, थोड़ा धैर्य और धरिए। आप बोलेंगे तो खलबली मच जाएगी।'

''वे मुझे बहुत मानते हैं, इसलिए फिर चुप हो गए, लेकिन मैंने उनकी जिस यातना का अनुभव किया, उसके तहत मैंने कसम खाई कि अब कभी इन्हें चुप्पी में नहीं बाँधूँगा।''

मैं हँसा। ''हाँ मुझे याद है गोवर्धन भाई। बल्कि मैंने ही तो आपसे आग्रह किया था कि इस बार इन्हें सँभालिएगा।''

''हाँ-हाँ, सही बात है।''

घर लौटा तो सीधे कोले की झोंपड़ी में चला गया। वहाँ कौड़ा जला हुआ था और मेरा भतीजा बबुआ के पास बैठा हुआ आग ताप रहा था। दोनों

कुछ बातें कर रहे थे। मुझे देखते ही बबुआ चुप हो गए, जैसे अमर्ष से भर आए हों। मैंने भतीजे को मिठाई की गठरी देते हुए कहा, "ले जाओ यह मिठाई और सबको बाँट दो।" वह लेकर चला गया तो देखा। बबुआ थोड़े और उदास हो गए। मिठाई का नाम सुनते ही उनके चेहरे पर एक चमक आई थी, किंतु जब मिठाई घर भेज दी गई तो वे उदास हो गए और शायद इस आशा में बँध गए कि घर से मिठाई अब आएगी, तब आएगी।

मैंने पाव भर मिठाई अलग कर ली थी। उसे खोलते हुए कहा, 'बबुआ, यह मिठाई आपके लिए है।"

'हुँह होगी।' के भाव से पहले उन्होंने थोड़ा बिदकने का भाव दिखाया। मैंने जब फिर आग्रह किया तो लेकर बच्चे की तरह टूटकर खाने लगे। मैंने फिर सुरती की एक गाँठ निकाली और उनके सामने रखी तो लपककर ले ली और बच्चे की तरह रोने लगे।

"ना बबुआ ना, रोइए नहीं, मैं आपके आँसू नहीं देख सकता।"

वे और रोने लगे। मैंने उनका सिर अपने हाथों में भर लिया और आँसू पोंछने लगा। वे बच्चे की तरह मेरी गोद में भहरा उठे।

कुछ देर बाद बोले, "कहाँ रहे दिन भर?"

"खेतों में आपके साथ घूमता रहा।"

"मेरे साथ?"

"हाँ, आपकी यादों के साथ।"

"अच्छा जाओ खाना-वाना खा लो।"

"नहीं बबुआ, आज तो मैं आपके साथ यहीं खाना खाऊँगा। यहीं आपके साथ सोऊँगा और बहुत दिन हो गए आपके मुँह से कहानी सुने हुए, कोई कहानी सुनूँगा।"

बबुआ आँसू भरी आँखों से मुझे देख रहे थे और लग रहा था कि वे एक बार फिर अपने पिछले दिनों में लौट गए हैं मेरे साथ।

□

स्वप्न भंग

चटाक…

हा-हा-हा-हा…वह कितने दिन बाद हँसी थी—और यह हँसी भी क्या हँसी थी? यह तो अपने छह वर्षों की चुपचाप बरदाश्त की जाती गहरी उदासी के प्रति विद्रोह थी या अपनी खौलती नैतिकता की जड़ता के विरुद्ध एक आंदोलित आक्रोश थी।

वह हँसती रही, फिर उदास हो गई। क्यों उसने वह काम किया, जो छह वर्षों की भयानक यातना के बीच भी नहीं किया? उसने अपना दाहिना हाथ देखा, उसे लगा कि अभी भी उसकी हथेली आक्रामक आघात के स्पर्श से काँप रही है, उसे लगा कि उसकी हथेली अभी भी डॉक्टर के गाल पर लोहे की जलती पत्ती की तरह चिपकी हुई है।

'चटाक-चटाक' शब्द वातावरण में गूँज रहा है और कभी-कभी उसके स्वयं के गाल पर आकर चिपक जाता है, जिसे वह कभी-कभी थोड़ी देर सहती है, फिर नोच-नोचकर फेंकने लगती है।

उसके हाथ अपने गाल पर गए और गाल को नोचकर उस पर से किसी चीज को फेंकने के भाव से अपने आप आगे की ओर झटका खा गए। किस तरह उसके हाथ उठ गए? वह तो प्रस्तुत नहीं थी किंतु हाथ ने अपना काम कर दिया। उसने एक नई शुरुआत कर दी। हाथ का यह आक्रोश क्या उसके मन का ही आक्रोश नहीं था, जिसे वह वर्षों से भारतीय पत्नीत्व की गहन

परतों में छिपाए थी, जिसे वह बार-बार क्रमागत मूल्यवत्ता के तर्क-भार से दबाती आ रही थी। किंतु आज उत्तेजना के क्षण में उसके अप्रस्तुत होते ही वे परतें टूट गईं। वे कब टूटीं, कब आक्रोश उछला और कब हाथ को जुंबिश देकर डॉक्टर के गाल से चिपक गया, उसे इसका पता नहीं चला। लेकिन जब पता चला तो वह स्वयं हतप्रभ रह गई। किंतु हतप्रभ होने के क्षण से उबरते ही उसे लगा कि चलो यह भी अच्छा हुआ। यही काम उसने पहले क्यों नहीं किया? पहले किया होता तो शायद उसे इस तरह परित्यक्त होने की नौबत नहीं आती। क्यों वह चुपचाप यह यातना सहती रही। आखिर वह पढ़ी-लिखी नारी है, एम.ए. है। उसे समझना चाहिए था कि अन्याय अन्याय है, चाहे वह अपने पति का ही क्यों न हो और उसे यह भी समझना चाहिए था कि रोषमय प्रतिकार से कभी-कभी अन्याय का फन नत हो जाता है। डॉक्टर उसका पति था, उसका पतीत्व पाने का उसे पूरा अधिकार था, वह भिखारिणी नहीं थी, प्रेम और स्वत्व की स्वामिनी थी। उसने क्यों सहा यह सब? नहीं सहती, तो क्या वह आज परित्यक्ता होती?

परित्यक्ता! परित्यक्ता! हाँ, आज वह परित्यक्ता हो गई है, जीवन भर के लिए परित्यक्ता। अब तक वह पत्नी थी चाहे जिस रूप में सही, आज परित्यक्ता है। वह आज सदा के लिए जा रही है। कहाँ जा रही है, किधर जा रही है, कहाँ है उसकी मंजिल? डाल से टूटे हुए पत्ते को पतझर की हवा कहाँ ले जाएगी? कहाँ ले जाएगी···लेकिन डाल से लगा वह पत्ता भी पत्ता कहाँ रह गया था? डाल का रस न पाकर वह तो पीला पड़ गया था। तब क्या बुरा है पतझर की धूल भरी हवाओं में चक्कर काटते हुए निरुद्देश्य लक्ष्यहीन उड़ते रहना। उसका हृदय हाहाकार कर उठा। लाइन बदलती हुई गाड़ी छटपट-छटपट फक-फक-फक करती हुई चिल्ला उठी—सुई-ई-ई···

लता को लगा कि वह गाड़ी से एकाकार हो गई है। लेकिन नहीं, गाड़ी तो लाइन बदल रही है, वह तो लाइन छोड़ चुकी है। गाड़ी की लाइनें एक-दूसरे से जुड़ी हैं, और हर लाइन गाड़ी को गति दे रही है किंतु वह तो एक लाइन छोड़कर उस अँधेरे जंगल में भटकने के लिए छोड़ दी गई है, जिसमें छोटी-छोटी पगडंडियाँ भी नहीं हैं। और जिस लाइन पर वह अब तक आई है, वह तो उसे आगे बढ़ाने की जगह उसके पाँवों की जंजीर बनती आई है,

बल्कि सच यह है कि लाइन ही उस पर सफर करती रही है···नहीं–नहीं, उसे नई लाइन चुननी ही पड़ेगी···

डॉक्टर···डॉक्टर···डॉक्टर···मनुष्यता का कलंक। सात वर्ष··· । तुम पढ़े–लिखे हो और मैं यह नहीं जान सकी कि तुमने मेरे साथ यह सब क्यों किया? यदि मेरे साथ नहीं रहना था तो विवाह क्यों किया? क्यों नहीं अपने खूँसट बाप से कह दिया कि तुम कहीं और मन दे बैठे हो यह विवाह नहीं करोगे। लेकिन तुम चुप रहे। तुम्हारे घरवाले भारी दान–दहेज के साथ मुझे यहाँ उठा लाए और तुम चुपचाप उनके साथ लगे रहे। मेरे यहाँ आने पर मुझसे कतराने लगे। एक एक बहाना बनाकर मुझसे दूरी बनाए रखी और फिर नौकरी के नाम पर घर से दूर चले गए। हाँ, वे तुम्हारी इंटर्नशिप के दिन थे। न घरवालों ने तुमसे कहा और न तुमने इच्छा जाहिर की कि मैं तुम्हारे साथ चलूँ। मेरे पूछने पर तुमने यही कहा था कि नौकरी पक्की होने पर तुम्हें साथ ले चलूँगा।

मुझे अच्छा तो नहीं लगा किंतु करती क्या? मैं दिल्ली के एक बड़े अधिकारी की बेटी इस छोटे से कस्बे के इस सड़े मकान में रहने लगी, जिसमें एक सड़ा हुआ ससुर था, एक सड़ी हुई सास थी और एक बदतमीज ननद थी। इन सबको सह लिया होता यदि तुम्हारा प्यार मिला होता। इस घर में स्थिति जानते हुए भी पिताजी ने तुम्हारी योग्यता और सुंदरता के आधार पर यहाँ से मेरा संबंध जोड़ा था। सोचा था—कौन मुझे इस मकान में रहना है। तुम तो अपने साथ रखोगे। उन्हें क्या पता था कि तुम्हारी शिक्षा और शारीरिक सौंदर्य के भीतर एक अत्यंत असुंदर और विवेकहीन आदमी छिपा है। तुम्हारी अकारण बेरुखी मुझे ध्वस्त करती चली गई और ऊपर से तुम्हारे परिवार के लोगों का सड़ा व्यवहार मुझे और भी घायल कर रहा था।

इस तरह कई वर्ष बीत गए। तुम्हारी इंटर्नशिप पूरी हो गई थी और गोरखपुर के सदर अस्पताल में तुम्हारी नियुक्ति हो गई थी। तो भी तुम मुझे नहीं ले गए। पिताजी दु:खी न हो जाएँ, माँ की छाती न फट जाए, यही सोचकर मैंने उन्हें अपना दु:ख बताया नहीं। लेकिन एक दिन जब देवरानी ने इशारे से बताया कि तुम रमा नामक एक नर्स के मायाजाल में फँसे हुए हो और उसी के साथ हो, तब मैं सनाका खा गई। कुछ दिनों के लिए पिताजी के यहाँ चली गई। मेरा हुलिया देख–देखकर माँ बार–बार पूछती थी—'तुझे हुआ क्या

है रे? माँ से अपना दर्द क्यों छिपा रही है बेटी?' मैं बार-बार टालती रही किंतु एक दिन जब उसने अपनी कसम दिलाकर पूछा तब मैं अपने को सँभाल न सकी और उसकी छाती पर टूटकर रोने लगी। धीरे-धीरे सब कुछ बता दिया।

पिताजी ने सुना तो क्रोध से काँपने लगे। एक दिन मुझे लेकर गोरखपुर पहुँच गए। हम सीधे अस्पताल पहुँचे। वहाँ तुम मिल गए। पिताजी के लिए तुमने जो सम्मान और मेरे लिए जो प्यार उड़ेला वह अद्‌भुत था। तुम मुझसे बोले, 'अरे, मैं तो सोच ही रहा था कि अब तुम्हें बुला लूँ। अच्छा हुआ तुम स्वयं आ गईं। इधर काफी झँझटों में रहा। सोचा, तुम्हें क्यों झंझटों में डालूँ। जब निश्चिंत हो जाऊँगा तब बुला लूँगा। चलो बहुत अच्छा लग रहा है कि तुम खुद आ गईं और इस बहाने बाबूजी के भी दर्शन हो गए।'

तुम्हें अस्पताल के अहाते में ही स्टाफ क्वार्टर मिला हुआ था। तुम वहीं ले गए। दो दिन बाद पिताजी चले गए। फिर मैं अकेली-की-अकेली रह गई। कहने को तुम्हारे साथ थी किंतु तुम्हारे तन-मन दोनों की ऊष्मा का अता-पता नहीं था। अस्पताल में व्यस्तता का बहाना बनाकर क्वार्टर पर कम ही समय बिताते थे।

ऐसे ही कई महीने गुजर गए। समय की इस लंबी दूरी में जीवन की एकरसता बढ़ती गई, वही दैनिक कार्यक्रम, वही दिनचर्या। हाँ, यदि हर दैनिक कार्यक्रम को जीवन की एक घटना माना जाए तो गोरखपुर के चार वर्षों में चौदह सौ आठ घटनाएँ घटीं और हर घटना मुझे धीरे-धीरे तोड़ती चली गई। लेकिन मैं जानती हूँ, संसार की दृष्टि में ये घटनाएँ नहीं हैं, ये एक ही घटना की लगातार आवृत्तियाँ हैं। हाँ, कई महीने गुजर गए तो फिर एक घटना घटी—तुमने कहा कि हम इस क्वार्टर में नहीं रहेंगे। मैं मुहद्‌दीपुर में एक मकान किराए पर ले लूँगा और मैं अपनी खुद की डिस्पेंसरी खोलना चाहता हूँ।

यहाँ मुझसे सलाह तो की नहीं गई थी कि मैं कुछ उत्तर देती। 'ठीक है।' कहकर मैं चुप हो गई। फिर बोली, 'तो नौकरी···।'

'अरे, नौकरी में क्या रखा है, बँधी-बँधाई तनखाह। अच्छे डॉक्टर क्या नौकरी करते हैं? मैं नौकरी से इस्तीफा देने जा रहा हूँ।'

'जैसा आप ठीक समझें।'

तुम कुछ सोच रहे थे, कहीं अपने आप में डूबे थे और इसी अवस्था में

तुम खाट पर जाकर लेट गए।

तुमने इतने ही दिनों में अपने को एक अच्छे डॉक्टर के रूप में ख्यात कर लिया है। रोगी तुम्हारे पास ही ज्यादा आते थे। तुम्हें विश्वास हो चला था कि अपनी डिस्पेंसरी खोलोगे तो खूब चलेगी। तुम्हारे निर्णय में मैं कहाँ सम्मिलित थी, किंतु इतना मुझे विश्वास था कि तुम जो निर्णय ले रहे हो, वह ठीक ही है। मगर पैसे कहाँ से आएँगे? खैर, मैं क्यों सोचती इस प्रश्न पर, अब तुमने मुझे कुछ सोचने का अधिकार ही नहीं दिया था।

कुछ दिनों बाद तुमने सरकारी नौकरी छोड़ दी और मुहद्‌दीपुर में एक मकान ले लिया। तुमने बताया कि तुम्हारी डिस्पेंसरी बख्शीपुर में है।

'मुहद्‌दीपुर में मकान और डिस्पेंसरी बख्शीपुर में। यह तो बहुत दूर हुआ।' मैंने सहज भाव से पूछ लिया था।

'डिस्पेंसरी तो व्यस्त क्षेत्र में ही ठीक रहती है न। मुहद्‌दीपुर कौन आएगा? और मकान शहर में गंदे मिलते हैं।' तुमने सफाई के भाव से कहा था।

तुम्हारी डिस्पेंसरी शुरू हो गई थी। वही क्रम, बल्कि उससे ज्यादा व्यस्त क्रम। सवेरे तुम जल्दी-जल्दी भागते थे और रात को दस-ग्यारह बजे के करीब आते थे। खा-पीकर थके-थकाए सो जाते थे। अस्पताल के क्वार्टर में तुमने दो-चार बार अपनी रातों का भागीदार भी बनाया, लेकिन यहाँ तो मैं अपनी रातों में निहायत अकेली रह गई थी। मैं इसके लिए करती क्या? कभी-कभी पाँव दबाने के बहाने तुम्हारे निकट जाने का प्रयत्न करती तो तुम कहते—'छोड़ो, बहुत थका हूँ, सोने दो।'

'सोओ डॉक्टर, मैं तो जिंदगी भर जागने के लिए हूँ ही।' इस भाव से मैं अपनी खाट पर आकर लेट जाती और सुबह होने की प्रतीक्षा करती।

मेरे मकान की बगल में एक अधेड़ पहाड़िन का मकान था। वह रात को रह-रहकर चिल्लाती थी—उ ओ ओ···। उसके चिल्लाने से रात में एक दर्दनाक आवाज की लकीर सी खिंच जाती थी—जैसे जलता हुआ लुक हो और मैं उस आवाज की लकीर से बिंधी-बिंधी पता नहीं कहाँ-कहाँ तक उड़ती चली जाती थी, एकाएक धम्म से पानी में गिर पड़ती थी और हाथ-पाँव मारती हुई पानी से मुक्ति पाने के लिए तड़पने लगती थी, और धीरे-धीरे

फिर शांत हो जाती थी। फिर वही आवाज और फिर वही सबकुछ। वह दिन को भी चीखती थी। मैंने एक दिन जमादारनी से पूछा, 'क्यों वह चीखती रहती है?'

'पागल है, बीबीजी। और पागल भी क्यों हुई? सुना है, इसका मरद फौज में था, लड़ाई में मारा गया। इसे विश्वास नहीं हुआ, लेकिन पागल हो गई और लगता है उसी को बुलाती है।' उ ओ ओ···फिर वह पगली चिल्लाई।

उ ओ ओ···मेरा अंतर भी चिल्लाया। और पगली की आवाज के साथ चिल्ला उठता है। लेकिन मैं किसे पुकारूँ? पुकारूँ तो तब जब कोई दूर हो और पुकार पर आनेवाला हो, जब कोई पास होता हो, तो उसे पुकारा नहीं जाता, पुकार की लंबाई वहाँ अँटती ही नहीं, वहाँ तो धड़कनें धड़कनों को सुनती हैं और जब धड़कनों में संवाद न हो रहा हो तो पुकारने का क्या अर्थ? और यह स्थिति कितनी भयावह है, डॉक्टर। काश, कभी तुम इस भयावहता का अनुमान कर सके होते।

डॉक्टर, अब तुमने रात को आना भी बंद कर दिया। दो-दो दिन तक मेरे पास नहीं आते थे। मैंने पूछा तो बोले, 'आजकल मरीजों की भीड़ बहुत हो गई है। उनसे निबटते-निबटते काफी देर हो जाती है तो वहीं डिस्पेंसरी में ही सो जाता हूँ।'

लेकिन मुझे विश्वास नहीं हुआ। मुझे लगा कि जरूर कोई गोलमाल है। मुझे पता नहीं था कि तुम्हारी डिस्पेंसरी बख्शीपुर में कहाँ है? फिर भी मैंने एक दिन तुम्हें डिस्पेंसरी में देखने की कोशिश की। यह तो जानती ही थी कि तुम नामी डॉक्टर हो, मुहल्लेवालों को जरूर पता होगा। जब तुम तीन-चार दिन तक नहीं आए तो मैं पेटदर्द का बहाना बनाकर दवा लेने के लिए तुम्हारे पास चल पड़ी। रिक्शावाले ने बख्शीपुर में तुम्हारा पता पूछा। आसानी से पता चल गया। वहाँ जाकर देखा कि तुम आला लगाए हुए किसी बच्चे की छाती देख रहे थे और रमा पुर्जियाँ देख-देखकर दवा तैयार कर रही थी। डॉक्टर, तुमने मुझे देखा तो एकाएक हड़बड़ा गए और तुम्हारे हाथ से आला छूट गया। फिर तुम सँभल गए। और मुझे मरीज की तरह ट्रीट करते हुए रहस्यमय ढंग से पूछा—

'कहिए, कैसे आईं?'

'मेरे पेट में बहुत तेज दर्द हो रहा है, डॉक्टर साहब!' अभिनय करती हुई मैं बोली।

'अच्छा-अच्छा, यह दवा लीजिए, ठीक हो जाएगा।' कहकर उन्होंने आवाज दी—'रमा यह पुरजा लेना।' मैंने लपककर पुरजा ले लिया—'लाइए, मैं खुद ले लेती हूँ। डॉक्टर तुम असंतुलित हो गए थे। तुमसे ठीक से काम नहीं हो पा रहा था। मैं पुरजा लेकर रमा के पास पहुँची। पुरजा देते हुए पूछा, 'आप कब आईं?'

रमा कुछ बोली नहीं। चुपचाप दवा बनाती रही। बनाकर उसने कुछ पुड़ियाँ मुझे पकड़ा दीं।

मैंने धीरे से कहा, 'तो तुम यहाँ भी आ गईं?'

'हाँ।' कहकर वह काम करने लगी। इच्छा हुई कि इस चुड़ैल का सारा चिट्ठा खोल दूँ, लेकिन इसमें तुम्हारी भी तो बदनामी थी, डॉक्टर। इसलिए मैं चुपचाप खून के घूँट पीकर रह गई। मैंने देखा कि डिस्पेंसरी का मकान काफी बड़ा है। डिस्पेंसरी के बीच से ही ऊपर एक सीढ़ी जाती हुई दिखाई पड़ी। मुझे लगा डॉक्टर, कि ऊपर तुम रहते होगे। इसे देखना चाहिए। मैंने कराह भरते हुए जोर से पेट पकड़ लिया और वहीं बैठ गई—'ओह, बड़े जोर से दर्द हो रहा है।' डॉक्टर तुम मुझे इस हालत में देखकर परेशान हो गए। तुम शायद समझ रहे थे कि मैं बहाना कर रही हूँ। तुम्हें यह भी डर लगा होगा कि पता नहीं यह क्या-क्या बकना-फकना शुरू कर दे। तुमने कहा, 'रमाजी, इन्हें ऊपर ले जाकर लिटा दीजिए और दवा पिला दीजिए।'

रमा मुझे ऊपर ले गई और एक खाट पर लिटा दिया, फिर बहुत बेशर्मी से बोली, 'अभिनय अच्छा कर लेती हो।'

'तुमसे भी अच्छा? तुमने तो इतना बड़ा अभिनय किया है कि मेरा पूरा जीवन अभिनय में बदल दिया है और यह अभिनय भी तो तुम दोनों की इज्जत बचाने के लिए ही किया है। मिस रमाजी, मन में तो आया कि सबके सामने तुम लोगों की बखिया उधेड़ दूँ।'

'अच्छा-अच्छा, चुपचाप लेट जाओ। मरीजों के जाने के बाद हम लोग यहाँ आएँगे।' कहकर रमा नीचे चली गई।

मैंने देखा—दो खाटें पड़ी हैं। साड़ियाँ, बुशर्ट, पैंट बाकायदा टँगे हैं।

यानी पूरी गृहस्थी बसी हुई है। तो यह माजरा है? यह हरजाई यहाँ आ पहुँची है और समानांतर गृहस्थी बस गई है। मुझे टँगे कपड़ों से दुर्गंध सी आने लगी। मेरा माथा चक्कर काटने लगा। मैं आवेश में सीढ़ी उतरकर तुम्हारे सामने आ गई और आते ही तुमसे कहा, 'मेरा दर्द ठीक हो गया डॉक्टर साहब, धन्यवाद। विश्वास है कि ठीक ही हो जाएगा किंतु यदि शाम को एक विजिट कर लें तो अच्छा हो, मैं विजिटिंग फीस दे दूँगी। मेरा पता यह है।'

मैं अपने पते की एक चिट छोड़कर नीचे उतर आई और एक रिक्शा पर बैठकर कहा, 'चलो मुहद्दीपुर।'

तुम शाम को बल्कि दस बजे रात में मेरे यहाँ आए और बड़े प्यार से बातें करते रहे। फिर तुमने कहा, 'लता, तुम डिस्पेंसरी आईं, यह अच्छा ही हुआ, जो सही बात है, उसे तुमने स्वयं देख लिया। शायद मैं न कह पाता। रमा से मैंने शादी से पहले ही प्रेम किया था, यह तो मैंने बताया ही था। वह प्रेम नहीं टूटता। न रमा मुझे छोड़ पाती है और न मैं रमा को। क्या यह अच्छा नहीं कि तुम दोनों मेरे साथ रहो।'

'नहीं।' मैं एकदम तड़प उठी थी, 'तुम ब्याहता पत्नी और एक रखैल को एक स्तर पर रखना चाहते हो?'

'रखैल? रखैल है रमा?'

'तो और क्या है? तुम्हें शायद मालूम हो या न हो, मुझे ज्ञात हुआ है कि तुम उसके चहेते तीसरे पुरुष हो। यह दो मर्द छोड़ चुकी है।'

'यह सब झूठ है लता, उसे बदनाम करने के लिए किसी ने कह दिया होगा तुमसे।' तुम बहुत मधुर स्वर में बोले जा रहे थे।

'झूठ है, तो उससे शादी कर लो, छिपाकर क्यों कारोबार चला रहे हो? सबके सामने घोषित कर दो कि तुम्हारी पत्नी है। और मुझे छुट्टी दे दो। अब मुझे मालूम हुआ है कि तुमने रमा को यहाँ रखने के लिए ही सरकारी नौकरी से त्यागपत्र दिया है और पता नहीं यह चुड़ैल कब से यहाँ आई हुई है।'

'अब जो भी है, तुम्हारे सामने है, लता। इस यथार्थ स्थिति को स्वीकार करते हुए ही कोई रास्ता निकालना होगा। धीरज धरो, सब ठीक हो जाएगा।'

'ठीक है, तो मेरा भी फैसला यही है कि मैं उस रमा नामक औरत की छाया भी सहन नहीं कर सकती। मैं यहीं रहूँगी, आप रहिए उसके साथ। अगर

कभी-कभी उचित समझें तो दर्शन दे जाया कीजिए। और हाँ, चूँकि मैं इस मकान में आपके निर्णय के विपरीत निवास करूँगी, इसलिए किराया मैं स्वयं दूँगी।'

'कहाँ से तुम दोगी?'

'कहीं से दूँ, तुमसे मतलब।'

और तुम हँसते हुए, बार-बार आश्वासन देते हुए दो घंटे बाद वहाँ से चले गए थे और मैं कटे हुए वृक्ष की तरह अपनी खाट पर गिरकर देर तक सिसकती रही। पता नहीं कितने महीने और वर्ष ऐसे ही बीत गए।

मैं जवान औरत, दिन-रात घर में अकेली, कितनी दहशत, कितना भय···तुमने यह सबकुछ भी नहीं सोचा। सोते-सोते मैं सपने से जाग पड़ती। लगता, कोई दरवाजा खटखटा रहा है···लगता, जंगल में से अँधेरे की आँखें घूर रही हैं···लगता बाहर कोई खिलखिला रहा है।

मेरी बगल के मकान में एक प्रोफेसर थे डॉक्टर शर्मा और उनकी पत्नी। दोनों ही बहुत शरीफ थे। इनसे परिचय कुछ बाद में हुआ, लेकिन जब हुआ तो धीरे-धीरे गहरा होता गया। मुझे लगा कि हमारी परिस्थिति का ज्ञान होने पर उन्हें मुझसे बेहद सहानुभूति हुई, उन्हें मेरा दर्द छू गयां था। उन दोनों ने मुझसे कहा कि आप घबराइएगा नहीं, कोई भी बात हो हमसे कहिएगा।

उनके प्रति मैं आभार से झुक आई। क्या विडंबना है—अपना पति तो इस प्रकार मुझे अँधेरे के जंगल में छोड़ दे और दूसरे लोग मेरे आसपास अनेक दीये जलाकर रोशनी कर दें।

अब मैं प्राय: मिसेज शर्मा के पास बैठने लगी—और वे भी प्राय: मेरे यहाँ चली आतीं। लेकिन बाहर का सन्नाटा भले कट जाए डॉक्टर, क्या इससे भीतर का सन्नाटा कटता है? पता नहीं कैसे एक दिन मैं कागज पेंसिल लेकर बैठ गई और कागज पर पेंसिल से कुछ रेखाएँ खींचने लगी। मैंने मैट्रिक में ड्राइंग ली थी, लेकिन बाद में यह सब छोड़-छाड़ दिया था। जब पहले दिन मैंने अनजाने ही कागज पर पेंसिल चलाई तो मेरा चित्र बनानेवाला पिछला संस्कार जाग उठा।

मैं मिसेज शर्मा के साथ जाकर कूची और रंग खरीद लाई और अकेले में बैठकर चित्र बनाने लगी। मैं कुछ सोचकर चित्र नहीं बनाती थी, कुछ अपने आप कागज पर उभर आता था और फिर मैं उसे रँगती थी। कुछ दिनों में ही

मेरे पास पच्चीस-तीस चित्र हो गए। मैंने एक साथ उन चित्रों को रखकर उनकी पहचान शुरू की—पतझर के चित्र, उदास दुपहरी के चित्र, धूल भरी आँधी में टूटते वृक्षों के चित्र, जंगल के अँधेरे सुनसान में भटके हुए यात्री का चित्र, मकड़ी के जाले का चित्र, घर के जंगलों के पास घूमती हुई दो बड़ी-बड़ी डरावनी आँखों का चित्र, एक लंबे ताल के ऊपर उड़ते अकेले पंछी का चित्र, एक अंधे कुएँ में से निकलती लाल लपटों का चित्र। मुझे लगा कि मेरे इधर के चित्रों में लाल रंग अधिक उभरता गया है। लाल सुर्ख रंग—अंधे कुएँ में से निकलती लाल लपटें, दिन के भीतर से फूटती हुई गहरी सुर्ख शाम, बोतल के भीतर फँसा हुआ गुलाब का एक लाल फूल। और भी चित्र हैं—जलता हुआ जंगल, अँधेरे पर चोट करती लाल मशालें, लाल-लाल जिह्वा से पिशाचिनी का खून पीती चंडिका, मार्च करते हुए लाल-लाल झुंड…पता नहीं, यह सब क्या है, क्यों है? मैं तो इतना ही जानती हूँ कि मैं इन्हें बनाती नहीं हूँ, मुझसे बनते चले जाते हैं। एक दिन प्रोफेसर साहब ने इन चित्रों को देखा तो देखते ही रह गए। कुछ देर बाद बोले, 'बहुत अच्छा, लताजी। आप में महान् चित्रकार छिपा हुआ है। 'आह से गान उपजना' इसी को कहते हैं।' मैं लगातार रीतती गई। एक दिन मिसेज शर्मा ने मुझे कहा, 'माफ करना लता, तुमसे पूछे बगैर मैंने एक काम कर दिया है।' 'मुझे विश्वास है बहनजी, आपने जो भी किया होगा, मेरे भले के लिए किया होगा।'

"हाँ, लता मुझे लगा कि अब इस तरह डॉक्टर की प्रतीक्षा करना व्यर्थ है, अब तो वे तुम्हारे पास महीने-महीने भर तक नहीं आते। और तुम इस यौवन काल में सूखकर काँटा बनती जा रही हो। डॉक्टर से तुम्हें प्रेम है, लेकिन उतना ही स्वाभिमान भी है। तुम किसी के आगे अपना दुःखड़ा नहीं कह सकतीं, तुममें इतना धैर्य है कि पहाड़ सा दुःख भी उठा सकती हो, लेकिन कब तक? और क्यों? आखिर शरीर की शक्ति की भी तो सीमा होती है, वह कब तक बरदाश्त करेगा? आईने के सामने अपने को खड़ी करके तो देखो कि तुम क्या हो गई हो।'

मैं सिर झुकाए सुनती रही। सोचती रही, देखूँ अब क्या आगे कहती हैं।

'मैंने तुम्हारे पिताजी को लिख दिया है कि आकर वे तुम्हें ले जाएँ और…।'

'और क्या, बहनजी?'

'नया जीवन?'

'हाँ, नया जीवन। प्रेम के शव को ढोने से कोई फायदा नहीं, लता। जीवन अमूल्य होता है। इससे संबंधित जब किसी वस्तु का मूल्य चुक जाए तो उसे छोड़ ही देना चाहिए। जीवन के संदर्भ में वस्तु की सार्थकता और निरर्थकता की पहचान होती है। यह हमारी मोह-वृत्ति है कि हम अपने से जुड़ी निरर्थक-से-निरर्थक वस्तु को चिपकाए घूमते हैं। जब हम निर्ममतापूर्वक उसे छोड़ देते हैं, तब भी कुछ दिनों तक उसके लगाव का दंश हमें सालता रहता है, लेकिन धीरे-धीरे जीवनी-शक्ति उसे पचा लेती है।'

मैं कुछ नहीं बोली। मैंने शायद मिसेज शर्मा के माध्यम से अपनी ही आवाज सुनी। मिसेज शर्मा कितनी भली हैं और कितनी विचारवान। उनके विचारों ने मेरे भीतर जन्म लेते हुए नए विचारों को जैसे मूर्त कर दिया। मैंने स्वयं पिताज़ी को पत्र लिखकर अपनी स्थिति से अवगत कराने को कई बार सोचा, लेकिन मन में यह भय भी था कि पिताजी इस स्थिति में मुझे यहाँ से सदा के लिए उठा ले जाएँगे और मैं इस स्थिति में सबकुछ झेलती हुई भी किसी मोह-सूत्र से तुमसे जुड़ी हुई थी, डॉक्टर। मैं मानती हूँ कि पढ़ी-लिखी स्त्री होने के कारण मुझे संबंधों की यह जड़ता नहीं पालनी चाहिए थी। इतनी भयानक यातना और उपेक्षा के पश्चात् मुझे अपने जीवन के संबंध में फिर सोचना चाहिए था। लेकिन पता नहीं क्या था मेरे मन में, जिसे मैं समझ नहीं पा रही थी और उसे पाले हुए थी। आज श्रीमती शर्मा के विचारों ने मेरे अपने नए विद्रोही विचारों को उत्तेजना दी है।

पता नहीं क्या था डॉक्टर, कि मैं श्रीमती शर्मा की बात से एक आश्वस्ति अनुभव करती हुई भी रात भर बुरी तरह अपने से लड़ती रही। तुम बार-बार भीतर उभरते रहे, मैं बार-बार तुम्हारे चित्र को मिटाती रही। और इसी मनःस्थिति में कई दिन बीत गए। तुम्हारे दिल्ली-निवास के समय हम दोनों ने एक फोटो खिंचवाई थी—इसमें हम दोनों एक साथ थे। मैं इन दिनों बार-बार इस फोटो को देखती थी। मैं प्रायः तुम्हारी फोटो पर हाथ रखकर अपनी फोटो देखती थी। देखती थी अकेली कैसी लगती है? फिर दोनों की फोटो देखती थी। कभी अपनी छिपाकर, तुम्हारी फोटो देखती थी। कभी जब तुम्हारी फोटो

अकेली होती थी, तुम्हारे साथ रमा की काल्पनिक फोटो उभर आती थी और मैं भन्ना उठती थी और अपनी फोटो खोल देती थी। कई दिनों तक यह क्रम चलता रहा। एक दिन न जाने क्या हुआ कि मैंने पास पड़ी कैंची उठा ली और फोटो को बीच से काट दिया। तुम्हारी और मेरी फोटो कटकर अलग-अलग गिर पड़ी। न जाने कैसी विचित्र अनुभूति हुई थी, लेकिन तभी एक विचार कौंधा कि मैं अपनी फोटो इनलार्ज कराऊँगी। अभी तक वह तुम्हारी फोटो के बंधन में पड़ी-पड़ी न तो तुम्हें पा सकी थी, न अपने को। आज उसे अपने को पाना होगा, उसे अपना पूरा अंतरंग विस्तार पाना होगा। हाँ, उसे इनलार्ज कराऊँगी। अनजाने कैंची ने कितना बड़ा निर्णय ले लिया।

मेरे पिताजी आ गए। वे बहुत दु:खी थे, मुझे देखते ही उनका गला भर गया, आँखें भर आईं, लेकिन उनके विषाद के बीच से भी एक निर्णय उग रहा था। वे हर बार की तरह धुंध में डूबे हुए नहीं लगे, लगता था वे कोई फैसला करके आए हैं। और जब मैं अपनी दुर्बल विषादमयी काया लेकर सामने नत सी बैठी थी बोले, 'कोई बात नहीं बेटे, बनवास के दिन बीत गए, अब अपने घर चलो।'

'अपना घर' शब्द इतना बड़ा धक्का दे गया कि मैं गिरते-गिरते बची। क्या विडंबना है कि जिसे मेरा घर होना चाहिए था, वह बनवास सिद्ध हुआ। मैं भी दु:खी किंतु साफ स्वर में बोली, 'हाँ पिताजी, मैं अब अपने घर चलूँगी।' और सँभलते-सँभलते में फफककर रो पड़ी थी।

'तुम्हारी माँ भी आई हैं किंतु वे बनारस ही ठहर गई हैं, तुम्हारे मामा के यहाँ। वे भी आ रही थीं, मैंने मना कर दिया है। सोचा, पता नहीं कैसी स्थिति हो?'

'स्थिति अब क्या होगी? इससे बुरी स्थिति अब क्या होगी, पिताजी?'

'ठीक है, सामान बाँधो-बूँधो। आज ही रात को निकल चलेंगे।'

मैंने सामान बाँध-बूँध लिये। वे थे भी क्या? बस अपने कुछ कपड़े और कुछ और सामान। बाकी जो कुछ है वह यहीं रहेगा। जिसका है वह सँभालेगा। हाँ, जिसका है वह सँभालेगा। मैं तो तुम्हारी नहीं हो सकी डॉक्टर, लेकिन मेरे पिताजी द्वारा दिए गए सारे सामान तुमने और तुम्हारे घरवालों ने बहुत प्यार से समेट लिये। पैसे-रुपए, कपड़े-बरतन, कैमरा, टेपरिकार्डर,

रेडियो, फर्नीचर—इन्हें अपनाने में न तुम्हें कोई संकोच हुआ, न तुम्हारे घरवालों को। कितने बड़े स्वाभिमानी और विवेकशील व्यक्ति हो तुम कि खाली इन चीजों को पाने के लिए तुमने शादी की। अरे, तुममें इतना पानी होता तो गलती करने के बाद सीना तानकर पिताजी से कहते कि मैं अब इस लड़की का जीवन बरबाद नहीं करूँगा और आप द्वारा दी गई चीजों पर मेरा कोई अधिकार नहीं। हालाँकि उन चीजों को वापस कौन लेता? वे चीजें तो शव बनकर मेरे ही ऊपर लद जातीं और तुम्हारे साथ बीते हुए संबंधों की निर्जीवता और सड़ांध का एहसास दिलातीं और इन पर तुम्हारे और रमा के संबंधों के गहरे निशान भी तो हैं।

गाड़ी जाने में अभी दो घंटे की देर थी। तुम पंद्रह दिनों से मेरे यहाँ नहीं आए थे। एक बार जी में आया कि तुम्हें सूचना दिए बिना चली जाऊँ। लेकिन नहीं, मैं इतनी छोटी होकर तुम्हारे पास से नहीं जाऊँगी—मैं पिताजी के साथ रिक्शे पर बैठकर तुम्हारी डिस्पेंसरी पहुँची। तुम्हारी डिस्पेंसरी मरीजों से भरी थी। मैंने जाते ही कहा, 'मैं अब सदा के लिए आपके पास से जा रही हूँ, डॉक्टर साहब। अब इस नरक में और नहीं रहा जाता और न आपके झूठ का बोझ सहा जाता है। मैं आपको जाने की सूचना दूँ, इसका भी अधिकार आप खो चुके हैं, लेकिन मैं भगोड़े की तरह आपके पास से नहीं जाना चाहती। आखिर मैं आपकी पत्नी हूँ न, इसलिए घर की चाबी देकर जाना मेरा फर्ज होता है। लीजिए चाबी और अपना घर सँभालिए।'

यह कहकर मैंने तुम्हारी ओर दो-तीन बेकार चाबियों का गुच्छा फेंक दिया। 'मैं छिपकर नहीं जा रही हूँ, डॉक्टर साहब। देखिए, सड़क पर मेरे पिताजी रिक्शा पर बैठे हैं। उनके साथ जा रही हूँ। यदि मैं बताकर नहीं जाती तो पता नहीं मेरे जाने के बाद आप क्या-क्या सोचते, क्या-क्या प्रचार करते, किस तरह प्रेम के झूठे आँसू बहाते।'

तुम एकदम स्तब्ध थे, तुम्हारे रोगी एक अप्रत्याशित रूप से घटित नाटक को देखने के भाव से देख रहे थे।

'चुप रह, पागल औरत। दवाखाने में आकर क्या गबड़-गबड़ कर रही है।' रमा ने डाँटा था। मैं उसकी ओर मुड़ गई, मेरी आँखें देखकर वह शायद एक बार सहम गई और मैं बरसने लगी—

'देख, अब मैं जा रही हूँ, तू निष्कंटक राज्य कर। लेकिन तू तो घाट-घाट का पानी पीए हुए है, कब तक साथ निभा पाएगी, कहना मुश्किल है। कई मरदों को छोड़कर इनके पास आई है, अब तो कुछ हया करना। तूने मेरी जिंदगी तो तबाह की है, इनकी मत करना। अब पूरी आस्था और निष्ठा के साथ इनकी देखभाल करना और नारीत्व को उसका अर्थ देने की तमीज सीखना…।'

'शट अप। तुम्हें एक भद्र महिला से बोलने की तमीज सीखनी चाहिए।' तुम एकाएक तड़प उठे थे और पता नहीं क्या हुआ कि मेरा बँधा हुआ हाथ अनियंत्रित हो उठा और तुम्हारे गाल पर लगा—चटाक।

'आप मुझे अकेले में चाहे जो भी यातना देते, मुझे मंजूर था और मंजूर करती आई हूँ, लेकिन आपने इस फाहशा के लिए अपनी ब्याहता पत्नी का भरी सभा में अपमान किया?' बड़बड़ाती हुई मैं वहाँ से चली आई। जल्दी-जल्दी सीढ़ी उतरकर रिक्शा पर आई। रिक्शा पर बैठकर कहा, 'चलिए, पिताजी।'

□

होली

नीरू के पहुँचते ही कहकहा और जोर पकड़ उठा। सत्तर साल का बूढ़ा कहार रामदीन होली के बीच चारपाई पर बैठा हुआ था। उसकी उभरी हुई हड्डियाँ और नसें उसे एक कंकाल का रूप दे रही थीं। आँख से कीचड़ बह रहा था। वह शांत भाव से उसी होली के बीच बैठा मानो जुगाली कर रहा था। लड़के हो-हो करके तालियाँ पीट रहे थे—

धिन्ना धिन्ना धिनाक

धिना धिन्ना धिनाक

लोग पहपट गाते हुए होली के पास पहुँच रहे थे। नीरू को हँसी आ रही थी, किंतु लड़कों की शरारत की कुरूपता उसे भीतर-ही-भीतर साल रही थी।

धिना धिन्ना धिनाक

बाजा-गाजा बंद। बच्चे, बूढ़े, जवान सब लोग एक बार जोर का कहकहा लगा उठे, किंतु रामदीन ज्यों-का-त्यों वहीं बैठा हुआ था। गाँव के मुखिया कुबेर पांडे ने सुपारी चबाते हुए मुसकराकर पूछा, "क्यों रामदीन, आज अच्छी साइत बनी है क्या? अरे अब तो निकल आओ।"

रामदीन ने अपनी आँख से कीचड़ पोंछते हुए काँपती आवाज में जवाब दिया—"मुखिया बाबू, किसलिए निकलूँ? बाल बच्चों को भगवान् ने छीन लिया—जो रही-सही झोंपड़ी थी, उसे आपके इन राजकुमारों ने उजाड़कर

होली मइया में डाल दिया। उससे भी पेट नहीं भरा तो चारपाई सहित मुझे भी डाल दिया। अब इससे बढ़िया चिता कहाँ मिलेगी? आज आप लोगों को असीस देती हुई मेरी साँस-साँस उड़ जाएगी।''

लोगों के कहकहे धीरे-धीरे पथरा रहे थे। एक अज्ञात आशंका जैसे लोगों की आँखों पर धीरे-धीरे सुलग रही थी। होली जलाने का समय हो गया था। मुखिया ने जोर देकर रामदीन को होली में से निकल जाने को कहा। किंतु रामदीन अपनी थरथराती आवाज में 'नहीं' को पकड़े हुए था। उसका तर्क तो सुनिए—''होली में जो चीज पड़ जाती है, उसे वापस नहीं लिया जाता। इससे गाँव का भला नहीं होता। मेरे बाहर निकल आने से न मेरा भला होगा न गाँव का।'' मुखिया को क्रोध आया। चटककर पूछा, ''किन लड़कों ने इस जपाट को होली में फेंका है रे! एक नई मुसीबत खड़ी हो गई।''

लड़के चिल्ला उठे—''नीरू ने, नीरू ने।''

''ऐं मैंने?'' नीरू चौंक उठा।

''हाँ-हाँ, तुमने।'' महेश ने तेज जवाब दिया।

''शरम नहीं आती तुम्हें झूठ बोलते हुए।'' नीरू तेज हो उठा।

महेश ने लड़कों को संबोधित करके कहा, ''बोलो लड़को! नीरू ने नहीं कहा है कि होली में पुरानी और व्यर्थ की चीजों को डालते हैं, डालो।'' सब लड़के एक साथ चिल्ला उठे—''हाँ, हाँ, कहा है, कहा है।''

''बड़े समझदार हो तुम लोग'', नीरू बौखला उठा। ''मैंने यह तो नहीं कहा कि किसी बूढ़े आदमी की जान ले लो। अपने गुंडई करते हो तुम लोग और थोप देते हो मेरे सिर।''

''तुम गुंडे-तुम गुंडे, खबरदार जो हम लोगों को गुंडा कहा।'' लड़कों का समवेत स्वर कौंध उठा। किंतु दोष जिस किसी का हो, अब तो इस बूढ़े को होली में से निकालना है।

नीरू के मन पर चोट लगी। ये छोकरे इस गरीब को आग में फेंककर कैसी बेहयाई से निकले जा रहे हैं। आखिर यह महेश अपने को समझता क्या है? मुखिया का बेटा हुआ तो क्या हुआ? लफंगा नंबर वन है। बच्चू आज क्लास में खूब पीटे जो गए हैं। मुझसे कहते हैं नकल कराने के लिए, मैं क्यों कराऊँ? उसी से खार खाए हैं मुझसे। अच्छा देखूँगा।

मुखिया कुबेर गरज उठे—"क्यों बे रामदीन, निकलता है कि नहीं? क्यों त्योहार के दिन परेशान करता है?"

"नहीं, मैं नहीं निकलूँगा, जो चाहो सो करो।" रामदीन जिद पकड़े हुए था। "क्यों रे नीरू की दुम, अब निकालता क्यों नहीं है? इसे डलवाने के लिए तो बड़ा वीर था।" मुखिया क्रोध से गरज उठे।

"क्यों मुखिया काका, मैंने क्या किया है? अपने लाडले महेश से क्यों नहीं पूछते हैं, जिसने निरबल तेली का गोहरा उजाड़कर उसे दो लाठी जमाया भी है और जिसने इस बुड्ढे रामदीन को अपने कंधे पर ढोकर इसका क्रिया-कर्म करने को सोचा है।"

"चुप रहो! शरम नहीं आती, कैंची की तरह जबान चलाते हुए।" मुखिया तैश में आ गए।

"मैं क्यों चुप रहूँ? शरम तो आपको आनी चाहिए कि एक बेगुनाह लड़के पर इस तरह अपने बेटे का गुनाह लाद रहे हैं। मैं तो दो घंटे से खलिहान में बैठा हुआ था।" नीरू काँप रहा था।

"अच्छा रे छोकरे! तेरी यह हिमाकत! कहिया पूत जनमलें कहिया झाँकर भइल। चला है मुझी से पद और गुनाह की बात करने।

मुखिया और नीरू में कहा-सुनी हो रही थी कि सुमेश पांडे ने आकर अपने बेटे नीरू को जोर-जोर के तीन-चार थप्पड़ जड़ दिए—"शैतान, हर जगह रार बेसहता चलता है, बड़ा बुद्धिमान बना फिरता है।" तब तक रमेश ने आकर सुमेश का हाथ थाम लिया, "काका, क्या करते हैं? नीरू भइया ने तो सचमुच कुछ नहीं किया है। यह सब तो मनगढ़ंत बातें हैं।"

"तो अब तक क्यों चुप थे?" सुमेश ने अग्निाए नेत्रों से रमेश की ओर देखकर पूछा।

"क्या करूँ काका? मेरी तो क्या, किसी की हिम्मत इस महेश के खिलाफ बोलने की नहीं होती है। यह कुछ छोकरों का दल बनाकर सबको परेशान किया करता है।"

महेश ने रमेश को घूरकर देखा—जैसे कह रहा हो, समझ लूँगा बच्चू! मुखिया अपने लड़के की शिकायत सुनने के कायल नहीं थे। लापरवाही से रमेश को देखकर वे डपटे, "अब भाइयो, देर हो रही है। इस जपाट को होली

में से बाहर खींचो।" लड़के हो-हो करते हुए आगे बढ़े और रामदीन को बाँहों पर टाँग लिया। रामदीन चमगादड़ की तरह उनसे चिपट गया किंतु लड़कों ने उसे घसीटकर बाहर करके छोड़ा।

पहपट शुरू हुआ।

घिना घिन्ना घिनाक

झम झम झम झम

फागुन भरि बाबा देवर लागी

फागुन भरि बाबा देवर लागी

रागरंग शुरू हुआ। होली में आग लग गई। लपटें चिटख-चिटखकर आसमान छूने लगीं। लपटों की लंबी-लंबी छायाएँ पोखरी को पार करती हुई बरगद और बाँसों की शिखाओं पर लोटने लगीं। लोग लपट में तीसी भून रहे थे। शुभ है यह। गाने-बजाने के प्रवाह में यह भूल ही गए कि अभी कुछ हुआ था। और सचमुच हुआ भी क्या? लड़कों की कहा-सुनी। यह तो कोई गंभीर अर्थ नहीं रखती। बच्चे हैं, झगड़ते हैं, हिल-मिल जाते हैं, उन्हें चार बात कह भी दो तो उसका उनके दिल पर कोई असर नहीं पड़ता। किंतु नीरू का कोमल हृदय इस घटना में आहत हो उठा था। उसका स्वाभिमान रह-रहकर भीतर-ही-भीतर फूत्कार कर रहा था। उसकी आँखों में न जाने कितनी भावी परछाइयाँ काँप रही थीं। किंतु उसकी परवाह किसे?

लपटें तेज होती जा रही थीं, पहपट और तेजी से उठ रहा था। सब एक-दूसरे को प्रणाम कर रहे थे, नया साल जो शुरू हो रहा था। किंतु आह! उस बूढ़े रामदीन की खोह सी आँखों में उसकी जलती हुई झोंपड़ी की लपट लोट रही थी।

गिरती हुई लपटों को छोड़कर समूह फिर आगे बढ़ा। नीरू धीरे-धीरे अपने खलिहान में सरक गया और मुखिया का दरवाजा फिर चौताल, नगाड़ों और करताल झाल के सम्मिलित नाद से मुखर हो उठा। सबसे अलग एक बूढ़ी जर्जर परछाईं उस पेड़ की छाँह में जाकर समा गई।

नीरू खलिहान में लेटा-लेटा आज की घटनाओं के सूत्रों को सुलझा रहा था। आज का त्योहार मस्ती का है, रागरंग का है, समानता का है। पुस्तकों में उसने यही बात पढ़ी और अपनी तीव्र संवेदनाओं से उसने अनुभव भी यही

किया है। किंतु ये छोकरे अपनी मस्ती में दूसरों की मस्ती को भूल जाते हैं। बेकार की खुराफात करते हैं। वह यह अनुभव करता है कि इन लड़कों के घरवाले उन्हें ऐसा बनने देने के लिए सुविधाएँ जुटाते हैं।

उसका मन खिन्न तो हो उठा था, किंतु होली राष्ट्रीय पर्व है, इसमें हमारी सामूहिक खुशियों की लहरें गले मिलती हैं। उदास बैठना ठीक नहीं। तो क्या करें? कल सुबह होनेवाली घटनाओं की तसवीरें उसके मन में उतरा गईं। वह उठा। घर से कागज-कलम लेकर कुछ लिखा और चल पड़ा गाँव के उत्तर उस टीले की ओर। सुनसान एकदम सुनसान। कहते हैं कि उस टीले के आसपास भूतों का डेरा है। किंतु नीरू चला जा रहा था। सुनसान कैसा? आज तो दूर-दूर तक फैले हुए नीरव सिवानों और खामोश पगडंडियों की शिराओं में रागों का रक्त बह रहा था। चौताल साफ-साफ सुनाई पड़ रहा था। इस टीले के पास तो जैसे चारों ओर के गाँवों के संगीत की आत्माएँ आ-आकर मिल रही थीं। डर कैसा? फिर भी सुनते हैं, इस टीले पर भूत नहीं आ सकते। यहाँ तो ब्रह्म बाबा का निवास है। टीले तक जाकर नीरू ने पीपल के पेड़ पर कागज चिपका दिया और धीरे-धीरे सफेद रास्ते पर बहता हुआ लौट आया।

सुबह-सुबह गाँव के बाहर दग्ध होली के पास लड़कों का शोर उमड़ उठा। उसी के समानांतर उस पास वाले गाँव से कोलाहाल की एक धारा बहने लगी। लड़के होली की गरम-गरम राख को बुझा-बुझाकर झोली में भरने लगे। और फिर एक सम्मिलित हाहाकार उस टीले की ओर बढ़ने लगा। नायक था महेश। उस गाँव से भी हाहाकार उस टीले की ओर दौड़ने लगा। गालियों का विनिमय दोनों हाहाकारों को एक में गूँथने लगा। महेश दौड़कर टीले पर सबसे आगे पहुँचा और झट से गरम-गरम राख की एक मूठ बरम बाबा के पिंड पर फेंक दी। उसकी निगाह पड़ी, कागज पर। लिखा था—

''भाइयो! आज का त्योहार प्रेम और एकता का है। आज के दिन हमें अपने सब भाइयों के गले मिलना चाहिए। आज के दिन गाली-गलौज करना और सिर-फोड़ौवल करना कहाँ तक जायज है? आप सोचें। आप अपने एक भाई की प्रार्थना पर ध्यान देंगे, यह मुझे उम्मीद है।''

उसके नीचे किसी का नाम नहीं था। महेश ने कागज को फाड़ते हुए

कहा, ''साला बड़ा गियानी बन गया है। अपने तो डरपोक है, दूसरों को भी बनाता है।'' और लड़के भी आ गए। क्या है, क्या है? सब पूछ उठे। ''कुछ नहीं जी, यह निरुआ जो है न, इस कागज पर गियान लिखकर टाँगे हुए है। कहता है कि पकड़िहा वालों से लड़ाई मत करो। भला बताओ तुम लोग, जो पुरखे पुरनियाँ करते आ रहे हैं, उसे कैसे छोड़ें?'' यह कहकर उसने कागज के टुकड़े-टुकड़े कर दिए।

कबीर सररर···पाँडेपुरवा···पर गिरे। महेश चौंक पड़ा। सावधान भाइयो, वे देखो आ गए पकड़िहा के अहीर सब। दूर हट जाओ और ढेलों से मारो। कबीर सररर पकड़िहा···पर गिरे।

ढेलों की सनसनाहट शुरू हो गई। नीरू लपककर बीच में आ गया और दोनों ओर चिल्ला-चिल्लाकर कहने लगा, ''भाइयो! यह क्या करते हो? रोको-रोको यह बेकार की लड़ाई। इस तरह तो कोई मर जाएगा।'' लेकिन उस नक्कारखाने में तूती की आवाज की क्या गणना? नीरू यहाँ से वहाँ, वहाँ से यहाँ व्यर्थ हाथ उठाकार दौड़ता रहा। इधर संघर्ष चलता रहा, जैसे नीरू नाम का कोई क्षुद्र व्यक्ति कहीं हो ही नहीं। उस जल-चक्र में वह एक तुच्छ तिनके की तरह चक्कर काट रहा था। उसने देखा, बाल-सेना के पीछे जवानों का रिजर्व फोर्स खड़ा है। पता नहीं, शांति के लिए या हमला करने के लिए। एक गोल ईंट का टुकड़ा उसके ललाट के रोओं को छूता हुआ सन्न से निकल गया। देखा, वह ईंट का टुकड़ा महेश की ओर से आया था। उसका जी हुआ, इस महेश नाम के जंतु को पकड़कर चूर-चूर कर दे और फिर उस पर घृणा से थूक दे। मगर अभी समय नहीं है, फिर देखा जाएगा। वहाँ से थोड़ी दूर हट आया। सोचने लगा—उसका कहा कोई सुनता ही नहीं। वह चाहता है लोग उसे सुनें, उसे महत्त्व दें; किंतु यहाँ तो बात-बात पर लोग उसे झिड़क देते हैं और नादान छोकरा समझकर उस पर ध्यान ही नहीं देते। वह गरीब बाप का बेटा है शायद इसलिए भी। नीरू के मन में ऐसी एक गाँठ है, जो खुलना चाहती है, किंतु खुलने के स्थान पर और गुत्थियाँ पड़ती जाती हैं।

परंतु झगड़ा बच गया। पांडेपुरवा का एक अधेड़ पांडे लाठी लेकर उधर से निकल आया। उसकी देखा-देखी पकड़िहा का एक अहीर भी आ गया और दोनों ने अपने-अपने गाँव के छोकरों को पैंतरा बदल-बदलकर

गालियाँ दे-देकर रोकना शुरू किया। आखिर लड़के धीरे-धीरे पीछे हटने लगे। अब हटते नहीं तो करते भी क्या? दो घंटा दिन चढ़ गया था। वे दौड़ते-दौड़ते हाँफ गए थे और अभी धूल चढ़ाने का काम तो बाकी ही था। लड़कों का झुंड पीछे हटता-हटता सहसा गाँव की ओर भागने लगा। नीरू अपने मन की कसक पीकर इस प्रवाह में जा मिला। लड़कों का झुंड गलियों से दौड़ता शोर करता गाँव भर के जवानों-बूढ़ों का धूल से सत्कार करने लगा। 'बुरा न मानें होली है'—अरे-अरे वह छोकरा तो साफ-साफ बचा है, पकड़ो उसे। हाँ ऐसे। और मलो और मलो उसके मुँह पर धूल। अरे वह देखो झींगुर चाचा दातुन कर रहे हैं, एक साथ टूट पड़ो। हा-हा··हा-हा कैसा सफेद पाउडर की परत मुँह पर जम गया है। नीरू सबसे आगे है। बड़े उत्साह से वह रह-रहकर अपने हमजोलियों के चेहरों पर धूल रगड़ देता है। जवानों और बूढ़ों को भी खदेड़-खदेड़कर पकड़ता है। हैं-हैं आज भागने की क्या बात? बरस दिन पर तो होली आई है, इसे यों ही क्यों जाने दिया जाए? इन लोगों की और संपत्ति ही क्या है? देह पर कहने-सुनने को फटे-फटे गंदे-गंदे अँगोछे लिपटे हुए हैं, जिन्हें शायद फटी धोतियों से फाड़-फाड़कर बनाया गया है। किसी की कमर में भगई लिपटी है, जिसका पछोटा बाहर निकलकर लुटुर-लुटुर हिल-डुल रहा है। किसी की कमर लिंगोटी में कसी है। जो कुछ छोटे हैं, वे तो यों ही मस्त बिचर रहे हैं। जो कुछ बड़े हैं, वे अलबत्ता अपनी लाज की गरदन छोटी-छोटी धोतियों या फटे-पुराने नेकरों में फाँसे हुए हैं। लेकिन इनका हृदय तो देखिए, कितनी मस्ती और उल्लास से भरा है? लगता है, आज ये अपने भीतर कुछ नहीं रखेंगे, सारा-का-सारा उड़ेल देंगे बाहर गलियों में, पगडंडियों पर, द्वार-द्वार पर, एक-दूसरे के चेहरों पर।

'बुरा न मानो होली है,' लड़कों का झुंड आगे बढ़ रहा है। अहा! शिकार तो मिल गया। देखो, भागने न पाए। कई ओर से आकर उन्हें घेरो। ये हैं बेनी काका। चलते हैं तो इनकी उँगलियाँ चिट्टिर-पिट्टिर करती हैं। लड़कों से ये जितना ही भागते हैं, उतना ही लड़के उनसे लिपटते हैं।

एक मूठ, दो मूठ। बेनी काका घबड़ा गए। "अरे-अरे पाजिया, क्या कर रहे हो?" चार मूठ, पाँच मूठ और मूठ-ही-मूठ। बेनी काका घबड़ा गए, उनकी आँखें मुँद गईं, लड़कों के हँसने का शोर उनके कान के परदे फाड़ रहा

था। बेनी काका गालियों के साथ मुँह से थूक उगल रहे थे, भागना चाहते थे, पर बुरी तरह घिर गए। "अरे साले पाजियो! भागो, नहीं तो एक-एक का खून पी जाऊँगा।" ये लो, ये लो, धूल फर्र फर्र···। बेनी काका के हाथ में डंडा आ गया। लड़के भाग चले। चिट्टिर-पिट्टिर चिट्टिर-पिट्टिर करते बेनी काका लड़कों के पीछे दौड़ पड़े और डंडा चलाने लगे।

कुएँ पर रग्घू बाबा कुल्ला कर रहे थे। रास्ते में चलते हैं तो 'चित्त थू चित्त थू' के मधुर स्वर में थूक की पिचकारी छोड़ते चलते हैं। इसलिए वे लड़कों के 'चित्थू बाबा' हैं। लड़कों की भीड़ आते देख उनके प्राण सूख गए। दूर से ही गाली बकने लगे, "अत देखऽ सरऊ लोग हमरे ऊपर धूल छोड़ब तऽ ठीक नाहीं खाई। जे बासे, हम कहि देत हईं।"

"हो···हो···हो···हो···बुरा न मानो होली है। बाबा थोड़ा सा हाथ में दे देंगे?"

"नाहीं, नाहीं, कुछ नाहीं, तू सब लामे खड़ा रहऽ नाहीं त जे बासे हम सबकऽ टाँगि तूरि देब। चित्त थू चित्त थू।"

"अरे चित्थू बाबा थोड़ा सा!"

"का कहले हवे चित्थू, मारब सरऊ तुम्हार जे बासे खपड़ोई उधिया जाई। चित्थू तो बाप होई।"

"हो-हो-हो-हो···बुरा न मानो···'

"अतऽ हम कहि देत हईं।"

"हैं-हैं यह क्या कर रहे हो तुम सब लोग चित्थू बाबा के साथ। हाथ में थोड़ा-थोड़ा दे दो, बुजुर्ग हैं, कुछ खयाल करो।" कहते हुए नीरू आगे निकल आया। रग्घू बाबा ने बाबा हाथ बढ़ा दिया कि नीरू ने एक मूठ धूल लेकर उनके मुँह पर मल दिया। होय···होय···होय अब तो एक-दो-तीन···

चित्थू बाबा कुएँ पर गगरा छोड़कर भागे। लड़कों ने उनका पीछा किया। कुत्ते भी भूँकते हुए उनके पीछे दौड़ने लगे। एक लड़के ने उनका गगरा कुएँ में डाल दिया। रग्घू बाबा चित्त थू चित्त थू करते हुए गली-गली भागे जा रहे थे। उधर से महेश अपने दल के साथ जा पहुँचा। बड़ी मुसीबत है। रग्घू बाबा पास की ही फूस की छत पर चढ़ने के लिए एक नाँद पर चढ़े और लपककर छत पर चढ़ गए। पुराना फूस चरमराकर नीचे बैठ गया और रग्घू

बाबा बड़े से छेद में से नीचे घर में जा गिरे। लड़के घबड़ाकर वहाँ से भागे।

'बुरा न मानो होली है' और यह गोबर व कीचड़ की बौछार कहाँ से आ रही है? अच्छा तो सयाने लोग भी निकल पड़े। भागा, भागा, मगर भागकर जाओगे कहाँ? कीचड़ का झोंका लगा छप्प से। मगर उसके भी तो हाथ हैं, उसने गोबर उठाकर मारा और इसके मुँह पर गीला गोबर फैल गया। हो···हो···हो···हो पकड़ो-पकड़ो, वह तो एक दम कोरा है। वह धँड़रोज की तरह भागा, भागा और वह भागा। मगर उधर भी तो आदमी हैं। उसे उठाकर पटका और धूल व कीचड़ से मरम्मत कर दी। अब तो वह भी उसी में शरीक हो गया। इस तरह दुर्दशा-ग्रस्तों का संप्रदाय बढ़ता जा रहा था—

डम्मर मटाक धिना
डम्मर मटाक धिना
सदा अनंद रहे एहि द्वारे
जीए से खेले फाग रे

कबीर शुरू हो गया। कबीर गाते-गाते लोग घरों में घुस रहे थे। मन के भीतर संचित जनम-जनम के गंदे उद्‌गारों को औरतों पर फेंक रहे थे, जैसे घूरे पर कूड़ा फेंकते हैं। और यही तो सार्थकता है नारी जीवन की। घरों में ये बंद हैं—जी में आया तो पति किवाड़ खोलकर उस पर कूड़े बरसा आया और फिर बंद कर दिया। इससे अधिक सुरक्षा और धन्यता नारी-जीवन को क्या मिल सकती है? परंतु आज नारियों को थोड़ी सी छूट है और वे किवाड़ के पल्ले की आड़ में पुरुषों की कबीर-गर्जना ओढ़ती हुई पानी पर पानी फेंक रही थीं। आँगन में कचबच मच गई थी। दीवारों पर नीली, पीली, लाल लकीरें उभर-उभरकर बुझ रही थीं।

कबीर की चोट नीरू के मुलायम हृदय पर सीधे गिर रही थी। वह देख रहा था, छोटे-छोटे छोकरे तक बड़ों की पैरोडी की तरह कच्ची जबान से गालियाँ उगल-उगलकर आँगन में नाच रहे थे और जिस लड़के के घर में कबीर उमड़ रहा था, वह लड़का अपनी माँ या भावज के प्रति बहती हुई गालियों से छटपटाकर कबीर गानेवालों को ही कबीर सुना रहा था। अपने घर में कैसा बुरा लग रहा है बच्चू को, परंतु अभी दूसरे के आँगन में दुलहन के घूँघट के पास तक चले जाएँगे।

नीरू अन्यमनस्क था। वह उस भीड़ में उससे अलग था। उसका जी चाहता था कि उसके घर कबीर न हो, वहीं उसकी माँ होगी, बहन होगी। भाभी होती तो कोई बात न होती। मगर उसके आँगन में कबीर तो होना ही था। ये पहुँचे लोग। घर में घुसने लगे। महेश बड़े उत्साह से छलक रहा था। नीरू की हिम्मत घर में जाने की न हुई। वह सोचता रहा कि यह प्रथा बंद होनी चाहिए। मगर अभी तो उसकी आवाज दूध सी कच्ची है, मासूम है, कौन सुनेगा उसे?

'सदा अनंद रहे एहि द्वारे
जिये से खेले फाग रे।'
'डम्मर मटाक धिना डम्मर मटाक धिना'

लोग निकल आए। लोगों के बंदरों से काले-काले चेहरे पर लाल-लाल अबीर कैसी फब रही थी। आगे-आगे थे साठ साल के छैल-छबीले भवानी पाँडे। वे आज के समारोह के नायक थे। कबीर की बोहनी उन्हीं के साथ होती है। दुनिया में 364 दिन वे जहाँ कहीं रहें—तराई में करताल लेकर या चेलों के यहाँ ज्योतिषी बनकर, किंतु 365वें दिन वे औरतों को अखंड और व्यापक सुहाग का आशीर्वाद देने अपने गाँव जरूर पधारते हैं।

उधर देखिए—अँधे कन्नू पाँडे को गदहे पर बैठाकर लड़के पीछे-पीछे हो-हो कर रहे हैं। घबड़ाए नहीं, जलूस इधर को ही आ रहा है। एक ने नाँद में से सड़ी सानी निकालकर छप्प से उनके मुँह पर मारी। अंधे महाराज के कान पर मुँह ले जाकर शागिर्द ने कहा, "महाराज यह गनसेवा है।" महाराज के मुँह से आशीर्वाद के फूल झड़ने लगे—"गनसेवा के माई के डोम ले जा।" "वाह ओस्ताद क्या बात है!" फिर छप्प से। महाराज यह टिसुनवा है। 'टिसुनवा के घरे आज गदहा लोटे, टिसुनवा क माई घोड़ा संघ जा।" वाह...वाह...वाह...वाह ओ मारा, भागा। अरे भागा, अरे भागा। फिर गीत बन गया—

ओ देखो भागा, वहाँ देखो भागा।
कन्नू के मुँहें छपाक देना लागा।
वाह उस्ताद! और गाओ
गाओ-गाओ-गाओ बजाओ खूब बाजा

कानी गदहिया पर अन्हरा राजा।

"साले शैतान छोकरो, तुम सबों ने क्या कहा?" "कुछ नहीं उस्ताद, कुछ नहीं, आज तो होली है।" कहते हुए उस छोकरे ने गदहे पर एक कुकरौंछी छोड़ दी। गदहा दुलत्तियाँ झाड़ता हुआ भागा। बड़ी सी तोंद थुलथुलाता हुआ कन्नू चिल्लाने लगा, अरे क्या हो गया रे?

"कुछ नहीं उस्ताद, जरा भूडोल आ गया है।" गदहा भागा जा रहा था। कन्नू जोर से उसकी गरदन से चिपटा हुआ था लड़के और जवान सब होहकरा मचाए थे। वह देखो कन्नू महाराज नाबदान में गिरे छपाक से।

दोपहर ढल रही थी। लोग खा-पीकर आराम कर चुके। कुमकुम और रंग खेलने का समय आ गया। द्वार-द्वार पर घूम-घूमकर लोग फाग गा रहे थे और कुमकुम तथा रंग से सबके चेहरों को रंजित कर रहे थे। आज तो वर्ष का प्रारंभ है। लोग नया खाते हैं, नया पहनते हैं। शर्बती कुरते पर रंग खूब खिलता है। मगर नीरू क्या नया पहने? उसके पास तो एक आधी बाँह की कमीज है, जिसकी पीठ जगह-जगह मुँह बाए हुए है। ऐसा नहीं है कि गाँव में वही ऐसा है, मगर उसको शरम जो बहुत आती है। पता नहीं, ब्रह्मा ने किस कोमल धातु से उसका हृदय बना दिया है। अवधूत के समान सभी छोकरे फटा-पुराना पहनकर नाच-गा रहे थे, मगर नीरू को क्या हो गया? वह झुंड में शरीक नहीं हो रहा था। वह बरामदे में उदास बैठा था और उसका दस वर्षीय छोटा भाई नए कपड़े के लिए मचल रहा था। तेरह वर्ष की बहन लीला भी तो है। उसके लिए एक पुरानी धुली हुई साड़ी को रंग देने से ही काम चल गया था, वह अपनी सहेलियों के साथ लोटे में रंग घोलकर निकल गई थी गाँव में।

छोटा भाई केशव अहक रहा था, माँ परेशान, बाप परेशान, फिर चट्ट-चट्ट-चट्ट। केशव तिलमिलाकर गिर पड़ा। फेंकरने लगा। नीरू ने एक बार घूमकर उसकी ओर देखा। उसकी घायल आँखों में एक उपालंभ, एक बेबसी, एक मायूसी और न जाने क्या-क्या उतरा गई थी। मानो वह कह रहा हो कि मैंने कौन सा गुनाह किया कि इस तरह मुझे बरस-बरस के दिन यह निर्मम सजा मिली। आज साल के पहले दिन मैंने एक सही सलामत कुरता ही तो चाहा, क्या यह भी कोई गुनाह है? नीरू भाई के उफनते हुए आँसुओं में तड़पती हुई व्यथा को बरदाश्त न कर सका और धीरे-धीरे उठकर अज्ञात

दिशा को चलने लगा। अनजाने ही वह फाग की तरंगों से खिंच गया। धीरे से जाकर मुखिया के द्वार पर बैठ गया। फाग चल रहा था। मुखिया धुला हुआ शर्बती का कुरता और दुपलिया टोपी लगाए रंग छिड़क रहे थे। महेश का ठाट एक दम नया था; मलमल का नया कुरता, नई धोती, मुँह में पान का बीड़ा, आँखों पर आठ आनेवाला हरा चश्मा। छोटे-छोटे छोकरे बड़ों के साथ उछल-उछलकर गा रहे थे। उन्हें अपने नंग-धडंगपन की कोई सुधि न थी। और रही भी हो तो कैसे जाना जा सकता है। नीरू चुपचाप खमिया से उठँग कर बैठा था। महेश इसके पास आकर बैठ गया। नीरू को उसका अपने पास आ बैठना अच्छा न लगा, परंतु करता भी तो क्या?

महेश ने नीरू से पूछा, ''यार आज तुम कुछ उदास से लगते हो, क्या बात है?''

''नहीं तो।'' नीरू ने हँसने का प्रयत्न करते हुए उत्तर दिया।

लड़कों ने भी हाँ में हाँ मिलाई।''हाँ, हाँ, नीरू भइया, तुम आज कुछ खोए-खोए से दीखते हो।''

''नहीं-नहीं, कुछ नहीं।'' नीरू का स्वर था।

महेश की आँखें काफी देर से कुछ देख रही थीं और वह सोच रहा था कुछ। वह सहसा नीरू की पीठ पर हाथ ले जाकर उसकी कमीज के फैले हुए मुँह को चीरता हुआ बोला, ''अरे यार नीरू, तुम तो बचपन में ही संन्यासी हो गए। आज होली है, आज तो जरा आदमी की तरह पहनते-ओढ़ते।'' और उसकी अंगुलियाँ कमीज के एक छोर से दूसरे छोर तक करकराती हुई दौड़ गईं। नीरू आहत हो उठा। उसने घूरकर किंतु बेबसी भरी आँखों से महेश को देखा, मानो कह रहा हो, इस तरह तुम्हें दूसरों की गरीबी का मजाक नहीं उड़ाना चाहिए। नीरू वहाँ से उठकर चला गया।

और लड़कों ने भी इस दृश्य को देखा। महेश का यह मजाक बहुतों को बुरा लगा। कुछ तो अपनी कमीज के फटे अंशों को इधर-उधर छिपाने लगे कि महेश उन्हें भी न फाड़ दे।

महेश मुसकराता हुआ घर में चला गया और सब लड़के फाग के हुल्लड़ में खो गए।

मगर नीरू? उसका हृदय अपमान से खौल रहा था और गरीबी उसके

दिल में आज काँटे की तरह चुभ रही थी। ऐसा नहीं है कि गरीबी के दुःख का अनुभव उसने आज पहली बार किया हो, मगर आज के अनुभव की तिक्तता कुछ और ही थी। वह चला जा रहा था, चला जा रहा था, मगर कहाँ जाए? उसे लग रहा था, जैसे महेश की अंगुलियाँ अब भी उसकी कमीज में उलझी हुई हैं। वह शिथिल पैरों से बढ़ता-बढ़ता गाँव के पश्चिम वाले बाग की ओर निकल गया। आम की मंजरियों की गंध चारों ओर फैली हुई थी। कुछ दूर पर एक खलिहान था, जहाँ दक्खिन टोला का डाँठ जमा होता था। खलिहान के पास यहाँ-वहाँ अरहर की भीरें खड़ी थीं। गेहूँ-जौ के कुछ सुनहले खेत अब भी दूर-दूर तक फैले हुए थे, मानो वे भी धूप का रंग खेल रहे थे। चने के खेत कभी-कभी हवा के झोंकों में बज उठते थे। नीरू बरगद की छाँह में बैठने के लिए उसी ओर बढ़ गया। मगर यह क्या? यह कौन अस्थिकंकाल यहाँ उतर आया है? यह तो रामदीन है। हरे चने का एक मूठ लेकर दानों को निखोरकर खा रहा है। दूसरा लड़का होता तो रामदीन की इस दुर्गति पर अट्टहास करता, पू-पू करके चिढ़ाता, मगर नीरू को क्या हो गया? वह एकदम उदास हो गया। कुछ देर हक्का-बक्का सा इस कुरूप दृश्य को देखता रहा। फिर भर्राई हुई आवाज में पूछा, ''बाबा, रामदीन!''

काँपते हुए रामदीन ने झुर्रियों, भरा चेहरा फेरा—''कौन? कौन हो बाबू?''

''यह तो मैं हूँ बाबा, नीरू।''

''अच्छा नीरू बाबू? अब आँख नहीं रही बाबू, पहचान नहीं पाता।'' कहकर वह आँख से कीचड़ पोंछने लगा।

''लेकिन बाबा, यह क्या कह रहे हो आज बरस-बरस के दिन?'' नीरू की वाणी दया से काँप रही थी।

''जाने दो बाबू, अभी तुम बच्चे हो, क्यों इस फेर में पड़ते हो? सभी को अपना-अपना भोगना पड़ता है।'' रामदीन की आवाज टूट-टूटकर काँप रही थी।

''लेकिन बाबा, लेकिन बाबा!'' नीरू कुछ आगे नहीं कह पा रहा था।

''क्यों मेरे लिए इतना परेशान होते हो नीरू बाबू! अब मेरे पास रहा क्या, जिसके लिए परेशान हुआ जाए? एक रही-सही झोंपड़ी थी, उसकी भी

सम्मति मइया के साथ गति बन गई। मैं तो अब दो दिन का मेहमान हूँ, कहीं किसी पेड़ की छाँह में दो दिन काट लूँगा, किसी खेत से कुछ माँग लूँगा, खेत बड़े दानी होते हैं, कुछ दे ही देंगे और कहीं किसी रास्ते पर लेटकर दम तोड़ दूँगा। हवा धूल से ढक देगी या सियार-कुत्ते घसीटकर अपने बाल-बच्चों का एक दिन पेट भर लेंगे।''

नीरू को रामदीन की बातें बड़ी डरावनी मालूम पड़ रही थीं। उसे लग रहा था, जैसे इस बूढ़े बरगद के पत्तों से कोई काँपती हुई आवाज फूट-फूटकर उसकी नस-नस में सिहर रही है। नीरू का जी कचोट रहा था। बोला, ''बाबा, आज सारा गाँव राग-रंग में डूबा है, सब लोग पूड़ी-सोहारी खा रहे हैं और तुम इस बरगद के नीचे बैठे चने के दाने निखोर-निखोरकर खा रहे हो!''

रामदीन के मुँह में पूड़ी के नाम से पानी भर आया। उसे ऐसा लगा कि गरम-गरम पूड़ियाँ उसके भूखे मुँह में पड़ने ही वाली हों। मगर उसने असलियत को 70 वर्ष तक देखा था। अपने को सँभालते हुए बोला, ''भगवान् तुम्हें जुग-जुग जियावे और भागमान बनो भइया। मैंने घर-घर को देखा है, उसके सुख और दुःख की हर एक आवाज का गवाह हूँ। मगर तुम्हारी आवाज सबसे अलग है भइया! तुम मेरी बात मानो बाबू, मुझ बूढ़े को अपने करम पर झँखने दो, तुम जाओ राग-रंग में शामिल हो जाओ। बड़े भाग्य से यह दिन आता है, इसके बाद तो फिर वही सन्नाटा, फिर वही उदासी गाँव पर छा जाती है, नीरू बाबू।''

नीरू का किशोर हृदय एक अज्ञात आशंका से हिलने लगा। उसे लगा कि सारे गाँव से बहिष्कृत यह वृद्ध आत्मा सारे गाँव पर शाप बनकर छा जाएगी। नीरू वहाँ ठहर न सका। धीरे-धीरे घर की ओर लौटने लगा। उसकी इच्छा हुई कि वह घर से कुछ लपसी-सोहारी लेकर इस बूढ़े के आगे परस दे और बूढ़े की आत्मा आशीर्वाद की तरह चारों ओर बिछ गए। गाँव में फाग का कोलाहल मचा हुआ था। सामने से गाँव की लड़कियों का एक झुंड फाग गाता निकल गया।

घर जाकर पता लगाया तो मालूम पड़ा, खाना खत्म हो गया। वह जानता था अपने घर की हालत। उसके पिताजी कल खलिहान से थोड़ा सा गेहूँ पीटकर लाए थे, माँ ने उन्हें पीसकर त्योहार की सोहारी का इंतजाम कर

लिया था। गेहूँ था ही कितना! उसमें भी पवनी-प्रजा। लपसी तो सुबह ही कम पड़ गई थी। इतना पैसा कहाँ जो अधिक गुड़ खरीदा जा सके? मगर रामदीन का चित्र उसकी आँखों में तैर रहा था—वह क्या करे?

शाम हो रही थी! उसका छोटा भाई रो-धोकर लड़कों में शामिल हो चुका था। बहन भी अपनी सखियों के साथ थी, पिताजी भी गाँव में घूम रहे थे। माँ किसी प्रबंध में व्यस्त थी, शायद शाम के लिए खाने का प्रबंध करने के सोच-विचार में थी। नीरू घर से निकल पड़ा। धीरे-धीरे गाँव के उत्तर वाले टीले पर निकल गया। वहीं पीपल के पेड़ की निष्पत्र डालियों की छाँह में पत्थर के चबूतरे पर बैठ गया। उसके आसपास कुछ जंगली झाड़ियाँ थीं। पीपल के नीचे वही ब्रह्म बाबा का पिंड अभय वरदान के रूप में स्थित था।

नीरू का माथा घूम रहा था। अपमान की तिक्तता, रामदीन का चित्र—माथा क्यों न घूमे। तेल की सोहारी क्या कम माथा घुमाती है? मगर गरीबों की तकदीर में घी कहाँ लिखा है? तेल की सोहारी, यह धूप, अबीर की गरमी, सभी तो माथा घुमाने के लिए एक साथ गाँठ जोड़ लेते हैं। शाम ढल गई। ठंडी हवा का झोंका तैरने लगा। धीरे-धीरे चाँदनी निकल आई। गेहूँ-जौ के खेतों पर चाँदनी बिछ गई। नीरू को यह बड़ा मनोहर लगा। उसका सिर हलका होने लगा। अब भी झालों की झमझमाहट, ढोलों की ढमढमाहट दूरियों में तैर रही थी।

नीरू चौंक पड़ा—"हैं, यह क्या ठंडा-ठंडा?" एक मधुर खिलखिलाहट से टीला बज उठा। नीरू ने देखा—"संध्या, तुम!"

"हाँ जी, मैं!" संध्या फिर खिलखिला पड़ी और अबीर से भरी हुई हथेली को उसके गालों पर लपेट दिया। नीरू चुपचाप चबूतरे पर बैठा रहा। संध्या को यह चुप्पी अखर रही थी। उसने उसके गालों पर अंगुली से ठुनकी देकर कहा, "क्यों जी साधू बाबा, आज इतने भारी कैसे हो गए हो? मैं तो तुम्हें कब से खोज रही हूँ। गाँव में तुम्हें पश्चिम की ओर से आते देखा भी तो तुम जैसे न देखने की कसम खाए हुए थे। आखिर तुम्हें रह-रहकर हो क्या जाता है?"

नीरू बोला, "संध्या, तुम्हें यहाँ डर नहीं लगा? लोग कहते हैं कि यह बड़ा भयानक स्थान है। भूत रहते हैं यहाँ।"

''डर काहे का जी, मैं जानती थी कि तुम जब गाँव में नहीं हो तो उसी अपने प्यारे टीले पर गए होगे। तुम्हारे साथ मुझे कौन सा डर है जी?''

नीरू की आँखें गीली हो उठीं। उसने गीली आँखों को संध्या के ऊपर बिछा दिया। स्निग्ध, चमकीला मुँह जिस पर चाँदनी बिछल रही थी, बड़ी-बड़ी मासूम आँखें, जिसमें कुमकुम का रंग घुल गया था, अबीर की हलकी-हलकी आभा से रंजित बड़े-बड़े काले केश जो उसकी पीठ के साथ अगल-बगल लहराकर फैल रहे थे। स्वस्थ गोरी-गोरी देह जिस पर एक महीन वासंती साड़ी खिल रही थी, जिस पर रंगों के गुलाब उभर आए थे। वह मुसकरा रही थी। मानो ज्योत्स्ना में नहाती हुई स्वयं संध्या उतर आई हो।

''क्यों संध्या, आज तुमने रंग नहीं खेला क्या?'' नीरू ने उसके मुख की स्वच्छता को लक्ष्य करके कहा।

''क्यों नहीं खेला, मगर यहाँ तो नहा-धोकर आई हूँ।'' वह मुसकरा रही थी।

''क्यों संध्या?''

''इसलिए कि मैं दूसरों से रँगा हुआ मुख तुम्हारे हाथों को नहीं सौंपना चाहती।''

''तो क्या औरों ने रंग दिया है तुम्हें? और ऐसा रंग दिया है कि उसे धोने की जरूरत पड़ रही है?'' नीरू थोड़ा सा शोख हो गया।

''हिश, तुम तो क्या-से-क्या सोच लेते हो। किसकी मजाल कि मेरी निगाह को भी छू दे। मैं तो अपनी सखियों की बात कर रही थी।'' संध्या का मुख अरुणिम हो उठा।

थोड़ी देर तक कोई नहीं बोला। फिर नीरू उठा। संध्या से अबीर लेकर उसके चेहरे पर कोमलता से रगड़ दिया। दो मासूम आत्माएँ जैसे इस चाँदनी की स्वच्छता के नीचे कुमकुम की लाली में भीग रही थीं।

नीरू ने कहा, ''चलो अब घर चलें, देर हो रही है।'' वह आगे-आगे चल पड़ा। संध्या उसके पीछे हो ली। फिर एक मौन रहा। फिर संध्या ही बोली, ''नीरू, आज तुम इतने उदास क्यों दीख पड़ रहे हो?''

नीरू कुछ नहीं बोला, चलता रहा।

''क्यों जी, बोलते क्यों नहीं, नाराज हो क्या मुझसे?''

नीरू को मालूम हुआ कि संध्या का गला भारी हो गया है। उसने मुड़कर कहा, ''नहीं संध्या, मैं नाराज किसी से नहीं हूँ, मुझे इस तरह गला भारी करके सताओ मत।''

फिर खामोशी रही।

''संध्या!'' नीरू का सहमा हुआ स्वर था।

''कहो।''

''जानती हो मैं कितना गरीब हूँ!''

संध्या कुछ न बोली। जैसे कह रही हो, क्या व्यर्थ की बातें कर रहे हो?

''मगर जाने दो ये सब व्यर्थ की बातें हैं।''

''कहो न।'' संध्या ने भारी स्वर में कहा।

''तो तुम सुनोगी?''

''हूँ।''

''मेरी पीठ देख रही हो।''

''हूँ।''

''देखो महेश की अंगुलियाँ इसमें उलझी हैं कि नहीं? उसने मेरी गरीबी का मजाक उड़ाया है।''

''जाने दो नीरू, वह तो जंगली है। उसकी बात का नहीं लेते, उसने तो···।''

''क्या उसने तो?''

''उसने तो मुझे आज एक गली में अकेला पा लिया और रंग छोड़ने को झपटा। मैंने एक ईंट उठाकर उसकी ओर मारी, बच्चू भागते नहीं तो खून की होली खेल लेते। तो भी पीठ पर भरपूर ईंट पड़ी है, समझते होंगे बच्चू।''

''तुमने खैर अच्छा किया। मगर सुनो, वह रामदीन कहार है न, आज वह उस बरगद की छाया में बैठकर चने निखोर-निखोरकर खा रहा था। मुझे ऐसा लगता है, संध्या, जैसे गाँव के इस राग-रंग पर एक काली छाया तैर रही है।''

''तुम कविता लिखते-लिखते खराब होते जा रहे हो, नीरू!'' संध्या मन-ही-मन कवि नीरू की इस कोमलता पर रीझ आई। उसे एक गर्व हुआ।

"संध्या!"

"हूँ।"

"मैं अभी इस रामदीन के पास जाऊँगा।"

संध्या समझ गई नीरू की वेदना को। "अच्छा नीरू, तुम अपने घर के पिछवाड़े रहना, मैं आऊँगी।"

"संध्या, अब गाँव नजदीक आ रहा है, तुम आगे चलो। कोई साथ देखेगा तो भला नहीं समझेगा।"

संध्या मुसकरा दी और चल पड़ी।

नीरू घर के पिछवाड़े खड़ा था कि संध्या आई और उसे एक पोटली पकड़ाती हुई बिना रुके निकल गई।

नीरू उस पोटली को लेकर पश्चिम वाले बाग की ओर बढ़ा। बाग में आ गया। देखा, दो छायाएँ बरगद की ओर बढ़ रही थीं। नीरू पहले तो कुछ सहमा, आखिर ये छायाएँ कौन हो सकती हैं? भूत? नहीं-नहीं, अभी तो शाम हुई है, भूत कहाँ से आएगा! उसे पुस्तकों के उपदेशों से बल मिला, 'नहीं-नहीं भूत नहीं होते हैं। वह तो मन का भ्रम होता है।' मगर उसके भूतों के भय से बने गँवई संस्कार कभी-कभी जुगनू की तरह मन में कौंध उठते थे। नहीं, अभी कोई डर नहीं है। अभी गाँव में फाग उमड़ रहा है। वह पेड़ों की आड़ में छिपता-छिपता छाया के पीछे हो लिया। छायाएँ बरगद की सघन छाँह की ओर बढ़ी जा रही थीं। और कुछ अस्पष्ट आवाजें भी आ रही थीं। सहसा दोनों छायाएँ रुक गईं और स्पष्ट चीख सुनाई पड़ी।

"गे··गे··गेंदा!"

"भु भु भु भु भूत!"

"क··क··कहाँ।"

"ब··ब··ब··देखो ब ब बरगद के के नी इ इचे।"

"भु··भु··भु··भु··भूत!"

"ध ध··धीरे बोलो··गे··गे··गेंदा। को··कोई सु··सुन लेगा।"

"बुहुत।"

दोनों छायाएँ पीछे हटने लगीं, कुछ दूर आकर गिरती-पड़ती सरपट भागने लगीं। एक छाया ने दूसरी की कमर हाथ से पकड़ ली। "दे··दे··देखो

क्या बात है। नहीं कहूँगी कुछ भी आपसे।''...और फिर वे अपने काम में लग जाती हैं।

लेकिन दूसरे दिन फिर वही सवेरे-सवेरे...वे जानती हैं कि उनका सवेरे-सवेरे सुनकर मुझे गुस्सा नहीं, तकलीफ होती है और सबसे बड़ी तकलीफ तो उन्हें होती है—वे जो सवेरे-सवेरे देखती या सुनती हैं, उसे सँभाल नहीं पातीं। वे उसकी चोट से तड़पने लगती हैं, तड़पती हुई घर आती हैं और मेरे सामने अपनी तकलीफ कहकर जी हलका करना चाहती हैं। वे यह जानती हैं कि उसमें मुझे भी तकलीफ होगी, लेकिन यह भी जानती हैं कि मैं इस तकलीफ से भागता नहीं हूँ, बाहर-बाहर उसकी उपेक्षा करता हुआ भी उसे अपना बना लेता हूँ। शायद इसीलिए मैं हूँ... आदमी भी और लेखक भी। और वे चाहती हैं कि मैं आदमी भी बना रहूँ और लेखक भी। इसलिए मैं जो कुछ भोगता हूँ वह तो भोगता ही हूँ, वे चाहती हैं कि वे दुनिया का जो दु:ख भोग रही हैं, उसमें भी भागीदार बनूँ।

हाँ, मौसम कोई भी हो, पत्नी सुबह पाँच बजे दिल्ली दुग्ध योजना के बूथ पर दूध लेने जाती हैं। वे जाकर दूध लेकर चली आएँ तो फिर वे काहे की? वे तो चेतना हैं और हर जगह अपने नाम को चरितार्थ करती रहती हैं। दूध लेनेवालों का भी एक संघ सा बन गया है। उसके निर्माण में भी उनकी भूमिका रही है। पहले बड़ी अराजकता थी। लाइन तोड़-तोड़कर लोग धाँधली मचाए रखते थे। चेतनाजी ने कुछ समझदार लोगों के सहयोग से एक व्यवस्था स्थापित करने का प्रयत्न किया और इस प्रक्रिया में उन्हें बहुत यश मिला तथा वे चेतनाजी न रहकर किसी की भाभीजी हो गईं, किसी की माताजी, किसीकी बहनजी। धीरे-धीरे दूध का डिपो कुछ लोगों के लिए एक परिवार सा बन गया, जहाँ आपसी सुख-दु:ख, पारिवारिक स्थितियों और पास-पड़ोस तथा देश-विदेश की देखी-सुनी खबरों का विनिमय होता है। वे प्राय: दूध के साथ दूसरों के सुख-दु:ख से बोझिल एक सुबह लाकर अपने घर पर पटक देती हैं।

आज घर आईं तो पूर्ववत् चाय बनाई। मुझे उठाया और टेबुल पर चाय रखकर चली गईं। रोज तो चाय देकर कुछ देर के लिए मेरे पास बैठ जाती थीं, लेकिन आज रुकी नहीं, सीधे किचन में चली गईं। मुझे लगा कि असहज हैं। हाथ में चाय लिये हुए किचन में चला गया। रोज किचन में काम करते हुए वे

गुनगुनाती थीं, आज खामोश हैं। चिड़ियों को दाना देना भी भूल गईं। जब चिड़ियों ने शोर मचाया तो उन्हें ध्यान आया और चावल लेकर आँगन में बिखेर आईं।

मैं यह सबकुछ देखता रहा। जब लगा कि वे कुछ नहीं बोलेंगी तो पूछ बैठा—''क्या है भाई, आज बहुत गंभीर हो और गमगीन भी?''

''कुछ नहीं।'' उनकी आवाज भर्राई हुई थी। लगता था कि रो देंगी।

''नहीं, कुछ तो है। तबीयत खराब है? सिर दर्द है?''

''नहीं-नहीं, ऐसा कुछ नहीं है।''

''तो क्या मुझसे कोई खता हो गई है। लेकिन खता कैसे हो जाएगी? रात को तो तुम हँसती-गाती अपने बिस्तर पर चली गई थीं और मैं भी अपने अध्ययन कक्ष में पढ़ता-पढ़ता सो गया था। उसके बाद अब उठ रहा हूँ। इस सोने में मुझसे क्या खता हो सकती है? हाँ, तुम्हारे सपने में कुछ खता हो गई हो तो नहीं कह सकता।''

वे मुसकराईं और बोलीं, ''सारी उम्र तो हम लोग एक-दूसरे के भरोसे काट आए, अब क्या खता होनी है।''

''तो फिर? क्या कुछ सवेरे-सवेरे...?''

उदास होकर बोलीं, ''हाँ सवेरे-सवेरे...''

मैं समझ गया कि आज कोई भारी शाम गिरी है सवेरे के ऊपर, इसीलिए ये कुछ कह नहीं पा रही हैं। मैंने कुछ बोलना ठीक नहीं समझा। बस थोड़े इंतजार के लिए अपने को मौन छोड़ दिया।

''क्या-क्या दिन दिखाती है यह जिंदगी!'' वे शुरू हुईं तो मैं मौन-ही-मौन उन्हें सुनने को तत्पर हो गया।

''एक गरीब-औरत आती है दूध लेने के लिए। उसके पति ने उसे घर से निकाल दिया। उसका तीन साल का एक बेटा था, उसी के लिए कभी-कभी एक थैली दूध लेती थी।''

''बेटा था क्या मतलब?''

''यही तो बता रही हूँ। वह अपनी बूढ़ी माँ के साथ झुग्गी में रहती थी अपने बेटे को लेकर। बेटे को घर छोड़कर दूध लेने आती थी। आज बता रही थी कि उसकी माँ बीमार है, इसलिए बेटे को भी साथ लाई थी।''

मैं चुप ही रहा।

"वह लाइन में लगी थी। बेटे को वहीं एक चबूतरे पर बैठा दिया था। लाइन की रेल-पेल में वह कुछ मिनट के लिए ऐसी व्यस्त हुई कि बेटे पर ध्यान ही नहीं रहा। इस बीच वह लड़का सड़क की ओर चला गया और कीं-कीं करती हुई एक बस जब तक अपने को रोके वह उसके नीचे आ गया था, और सबकुछ समाप्त।"

सुनकर जी काँप गया।

"वैसे तो हम लोग रोज-रोज ऐसी अनेक क्रूर घटनाएँ अखबार में पढ़ते हैं और पढ़कर अपने काम-धाम में व्यस्त हो जाते हैं, किंतु जो आँख के सामने घटित होता है, वह तो नहीं सहा जाता न।"

"हाँ, ठीक कह रही हो। यह तो बड़ी दर्दनाक बात रही। बस-ड्राइवर का क्या हुआ?"

"इसके बाद किसका क्या होता है यह अलग प्रश्न है। जो होता हो, होता रहे, लेकिन वह बच्चा तो गया। उस लाचार औरत का एकमात्र सहारा तो गया। आप तो जानते हैं कि मैं किसी को क्षत-विक्षत अवस्था में नहीं देख सकती। लोग तो वहाँ घिरकर लड़के की लाश देखने में लगे थे, मैं चुपचाप इधर चली आई।"

'हाँ इधर तो आ गईं लेकिन आई कहाँ? वहाँ का सारा दर्द तो अपने साथ लाई हैं।' मैं सोचने लगा।

उनसे आज भी कहा, "भई, तुम्हें कितनी बार मना किया कि सवेरे-सवेरे दूध लेने मत जाया करो। अब तुम साठ को पार कर गई हो। आराम से उठो, आराम से जितना काम हो सके करो, कुछ घूमो-फिरो, आरामकुरसी पर बैठकर कुछ घंटे, निश्चिंत पढ़ो-लिखो। अब बच्चे बड़े हो गए, अपनी-अपनी जरूरतें देख लेंगे।"

आज भी मेरी अनसुनी करके रसोई के काम में लग गईं। किसी के लिए कुछ, किसी के लिए कुछ नाश्ता तैयार करने लगीं। हाँ, यहाँ न सब लोग साथ नाश्ता करते हैं, न साथ खाते हैं। यह संभव भी नहीं है। एक बच्चा साढ़े सात बजे स्कूल जाता है, एक बच्चा आठ बजे जाता है। किसी को पराँठा-सब्जी चाहिए, किसी को अंडा-ब्रेड। बहू भी स्कूल जाती है। वह भी ऊपर से ही तैयार होकर नीचे आती है और तैयार नाश्ता लेकर स्कूल चली जाती है।

उसके बाद लड़का ऑफिस जाता है। फिर मेरे नाश्ते की बारी आती है। फिर बचता है नन्हा चिंटू। उसे नाश्ता कराना और दूध पिलाना आसान नहीं है।

मैं एक कमरे मे बंद होकर खाली पढ़ता और लिखता हूँ। कभी-कभी जब बच्चा रोता है तो निकल पड़ता हूँ। उसे चुप कराने की कोशिश करता हूँ, लेकिन वह चुप होता है अपनी दादी के ही दुलार से। इसीलिए वे दौड़ी आती हैं और अपनी भूमिका अदा करती हैं।

आज वे बेहद उदास थीं, लेकिन कार्यों की शृंखला से उदास नहीं थीं, वह शृंखला तो उसी उत्साह से घर में अपना आना-जाना बनाए हुए थी और चेतनाजी उससे उसी प्रकार बहनापा कायम किए हुए थीं। हाँ, रोज वे काम करने की प्रक्रिया में कुछ-न-कुछ गाती रहती हैं, प्रायः मेरी ये पुरानी कविताएँ गाती हैं, जिनकी मुझे भी याद नहीं। आज गा नहीं रही थीं।

उसने आज भी कहा, ''क्यों अपने को इतनी सजा देती हो। अरे यह शरीर इतना बोझ बरदाश्त नहीं कर सकता। इसे कुछ आराम चाहिए।''

जवाब भी उनका वही था—''आप क्यों सोचते हैं कि मैं अपने को सजा दे रही हूँ। यह क्यों नहीं सोचते कि इससे शरीर में स्फूर्ति बनी रहती है और दिन छोटे तथा आत्मीय हो जाते हैं। मेरी कोई मजबूरी तो है नहीं। मैं किसी के आदेश से या डर से तो ये काम नहीं करती न, अंतर्प्रेरणा से करती हूँ। और किसके लिए करती हूँ? किसी पराए के लिए? अरे ये बहुएँ, बेटे, पोते सब अपने ही हैं न। अब बताइए, बहू को स्कूल जाना होता है। उठकर वह तैयार होती है, अपने बच्चों को स्कूल के लिए तैयार करती है और छोटे बच्चे को उठाकर दूध पिलाती है। आप जानते ही हैं कि इसको दूध पिलाना एक जंग जीतना होता है। फिर उससे कैसे उम्मीद की जाए कि सवेरे-सवेरे उठकर वह ये सारे काम कर लेगी, जो मैं करती हूँ। मैंने कहा न कि ये सब काम मैं अपने सुख से करती हूँ। जिस दिन सुख नहीं अनुभव करूँगी, उस दिन छोड़ दूँगी।''

''ये तो ठीक है देवीजी, लेकिन मुझे लगता है कि आपने अपने इन सुखों में अपने को बंदी बना दिया है। मेरे सुख से अपने सुख को जोड़ने के स्थान पर शिथिल करती चली गई हैं।''

''यह आप क्या कह रहे हैं?'' वे मर्माहत सी बोलीं, ''आपके सुख से

मेरा सुख अलग है क्या? और आपका सुख इन बाल-बच्चों के सुख से अलग है क्या?''

''अलग है भी और नहीं भी? मैं तो तुम्हारे साथ अपने इस परिवार के लिए जीता-मरता आया हूँ। जो भी अर्जित किया, उसे व्यक्तिगत भोग में न झोंककर परिवार के सुख-चैन के लिए ही अर्पित किया। कभी भूले-भटके किसी होटल में सौ-पचास खर्च हो गए तो यह ग्लानि कई दिन तक मुझे दबोचे रही कि इतने पैसों से बच्चों के लिए नए कपड़े आ सकते थे, पत्नी के लिए साड़ी आ सकती थी, बच्चे महीना भर दूध पी सकते थे। वैसे तुम जानती ही हो कि किसी तरह की बुरी लत मैंने पाली ही नहीं। यह सहज था किंतु उस सहजता को पारिवारिक चिंता का दबाव सघन करता रहा।''

''तो फिर?''

''तो फिर यह कि इसके बावजूद कुछ अपने निहायत निजी सुख होते हैं। उन सुखों की कामना वृद्धावस्था में बढ़ जाती है। जिंदगी भर बाल-बच्चों की परवरिश, पढ़ाई-लिखाई, ब्याह की चिंता लेकर हम यात्रा करते हैं और हमारे हर निजी सुख में उनके प्रति दायित्व का बोध टाँग अड़ाता रहता है, किंतु बच्चों के बड़ा होने और उनके परिवार के बस जाने पर इच्छा होती है कि हम दोनों अब थोड़ा अपने लिए भी जिएँ। यानी कुछ देर जाड़े की धूप में या गरमी की छाँह में साथ-साथ बैठें, कुछ गपशप करें, कुछ अतीत की यादों के साथ खेलें, साथ-साथ शहर में निकलें, छोटी-मोटी यात्राओं पर निकलें। कभी एक पुस्तक पढ़कर उस पर बातचीत करें। पहले तो तुम मेरी सारी रचनाएँ पढ़ती या सुनती थीं, अब तो कभी-कभी ही यह नौबत आती है।''

''आप यह क्या कह रहे हैं?''

''क्या गलत कह रहा हूँ। मेरे कुरते का बटन टूट जाएगा या सीवन उधड़ जाएगी या किसी पार्सल के लिए पैकेट बनाना होगा तो मैं तकाजा करता रहूँगा, तुम भूलती रहोगी और इस तरह कितने दिन बीत जाएँगे।''

''आप क्या समझते हैं कि मैं आपकी उपेक्षा कर सकती हूँ?''

''नहीं, मैं उपेक्षा की बात ही नहीं करता। मैं तो यह कहता हूँ कि तुम एक साथ अपने को रोजमर्रा के इतने कामों में फँसाए रहती हो कि मेरे छोटे-छोटे काम हाशिए पर चले जाते हैं और बार-बार उनके लिए याद दिलानी पड़ती है।''

सब लोग नाश्ता-पानी करके अपने-अपने काम पर चले गए थे। मैं उनके पास खड़ा-खड़ा उन्हें वे ही सारी बातें सुना रहा था जो प्रायः सुनाता हूँ। चूल्हे पर दाल पक रही थी। वे पहले सब्जी काटती रहीं, फिर चावल चुनने लगीं। फिर एकाएक झपटकर उठीं—"अरे आजकल लाइट बहुत जा रही है, पानी की मोटर चला दी जाए।" मोटर ऑन की तो वह घड़-घड़-घड़-घड़ करने लगी और लगा कि पानी टंकी में नहीं चढ़ रहा है।

"अभी आती हूँ।" कहकर बाहर चली गईं और एक मिस्त्री को पकड़े हुए आईं—"तुम लोग पता नहीं रोज-रोज क्या ठीक करते हो कि मशीन जस-की-तस बनी रहती है।" मिस्त्री मुसकराता हुआ काम पर लग गया।

"ठीक हो गया माताजी?"

"अच्छा ठीक है जाओ।" वह पैसा लेकर चला गया तो उन्होंने मोटर चला दी और उधर बाथरूम में वाशिंग मशीन चालू कर दी। मैं आँगन में ही धूप में बैठ गया एक किताब लेकर। इधर पानी की मोटर, उधर धुलाई मशीन, उधर रसोईघर में खदकती हुई दाल, छौंकी जाती हुई सब्जी। बीच में एक काया को अनथक भाव से आते-जाते महसूस करता रहा।

कॉलबेल बजी। मैंने उठकर देखा। गेट पर से धोबिन पूछ रही थी—"कपड़े हैं?"

"कपड़े हैं?" मैंने पूछा।

"हाँ, हाँ, कहिए रुके।"

उन्होंने थोड़ी देर के लिए वाशिंग मशीन बंद की और धोबिन को देने के लिए कपड़े सहेजने लगीं।

तब तक फोन की घंटी बजी—"अरे! फोन की घंटी बज रही है। देखता हूँ।"

"अरे! आप काम कीजिए, मैं देखती हूँ।" कहकर उधर गईं।

"आपका फोन है।"

"अरे! यह तो मुझे मालूम था ही। इसीलिए तो मैं जा रहा था। तुम खामखाह भागी-भागी गईं।"

"क्या और किसी का फोन नहीं हो सकता? वाहियात फोन भी तो आते रहते हैं। आप कुछ लिख रहे हैं बिला वजह आपका ध्यान क्यों भंग किया जाए?"

मैं मुसकराया और फोन सुनने चला गया। लौटकर आया तो देखा, श्रीमतीजी किचन में नहीं थीं और ऊपर से चिंटू के रोने की आवाज आ रही थी। समझ गया, वहीं गई होंगी। कुछ देर बाद वे अहकते-डहकते चिंटू को गोदी में लादे हुए आईं और दूध पिलाने की भूमिका बनाने लगीं। चिंटू को दूध पिलाना आसान नहीं है। वह बोतल से दूध नहीं पीता। उसे चम्मच से दूध पिलाना पड़ता है। गोदी में सुलाकर बल्कि थोड़ा दबाकर चम्मच से दूध पिलाना पड़ता है। पीने की प्रक्रिया में उसका चिल्लाना जारी रहता है। उठकर रोते हुए चिंटू को भूख तो लगी है किंतु तुरंत दूध नहीं पिलाया जा सकता। एक रोने को शांत करके ही दूसरे रोने की शुरुआत की जा सकती है। इसलिए दादीजी उसे फुसला रही हैं, कहानी सुना रही हैं, गा रही हैं, बज्जी (बाजार) ले जाने का प्रलोभन दे रही हैं।

मैं लिखते-लिखते रुक गया और यह सारा खेल देखता रहा, बल्कि देखने के लिए विवश हो उठा। श्रीमतीजी समझती हैं कि उन्होंने मुझे निश्चिंत कर दिया किंतु उस माहौल में कोई निश्चिंत हो सकता है क्या?

चिंटू दूध पी चुका तो मैंने पुकारा—"बज्जी चलेगा?"

"नहीं···अम्मा···।" वह सिर झटककर कहता है।

अम्मा यानी दादी। यानी तुम्हारे साथ नहीं, दादी के साथ जाऊँगा।

"ठीक है, मैं तो जा रहा हूँ पार्क में भों-भों देखने।"

वह मेरी ओर जिज्ञासा भरी नजर से देखने लगा। यानी जाँचता रहा कि क्या मैं सचमुच पार्क में जा रहा हूँ।

"जाओ बेटा, दादा के साथ घूम आओ।" दादी ने कहा, "मैं ये सब काम कर लूँ तो तुम्हें बज्जी ले चलूँगी।"

वह 'नहीं-नहीं' कहता रहा किंतु जब देखा कि मैं जा रहा हूँ तो उठ खड़ा हुआ और मेरे पीछे-पीछे आने लगा। मैंने उसकी अंगुली पकड़ ली और पार्क की ओर चल दिया।

घंटा-डेढ़ घंटा पार्क में चिंटू को खेलाता रहा बल्कि उसके साथ स्वयं खेलता रहा। लौटा तो देखा, कपड़े धुल गए हैं। किचन में काफी कुछ बन गया है, चावल (यानी अंतिम आइटम) चढ़ाया जा रहा है।

"बाहर बरामदे में कोई बैठे हुए हैं।"

''कौन हैं?''

''मैं जानती नहीं। कोई बाहर से आए हुए हैं।''

''फिर तुमने घर के भीतर बैठाया कैसे है?''

''कहा न बाहर बरामदे में बैठे हैं। कुछ देर तो उनके पास बैठी रही। फिर चली आई। बुरा मत मानिएगा, इतना सारा काम पड़ा है, बैठकर उनकी आवभगत कैसे करती? कह दिया—बैठिए। वे बच्चे को घुमाने ले गए हैं, अभी आएँगे।''

''अच्छा किया। बिना सूचना के लोग जब चाहे तब चले आएँगे तो तुम किस-किस के स्वागत में बैठी रहोगी? तुम चाय भेजो, मैं देखता हूँ कौन हैं?''

''चाय पिला चुकी हूँ।'' मैंने विस्मय से पत्नी की ओर देखा, वे मुसकरा रही थीं।

''गजब की हो भाई।'' मैं चलने लगा तो बोलीं, ''और हाँ, दोपहरी हो गई है, यदि उन्हें खाना खिलाना हो तो संकेत कर दीजिएगा।''

''अच्छा भाई, पहले देखूँ तो कौन सी विभूति आई हुई है।''

''कहिए।''

''अरे आप घर में ही थे। मुझे तो बताया गया कि आप आस-पास कहीं गए हैं।''

''जी नहीं, घर में होता तो आपसे यह क्यों कहा जाता कि मैं घर में नहीं हूँ। मैं अभी-अभी पिछले दरवाजे से आया हूँ।''

''माफ कीजिएगा, दिल्ली में बहुत से लोगों को बहाने बनाते देखा है, इसलिए ऐसा कह रहा हूँ।''

मुझे बड़ा विचित्र लगा कि मान-न-मान मैं मेरा मेहमान। मैंने कहा, ''श्रीमानजी आप लोगों के न रिश्तेदार हैं, न मित्र, न आप उनसे कर्जा वसूल करने गए हैं। हर आदमी की अपनी जीवन-शैली होती है, व्यस्तताएँ होती हैं, अपना दायरा होता है। जब बाहर का आदमी उसमें अवांछित रूप से प्रवेश करता है तो आदमी को असुविधा होती है। वह सीधे 'ना' बोलकर बदतमीजी दिखाए, इससे अच्छा है कि बहाना बना दे। क्यों है न? अब आप देखिए—आपको मैं जानता नहीं, आप मुझसे पूछकर तो आए नहीं, हो सकता है मैं सचमुच यहाँ नहीं होता। और मैं कितने महत्त्वपूर्ण कार्य में व्यस्त था, यह भी आपको पता नहीं।''

''क्षमा करेंगे, मैंने आपको डिस्टर्ब किया। जाता हूँ।''

जाता हूँ कहकर भी उन्होंने उठने का कोई आभास नहीं दिया।

''नहीं आप नहीं जाएँगे। मैंने तो आपकी बात का जवाब दिया है और कहा है कि सबकी अपनी-अपनी कार्य-शैली और जीवन-पद्धति होती है। मेरी भी अपनी शैली और पद्धति है। यदि कोई मेरे यहाँ अचानक भी आता है तो मैं मिलता हूँ अपना महत्त्वपूर्ण-से-महत्त्वपूर्ण कार्य छोड़कर मिलता हूँ। इसमें मुझे सुख मिलता है।'' मैं थोड़ा रुका।

''हाँ, आप बताएँ कौन हैं, कहाँ से आए हैं? ये सब बातें तो हुई नहीं, हम लोग सैद्धांतिक लड़ाई लड़ने लगे।''

वे भी हँसे, मैं भी हँसा।

''धन्यवाद सर! मैं भागलपुर से आया हूँ। कुछ लिखता-विखता हूँ। आपसे मार्गदर्शन के लिए आया हूँ।''

''मार्गदर्शन? अरे भाई! इतना आलोक तो मुझमें नहीं है। हाँ, कुछ सीधी-सादी बातें हम लोग करें। उनमें से कुछ मिल जाएँ तो उसी को मार्गदर्शन समझ लें।''

काफी देर तक वे बातें करते रहे। उन्होंने क्या-क्या लिखा है, बताते रहे। अपनी काफी कविताएँ भी सुनाईं। उन्हें कैसे छपाया जा सकता है, यह सलाह भी माँगते रहे। संपादकों को सिफारिशी पत्र भी लिखने को कहते रहे। किसी प्रकाशक से कहकर उनका कविता संग्रह छपवा दूँ, इस आग्रह पर भी अड़े थे। उनकी रचनाएँ क्या थीं क्या बताऊँ? वे उठने का नाम नहीं ले रहे थे। मैं बार-बार घड़ी देख रहा था।

आखिर मुझे ही उठना पड़ा—''ओह! दो बज गए, माफ कीजिए मुझे तीन बजे निकलना है।'' वे अरमराकर उठे और धीरे-धीरे चले गए।

''लाओ भाई खाना खिलाओ।''

''और वे।''

''वे तो गए। बल्कि उन्हें ठेलकर भेज दिया।''

''कौन थे वे?''

''भागलपुर से आए थे। साहित्यकार थे।''

''अरे, दो बज रहे हैं और इतनी दूर से वे आपसे मिलने आए थे, उन्हें

भी खाना खिला दिया होता।''

''अरे, तुम भी विचित्र हो। उसने मेरा इतना सिर खाया है कि कुछ खाने की गुंजाइश ही नहीं होगी। और वह क्या मुझसे मिलने सीधे भागलपुर से आ रहा है? अरे, अनेक काम लेकर आया होगा। एक काम यह भी सही।''

''तो भी।''

''नहीं, तो भी वो भी कुछ नहीं। मुझे खाना खिलाओ।''

''मम्मी आप नहाने जाइए, मैं परोस देती देती हूँ।'' देखा बहू आ गई थी।

''अभी तुमने स्नान नहीं किया?''

''अरे कर लेती हूँ बाबा।''

''अब तक क्या कर रही थीं?''

''आराम कर रही थी।'' वे हँसी और नहाने चली गईं।

खाना खाते हुए मैंने सोचा—हाँ, जब मैं साहित्यकार से बात कर रहा था तब श्रीमतीजी ने क्या किया होगा। चिंटू की मालिश की होगी, उसे नहलाया होगा। फिर खिलाने के लिए संघर्ष किया होगा। फिर लोरी गाकर सुलाया होगा।

खाना खाकर किचन में गया तो देखा श्रीमतीजी नहा-धोकर पूजा कर रही हैं। वे पुजारी नहीं हैं और न परंपरागत ढंग से व्रत आदि रखती हैं। उनके भीतर इन सब चीजों के बीज रहे होंगे किंतु मेरे जैसे औघड़ व्यक्ति के संपर्क या प्रभाव या दबाव (जो भी कहिए) में आकर वह बीज पल्लवित होने नहीं पाया। मैं नास्तिक हूँ या आस्तिक, यह प्रश्न मेरे लिए कभी महत्त्वपूर्ण नहीं रहा और मैं खुद नहीं जानता कि क्या हूँ? एक ओर रामकृष्ण या अन्य दैवी सत्ताओं के जीवन-व्यापार की मूल्यवान छवियाँ मुझे भीतर-भीतर आलोकित करती रहती हैं, दूसरी ओर मैं किसी भी प्रकार के पूजा-पाठ या धर्म के बाह्याचार से विरक्त हूँ। मुझे दंड-कमंडल से सख्त चिढ़ होती है। इस दिशा में पत्नी भी मेरे साथ हैं किंतु उनका बीज भाव भीतर-भीतर वर्तमान है और थोड़ा सा समय निकालकर बाहर झाँक लेता हैं। वह भी अपने लिए नहीं परिवार के लिए।

मुझे साढ़ेसाती लगी थी। बाँह में भयानक दर्द था। लोगों ने सुझाया कि हनुमान वाहुक का पाठ करूँ और शनिश्चर को पीपल पर जल चढ़ाऊँ। जाहिर था कि मैं हँसकर टाल देता। इतना ही नहीं, शनिश्चर को ही मैं हमेशा बाल

कटवाता रहा, कटवाता हूँ किंतु श्रीमतीजी ने मेरा काम चुपके-चुपके खुद शुरू कर दिया। तभी से वे हनुमान-चलीसा का पाठ करती हैं और अन्य देवी-देवताओं की भी प्रार्थना कर लेती हैं। इस पूरे परिवार में सभी मेरे जैसे ही हैं, अत: सबके पापों के शमन और उद्धार की चिंता से वे अकेले ही जूझती रहती हैं।

मैं सो गया था कि पत्नी की आवाज सुनी। वे किसी को डाँट रही थीं। मैं उठकर गया। ''क्या है भाई?''

''कुछ नहीं, मैंने धोबी के इस लड़के को बार-बार समझा रखा है कि तीन और साढ़े चार के बीच न आया कर, लेकिन बार-बार इसी टाइम आता है। आकर जोर-जोर से गेट खड़काता है और मुझे लगता है कि सिर पर किसी ने हथौड़ा मार दिया हो।''

धोबी का लड़का चुपचाप खड़ा था। मैंने डाँटकर कहा, ''जाओ, भाग जाओ, शाम को आकर पैसे ले जाना।''

''अरे, अब जग ही गई हूँ तो पैसे दे देती हूँ।''

वह चला गया तो मैंने कहा कि इसे हटा क्यों नहीं देतीं?

''अरे, बड़ा गरीब है। इसका बाप मर गया। इसकी माँ अपने कई छोटे-छोटे बच्चों के साथ जिंदगी से लड़ रही है। यह लड़का भी स्कूल में पढ़ता था, पढ़ाई छोड़कर अपनी माँ का हाथ बँटा रहा है।''

''सो तो ठीक है, लेकिन इसी वक्त क्यों आता है, दूसरों की सुविधा का खयाल तो करना चाहिए।''

''हाँ, करना तो चाहिए। इसे कई बार डाँट भी चुकी, लेकिन इनकी भी मजबूरी है। यहाँ काम खत्म करके इन्हें अपने घर जाना पड़ता है। घर यहाँ से कोस भर है। बाप था तो सब देर तक यहाँ काम कर सकते थे।''

''ठीक है। तब भोगो। दो में एक ही काम संभव है या तो आराम कर लो या दूसरों की चिंता कर लो।''

मैं अपने कमरे में चला आया और समझ गया कि अब श्रीमतीजी का सिर-दर्द शुरू हो जाएगा। वे न जाने कब से आधे सिर के दर्द से पीड़ित चल रही हैं। वैसे तो उन्होंने क्या-क्या नहीं झेला है किंतु यह दर्द तो जैसे स्थायी हो गया है। इसके लिए क्या-क्या उपचार नहीं किए गए, किंतु जाता ही नहीं। डॉक्टर कहते हैं कि आप चिंता मत किया कीजिए। इन्हें चिंता अपनी कम, घर

की अधिक रहती है और आसपास तथा देश-दुनिया की चिंताएँ क्या कम हैं? एक संवेदनशील व्यक्ति की सबसे बड़ी मुसीबत तो यही है कि वह हर एक के दुःख-दर्द के साथ जीने लगता है और उसका अपना निजी सुख क्षीण होता चला जाता है, बल्कि यह कहना ज्यादा सही होगा कि लोगों के दुःख-दर्द के साथ हो लेने में ही उसे सुख मिलता है, तृप्ति मिलती है। उसे कोई कहने थोड़े आता है कि तू सबके साथ हो ले। वह तो अपने सुख से ही साथ हो लेता है।

दुनिया देख रहा हूँ। लड़के बड़े हो जाते हैं तो वे अपने सुख से माँ-बाप से अलग हो जाते हैं या अपने सुख से जुड़े रहते हैं अथवा माँ-बाप ही बच्चों से कह देते हैं कि अब तुम लोग अपना-अपना दायित्व सँभालो, हमें मुक्त करो। तुम्हारा सुख-दुःख अब तुम्हारा सुख-दुःख रहेगा। लेकिन हमारे यहाँ हम साथ हैं। साथ रहने में हमारी कोई बाहरी मजबूरी नहीं है, हमें किसी से कुछ पाना नहीं है किंतु संवदेना के तार हमें अलग होने नहीं देते। और श्रीमतीजी सुबह से रात तक जो मशीन की तरह चलती रहती हैं इनके लिए, वह इसी संवेदना के तहत। भले ही उनके शरीर को इसके लिए खामियाजा भोगना पड़ता हो, लेकिन सबके लिए कुछ कर पाने की जो शांति उन्हें मिलती है, उसका स्वाद तो उन्हीं को मालूम होगा।

कमरे में आकर कुछ लिखने लगा। कुछ देर बाद फिर बाहर निकला तो उन्हें आवाज दी—''अरे भाई! चाय पिला दो। देखा तो कोई नहीं था। खुद ही चाय बना ली। पीने लगा और सोचने लगा—कहाँ गईं चेतनाजी। शायद बाजार गई होंगी। दिन-रात बाजार ही तो करती रहती हैं। बाजार भी पास में है, छोटी-बड़ी चीजों के लिए दिन में दस बार बाजार जाना लगा रहता है।

सोचते-सोचते अपने पर हँसी आ गई। तुम जो इतने निश्चिंत भाव से लिखते-पढ़ते या आराम करते रहते हो या बाहर यात्रा पर चले जाते हो, किसके मूल्य पर? कभी आटा पिसवाते हो? कभी राशन लाते हो? कभी सब्जी लाते हो? कभी दवा लाते हो? यानी कभी कोई चीज लाते हो? तुम्हें घर आनेवाली चीजों के दाम मालूम हैं? फिर कौन लाएगा?

सचमुच अपने पर ग्लानि हुई कि मैं कुछ लाता भी नहीं हूँ और पूछता हूँ कि वे बाजार क्यों जाती रहती हैं। अरे, यह मकान भी तो उन्होंने ही बनवाया। इसकी एक-एक चीज उन्हीं की खरीदी हुई है।

कुछ देर बाद बहू नीचे आई तो पूछा, "तुम्हारी मम्मी बाजार गई हैं क्या? काफी देर से दिखाई नहीं पड़ रही हैं।"

"आप काम कर रहे थे या सो रहे थे, इसलिए मम्मी ने आपको डिस्टर्ब नहीं किया। मुझे बोलकर गई हैं कि सफदरजंग अस्पताल जा रही हूँ।"

"अस्पताल?"

"हाँ, कोई बीमार है न? आपके दोस्त हैं शायद।"

"दोस्त? अच्छा-अच्छा पांडेजी। हाँ, उनका लड़का दस दिन से अस्पताल में पड़ा है न। मुझे भी उसे देखने जाना था। अकेली ही चली गईं?"

"हाँ, कह रही थीं कि कई दिनों से वहाँ जाने की तैयारी हो रही है, हम साथ नहीं जा पाते। आज अकेले ही देख आती हूँ। इन्हें जब सुविधा होगी तो जाकर देख आएँगे।"

तो वे अस्पताल चली गईं। दरअसल यह काम भी प्रायः वे ही कर रही हैं। हम लोगों के जो 'कॉमन' मित्र हैं, उनके यहाँ कथा-वार्त्ता, सामाजिक कार्यों, जीवन-मरण और बर-बीमारी में जाने का दायित्व भी वे ही निभाती रहती हैं और उनका व्यक्तित्व इतना प्रभावशाली है कि उनके जाने से मेरी अनुपस्थित का बोध मिट जाता है। यानी वे अपने में स्वयं भी हैं और मैं भी हूँ। कई दिनों से पांडेजी के बेटे को देखने जाने की बात हो रही थी, लेकिन मेरे आलस्य या व्यस्तता के कारण बात टलती जा रही थी। उन्होंने अनुभव किया होगा कि यह अच्छा नहीं है; चलो, अकेले ही देख आओ। उन्हें मालूम था कि आज मुझे कहीं एक पुस्तक-गोष्ठी में जाना है, अतः आज भी अस्पताल नहीं जा पाऊँगा।

गोष्ठी से लौटा तो वे भी आ गईं। बहुत प्रसन्न थीं। बोलीं, "पांडेजी के लड़के का ऑपरेशन सफल रहा। कोई 'कॉम्पलीकेशन' नहीं हुआ। होश में आ गया था। मुझे देखा तो मुसकराया। भगवान् सबका भला करें। लेकिन-लेकिन···" कहते-कहते उदास हो गईं।

"क्या हुआ?"

"अरे, अस्पताल जाकर मन खराब हो जाता है। तमाम दुःख-दर्द और मृत्यु की सीलन छाई रहती है। एक जवान लड़का ऑपरेशन के बाद मर गया था। चिंग्घाड़ मची हुई थी, दिल दहल गया। उसकी जवान पत्नी को तो देखा नहीं जा रहा था। मैं तो उसके बाद वहाँ से उठी और चली आई।"

मैंने उनके चेहरे को देखा। मुझे लग गया कि अंदर कुछ है, जिसे दबा रही हैं। मैंने टटोलने के खयाल से कहा, ''अच्छा, तुम बहुत थक गई होगी, खाना खा लो और आराम करो।''

''हाँ, अब आराम तो करूँगी मगर खाने को जी नहीं हो रहा।'' कहकर उन्होंने मेरी ओर देखा। मैं मुसकराया। समझ गया मैडम का सिरदर्द उभर आया है। ''इसे तो उभरना ही था। आखिर आप उसकी नहीं सुनेंगी तो वह आपकी क्यों सुनेगा।''

वे कुछ बोलीं नहीं। अपना बिस्तर लगाती रहीं। वे लेटीं तो चिंटू आकर उनके बिस्तर पर उनके साथ लेट गया और कहने लगा—''अम्मा कहानी, अम्मा कहानी।''

बहू ने उसे खींचकर कहा, ''नहीं चिंटू, ऊपर चलो, अम्मा का सिर दुःख रहा है।'' मगर चिंटू को क्या मामूम कि सिर दुःखना क्या होता है। वह माँ के द्वारा खिंचा हुआ रोता रहा और दादी का आँचल पकड़े हुए था।

''छोड़ दो बहू, यह नहीं मानेगा।''

''चिंटू बेटे! चलो आज मैं तुम्हें कहानी सुनाता हूँ।'' मैंने कहा।

चिंटू मेरी ओर विस्मय के भाव से देखने लगा कि क्या ये भी कहानी सुना सकते हैं।

''तो सुनो बेटा, एक थी दादी।''

''हाँ।'' कहकर उसने दादी की ओर देखा।

''एक थी दादी।''

''हाँ, आगे।'' वह झल्लाकर बोला।

''बस बेटा, कहानी हो गई। तुम्हारी दादी अपने आप में एक कहानी हैं।''

कहकर मैं चला आया किंतु अनुभव करता रहा कि उस कमरे में सिरदर्द और कथादर्द का संघर्ष जारी है।

□

परिणति

उस दिन मेरे मित्र उदय अपने नेता मित्र सत्येंद्र से मिलने यू.पी. भवन गए हुए थे। साथ में मैं भी था। मित्र तो मिले नहीं किंतु उनके कमरे में एक फटेहाल आदमी दिखाई पड़ा। दुबला-पतला शरीर, हड्डियाँ निकली हुईं, बाल सफेद और बिखरे हुए, कपड़े गंदे और जगह-जगह से फटे हुए। उसकी भूरी-भूरी आँखों से मेरी आँखें टकरा गईं और लगा जैसे मेरी आँखों में एक पहचान छटपटा रही है—'कौन है यह आदमी? इसे कहीं देखा है।' उसने हमें एक बार देखकर आँखें फेर लीं।

"कहाँ गए हैं नेताजी?" उदय ने पूछा।

"किसी मंत्री से मिलने गए हैं। कह गए हैं कि उदयजी आएँ तो बैठाइएगा।"

"चलो नेता को अपना दिया हुआ समय याद है, यही बहुत बड़ी बात है।... आप, क्या उनके सर्वेंट हैं?"

"ह्वाट नानसेंस? आई एम नाट हिज सर्वेंट, आई एम हिज फ्रेंड।"

"माफ कीजिए, भूल हुई। दरअसल, आपकी सादगी देखकर भूल हो गई। कभी-कभी सादगी भी कितना धोखा दे देती है न। वैसे आप अपने बारे में कुछ बताएँगे?"

"मैं बलिया का मशहूर बैरिस्टर जीवन मिश्र हूँ। आई एम प्रेसिडेंट ऑफ सो मैनी इंस्टीट्यूशंस यू नो।"

''सॉरी मिश्रजी, इतने बड़े आदमी का मैंने अनजाने में अपमान कर दिया। आपकी सादगी का तो जोड़ नहीं है।'' कहकर उदय थोड़ा मुसकराए। मैं भी मुसकराया। हम दोनों ने एक-दूसरे को मुसकराते हुए पकड़ लिया।

''तो आप नेताजी के साथ घूमने-फिरने आए होंगे। वैसे इन दिनों कोर्ट में छुट्टियाँ तो नहीं हैं।''

''हाँ छुट्टियाँ तो नहीं हैं किंतु उनकी परवाह कौन करता है। हम अपने मन के राजा हैं। जब चाहें, जहाँ चाहें, आएँ-जाएँ। क्यों हैं न?''

''हाँ, सो तो हैं।''

मैंने गौर किया कि जीवनजी बार-बार मुझे गौर से देख लेते थे, जैसे कुछ पहचानने की कोशिश कर रहे हों।

''तो चलते हैं मिश्रजी। नेताजी आएँ तो कह दीजिएगा, फिर आऊँगा। फिलहाल मुझे काम है।''

''अरे रुकिए, अभी आ जाएँगे।''

''नहीं, कहीं उलझ गए होंगे और मुझे एक जरूरी काम है।''

''अच्छा, यह बताइए कि यहाँ से चाँदनी चौक जाने के लिए कौन सी बस मिलेगी?''

''बस? अरे टैक्सी पकड़ लीजिए, वह आसानी से पहुँचा देगी जहाँ जाना चाहेंगे।''

''टैक्सी? आप मेरी सादगी देख रहे हैं न। जब बस से तीन-चार रुपए में जाया जा सकता हो तो टैक्सी से सौ रुपए क्यों खर्च करूँ?''

''सही फरमाया आपने। कितने ऊँचे खयाल है आपके। लेकिन मैं तो स्कूटर से चलता हूँ, बसों के रूट का पता नहीं है। हाँ, ये पांडेजी बताएँगे।'' उन्होंने मेरी ओर संकेत करते हुए कहा।

मैंने दो-चार बसों के नंबर बता दिए।

हम चलने लगे तो जीवनजी बोले, ''नेताजी से कोई काम था क्या? हो तो बता दीजिए, मैं उनसे कह दूँगा।''

''नहीं, नहीं, कोई काम नहीं था। हम लोग सहपाठी रहे हैं, मित्र हैं। मिलते हैं तो खूब गपशप होती है। मैं अपनी आपबीती और जगबीती कहता हूँ, वे अपनी आपबीती और जगबीती कहते हैं।''

मुझे लगा कि जीवनजी किसी विशेष आशंका भाव से उदयजी की ओर देख रहे हैं। ''चलो भाई अखिलेशजी! अब चलते हैं।''

बाहर आए तो मैं बोला, ''उदय, जब जीवनजी ने अपना परिचय दिया तो तुम मुसकराए क्यों थे?''

''और तुम भी तो मुसकराए थे।''

''मैं तो तुम्हें देखकर मुसकराया था।''

''अरे भाई! इनका परिचय सुनकर मुसकान इसलिए आ गई कि इन्होंने क्या ठाठ से अपना परिचय दिया और सच्चाई यह है कि यह एक फटीचर आदमी बनकर रह गया है।''

''तो तुम क्या इन्हें पहले से जानते हो?''

''इन्हें देखा तो बस एक बार था किंतु इनके बारे में सुना बहुत था। मेरे मित्र सत्येंद्र ने इनके बारे में बहुत सुनाया है।''

''अच्छा, तभी वह चौंका था जब तुमने कहा था कि सत्येंद्रजी तुम्हें आपबीती और जगबीती सुनाते हैं।''

''हाँ, थोड़ा चौंका था, थोड़ा डरा भी था।''

''साला, बदमाश, लफंगा, लुच्चा···!''

''अरे, तुम किसे गाली दे रहे हो भाई। मैंने ऐसा क्या कह दिया कि ये तोहफे बरसा रहे हो?''

''अरे, तुम्हें नहीं यार, उस जीवन को उपहार दे रहा हूँ।''

''अरे तो तुम इन्हें जानते हो?''

''अरे, मैं इस साले को नहीं जानूँगा? यह मेरा पड़ोसी रहा है और मेरी जिंदगी बरबाद कर दी थी।''

''अच्छा-अच्छा, तभी तुम मुसकराए थे। मेरी मुसकान में ऐसा क्या था कि तुम देखकर मुसकराते?''

''हाँ, सच है। इसलिए मैं मुसकराया था। लेकिन उदय भाई, मुझे यह कल्पना नहीं थी कि इससे इतने दिनों बाद इस हाल में भेंट होगी।''

''क्यों, कितने दिनों बाद मिल रहे हो?''

''अरे, इसका अंदाजा इसी बात से लगा लो कि हम दोनों एक-दूसरे को पहचान नहीं सके। जब से मैं दिल्ली आया तब से इसके बारे में कुछ खास

नहीं जान पाया। एक बार घर जाने पर इतना ही ज्ञात हुआ कि जीवन बलिया छोड़कर बनारस चला गया है।''

''उसके बाद की कहानी मैं जानता हूँ। अरे, ये सत्येंद्रजी हैं न, उनके पड़ोस में ही तो रहता है। उन्होंने इसके बारे में बहुत कुछ बताया है। एकाध बार जब मैं सत्येंद्र के यहाँ गया हूँ तो इसे इसके नए रूप में देखा भी है।''

''तो चलो कहीं पार्क में बैठते हैं और इसकी कहानी सुनते हैं।''

''सुनते हैं नहीं, सुनते-सुनाते हैं। कुछ मैं कहूँ, कुछ तुम कहो…'' मैं हँसा।

''तो पहले तुम सुनाओ।'' मैंने कहा।

''नहीं, पहले तुम सुनाओ। पहले पूर्वार्ध होगा। तब न उत्तरार्ध होगा।''

''नहीं आज थोड़ा विपर्यय ही होने दो, ताकि कुछ सस्पेंस भी बना रहे हम दोनों को।''

''तो ठीक है। तुमने कहा कि जब से वे बनारस आए तब से उनके बारे में कुछ खास नहीं जाना और मैंने जो कुछ खास जाना, वहीं से जाना।… मैं उस दिन सत्येंद्र के यहाँ गया हुआ था। उनके पड़ोस के घर में कुछ डाँटती-डपटती, गाली देती हुई एक महिला आवाज उठ रही थी। मैंने सत्येंद्र की ओर जिज्ञासा भरी दृष्टि से देखा। वह मुसकराया और बोला…रोज की बात है।

'लेकिन है क्या?'

'वे अपने पतिदेव पर बरस रही हैं।'

'अच्छा-अच्छा, पतिदेव पकड़े गए होंगे कहीं और मुँह मारते हुए।'

सत्येंद्र मुसकराएँ। फिर बोले, 'नहीं ऐसा नहीं है, वे घर से बाहर निकलें तब तो मुँह मारें।'

'यानी कुछ करते नहीं हैं।'

'करते हैं, करते हैं। वो देखिए।' सत्येंद्र ने इशारा किया।

मैंने देखा एक दुबला-पतला फटेहाल व्यक्ति साइकिल के पीछे कनस्तर लादे धीरे-धीरे खींचता चला जा रहा था।

'इसमें क्या देखूँ? इस घर का कोई नौकर होगा।'

'नहीं-नहीं शौहर है।'

'होगा शौहर। क्या गरीब लोगों के शौहर आटा नहीं पिसाते?'

'लेकिन यह गरीब घर नहीं है। इसकी पत्नी स्कूल की इंस्पेक्ट्रेस है। घर में आधुनिक जीवन के सारे साजो-सामान हैं।''

'तो, तो? फिर यह क्या है?'

'यही है जो तुम देख रहे हो।'

'जो देख रहा हूँ, क्या सबकुछ उतना ही है?'

'नहीं वह सबकुछ की ओर इशारा है। यही सज्जन अभी डाँटे जा रहे थे। कभी-कभी मारे भी जाते हैं।'

'मगर क्यों?'

'जब वे अपने अतीत में डूबने का प्रयास करते हैं। जब अतीत में डूबते हैं तो निकम्मे हो उठते हैं और उसका दंड उन्हें भोगना पड़ता है।'

'मैं समझा नहीं। जरा खुलासा करो।'

'ये इस घर में चौका-बरतन करते हैं। झाड़ू-पोंछा करते हैं, खाना बनाते हैं, साग-सब्जी तो ले ही आते हैं, आटा तो पिसाते ही हैं। बीवी का कोई प्रिय व्यक्ति आ गया तो उसकी भी सेवा करनी होती है।···खाने-पहनने को क्या पाते हैं, उनके शरीर और कपड़े-लत्तों से तुमने अंदाजा लगा ही लिया होगा।'

'हाँ, वह तो देखा किंतु अतीतवाली बात क्या है?'

'घर में यह सब काम करते-करते जब उन्हें याद आ जाता है कि वे बलिया में क्या थे और अब क्या हो गए हैं, तब उनका स्वाभिमान जाग पड़ता है। सोचते हैं, यह सब गलीज काम वे नहीं करेंगे, लेकिन नहीं करेंगे तो क्या करेंगे? जब पत्नी सामने आ जाती है और खाना माँगती है या चीजों को अस्तव्यस्त देखती है तो उबल पड़ती है। उसे देखते ही उनका सारा अतीत हवा हो जाता है और वर्तमान दहाड़ने लगता है।'

'लेकिन इनका अतीत?'

'विस्तार से तो कुछ खास नहीं मालूम किंतु सुना है कि ये किसी बड़े घर के थे और बलिया में इनकी बहुत बड़ी वकालत चलती थी। इनकी भरी-पूरी गृहस्थी थी।'

'तो ससुर बलिया छोड़कर बनारस में क्या करने चले आए?'

'भाग्य खींच लाया या कहो यह मायावी औरत खींच लाई।'

'कुछ विस्तार से बताओ यार, मुझे कुछ विचित्र लग रहा है। हँसी भी आ रही है, गुस्सा भी और दर्द भी।'

'अब उनके अतीत के बारे में तो विस्तार से नहीं जानता किंतु बनारस आने के बाद की जिंदगी के बारे में मैं सुनता ही रहा हूँ, देखता भी रहा हूँ। और धीरे-धीरे जीवन मेरे करीब आते गए, मुझसे सहायता माँगते गए तो उनके दर्द को भोगता भी रहा हूँ।'

'अब कुछ बताओगे भी या भूमिका ही बाँधते रहोगे।'

'इनकी पत्नी शीला इंस्पेक्ट्रेस है, पहले गाजीपुर में थी। तब वह स्कूल शिक्षिका थी। सुंदर तो थी ही, महत्त्वाकांक्षी भी खूब थी। महत्त्वाकांक्षा की पूर्ति आसानी से तो हो नहीं जाती, उसके लिए जाने कितने-कितने पापड़ बेलने पड़ते हैं। यदि औरतें अपनी शक्ति से बहुत ज्यादा महत्त्वाकांक्षी हो जाएँ तो पुरुष उनका दुरुपयोग करने में कहाँ चूकते हैं? शीलाजी को मैंने कभी प्रतिभाशाली तो क्या, प्रतिभा के आस-पास भी नहीं देखा और शीघ्र-से-शीघ्र प्रिंसिपल या इंस्पेक्ट्रेस बनना चाहती थीं। इसलिए किसी-न-किसी बहाने शिक्षाधिकारी के यहाँ जाया करती थीं। सुना है कि जीवनजी शिक्षाधिकारी के मित्र रहे हैं। उनके यहाँ आया-जाया करते थे। उन्हीं के यहाँ इनकी देखा-देखी हुई। आँखें मिलीं। जीवन तो बस देखते ही लट्टू हो गए और शीला को लगा कि इस आदमी के बहाने उनका काम हो सकता है, अतः वह भी रीझती गई।'

कुछ देर की चुप्पी के बाद मैंने पूछा, 'तब?'

सत्येंद्र मुसकराए बोले, "अरे, इस बिंदु पर कुछ क्षण ठहरकर इनके प्रथम मिलन के आनंद का अनुभव करोगे कि सरपट भागते ही रहोगे। 'तब' 'तब' मचाए हुए हो।"

मैं मुसकराया और सचमुच मेरी कल्पना में उन दोनों का आकर्षण अपना उजास फेंकता गया, फेंकता गया।

"तब?" कुछ देर बाद मैं फिर बोला।

हम दोनों ठठाकर हँस पड़े। सत्येंद्र बोले, 'अच्छा सुन बाबा। फिर तो जीवन हर सप्ताह यहाँ आने लगे। रँगरलियाँ मनने लगीं। शीला की महत्त्वाकांक्षाएँ परवान चढ़ने लगीं। उन्हें ज्ञात हो गया कि जीवन बहुत संपन्न परिवार के हैं, इनके पास बहुत पैसे हैं, कारें हैं, बड़ी कोठी है, बड़े वकील तो हैं ही। और

सबसे बड़ी बात तो यह कि इनके कारण वह अभी-अभी सब-इंस्पेक्ट्रेस बनी है, चंद रोज में इंस्पेक्ट्रेस बन जाएगी।···फिर उससे भी आगे जाएँगी। उसने शीला को यह भी बता रखा था कि वह विधुर है।'

'क्या सचमुच विधुर था?'

'नहीं, यह तो बाद में मालूम हुआ, जब कि शीला और उसके संबंध बहुत आगे बढ़ गए थे। जब शीला को ज्ञात हुआ कि उसकी पत्नी है तो बहुत चीखी-चिल्लाई, गुस्सा हुई। जीवन ने कहा, 'मैं तुमसे कोई झूठ नहीं बोला हूँ। वह मेरी पत्नी होकर भी नहीं है। बरसों से उससे मेरा कोई संबंध नहीं है। मैं तो विधुर से भी गया-बीता हूँ। यदि उससे संबंध ही होते तो क्या मैं दूसरी औरत की ओर आकर्षित होता?'

'फिर?'

'फिर क्या? दोनों के संबंध इतने आगे बढ़ गए थे कि शादी के सिवा और कोई चारा ही नहीं था। जीवन तो चाहता रहा कि शीला उसकी रखैल बनकर चलती रहे, किंतु शीला ऐसा क्यों करती? वह तो हर तरह से उसकी स्वामिनी होना चाहती रही···फिर मुसलमान बनकर जीवन ने शादी कर ली। अपना नाम रखा अजीज।'

'वाह रे अजीज मियाँ। क्या कहने आपके? फिर क्या हुआ?'

'फिर तो बहुत कुछ हुआ। धीरे-धीरे बलिया छूटने लगा। चलती हुई वकालत लँगड़ाने लगी। महीने में बीस दिन बनारस रहता, दस दिन बलिया में। शीला ने कहा, 'अब तुम बनारस में ही वकालत करो। छोड़ो बलिया-सलिया। अपने मकान और अन्य प्रापर्टी बेच डालो। अपना बैंक एकाउंट यहाँ ट्रांसफर करा लो। तुम्हारे पास खेत-वेत भी काफी हैं, उन्हें भी निबटा दो।'

'ठीक है, ठीक है जानेमन।'

'लेकिन एक दिन जब जीवन बलिया से लौटे तो घायल थे। उनके साथ पड़ोस का एक दोस्त भी आया था। उसने एकांत में शीला को बताया कि इन्होंने अपने हिस्से का मकान और खेत आदि बेचने के लिए जिद की तो इनके भाई और बेटों ने खूब पीटा और कहा—खबरदार फिर यहाँ आए तो? जाओ उसी चुड़ैल के पास जाओ।'

'बेटे? इनके बेटे भी हैं?' शीला ने पूछा।

'हाँ, दो बेटे हैं। इनके बाप ने इनके हिस्से में आनेवाली सारी पुश्तैनी मिल्कियत उनके नाम करा दी है।'

'और इनका बैंक बेलैंस?'

'पता है कि नहीं? बहुत दिनों से इनकी वकालत ठप्प है और इनका खर्च-वर्च उसी तरह चालू है।'

'शीला के तन-मन मे आग लग गई। अरे, अब यह पतझर उनके हिस्से में आया है। इसके लिए उसने अपना सबकुछ लुटाया और पाया क्या? उसके सारे मोहक सपने एकाएक छिन्न-भिन्न हो गए। धीरे-धीरे उसका प्रीति भाव एक दया भाव और घृणा भाव में परिणत होता गया।'

'ओ तो यह बात है।'

'हाँ, शीला की प्रेरणा से उसने यहाँ वकालत शुरू की, लेकिन नहीं चली। बस वह कचहरी जाता था, आता था।···फिर वह भी छूट गया और धीरे-धीरे वह शीला का घरेलू नौकर बनकर रह गया। शीला को भी कोई नुकसान नहीं है, वह नौकर तो है ही पति भी है, जो उसके स्वच्छंद कार्यों के लिए एक आड़ तो है। वह बाँझ है। न भी होती तो पति का बहाना तो था ही।'

'तो? आप और जीवनजी।'

'हाँ, जीवन मेरे पास आता रहता है। वह चाहता है कि मैं कहीं नौकरी लगा दूँ। कहीं जाता हूँ तो कभी-कभी मेरे साथ हो लेता है—इस आशा से कि शायद कहीं कोई बात बन जाए।'

कहानी सुना चुका तो उदय ने मेरी ओर देखा और बोला, ''कितना दर्दनाक है यार यह सबकुछ।''

''इस नरक के कीड़े का यही होना था, कमीना सूअर का बच्चा।'' मैंने कहा।

''अरे नहीं यार अखिलेश, ऐसा मत कह।''

''अरे, तुम नहीं जानते हो उदय, इसने मेरी जिंदगी खराब करने में कोई कसर नहीं छोड़ी थी। इसके कारण मैंने कितने-कितने नरक भोगे हैं। दिल्ली ने उबार लिया, नहीं तो मैं कहीं का न होता।''

उदय ने मेरी ओर इस तरह देखा जैसे मुझे पूर्वार्ध की कहानी सुना देनी चाहिए।

''तुम्हें पता तो हो ही गया उदय कि यह एक बहुत संपन्न घर का आदमी रहा है। इसके पिता बहुत बड़े ठेकेदार थे। ठेकेदार होकर उन्होंने पैसे तो खूब कमाए ही, इज्जत भी कमाई। वे बहुत सम्मानित व्यक्ति थे। श्री संपन्न होकर भी अपने अड़ोसियों, पड़ोसियों, संबंधियों, मित्रों से बहुत विनम्र और स्नेह भरा संबंध रखते थे। उनकी बड़ी आलीशान कोठी थी। उन्होंने बहुत प्यार से अपने दोनों बेटों की परवरिश की, शिक्षा-दीक्षा दिलाई। बड़ा बेटा जीवन वकील बना और छोटा बेटा भरत इंजीनियर। इनकी शादियाँ भी बहुत संपन्न देहाती परिवारों में हुईं।

शुरू में तो जीवन ठीक चलता रहा किंतु वकील होने के बाद धीरे-धीरे इसमें बदलाव आता गया। वकालत तो चटकने ही लगी, अफसरों, नेताओं और अनेक बड़े-बड़े लोगों के साथ इसके सरोकार बनते और विकसित होते गए। इसकी श्री और प्रभुता के विकास से परिवार वालों की प्रसन्नता बढ़ती गई। यह कई सरकारी और गैर-सरकारी कमेटियों का सदस्य बन गया। इसकी विनम्रता और खुलापन धीरे-धीरे एक गर्वित चुप्पी में बदलता गया।

घरवालों की प्रसन्नता को पहला झटका तब लगा जब यह पीकर आया था। बाप ने डाँटा तो चुप लगा गया। बल्कि पश्चात्ताप की मुद्रा में था, दुःखी था, लेकिन जब अकसर शाम को पीकर आने लगा तो बाप की वर्जना को दुत्कारने लगा और एक दिन ऐसा आया जब बाप को लगा कि नहीं बोलना चाहिए।

दूसरा झटका तब लगा जब इसने धीरे-धीरे अपनी पत्नी से मिलना बंद कर दिया। और उस रात तो इंतहा हो गई जब यह अपनी पत्नी को पीट-पीटकर कहने लगा—'पता नहीं यह भैंस मेरे लिए कहाँ से रखी थी। अरे, तुम मेरी ब्याहता हो तो रहो घर में। खाओ, पीओ, अच्छे कपड़े पहनो, जेवर पहनो, पटरानी बनकर रोब गाँठो, मेरे पीछे क्यों पड़ी हो? मैं तुम्हारे पास आऊँ या न आऊँ मेरी मरजी।'

अब यह कचहरी से लौटता तो रोज नहा-धोकर सेंट-वेंट लगाकर अपनी कार में कहीं निकल जाता और देर रात को आता। नशे में धुत्त व्यक्ति को खाने-पीने की क्या परवाह होती? लोगों को पता लगते देर नहीं लगी कि वह रोज शहर की प्रसिद्ध वेश्या रेशमा बाई के यहाँ जाता है।

जब उसे समझाया और कुछ लताड़ा गया तो यह बोला, 'ठीक है, मैं उसके यहाँ नहीं जाऊँगा।'

दूसरे दिन लोगों ने देखा कि रेशमा स्वयं इसके यहाँ आ गई है। इसने अपने बड़े आहते में अपने लिए एक छोटा सा फ्लैट बनवा रखा था। उसी में रेशमा के साथ रँगरलियाँ मनाने लगा। लड़के इसके बच्चों को रंडीबाज का बेटा कहने लगे तो उन्हें बड़ी पीड़ा होने लगी। उन्होंने डरते-डरते अपने पिता से यह कहा तो उलटे उन्हें चपत खानी पड़ी।

बच्चे ज्यों-त्यों बड़े होते गए, बाप के प्रति नफरत की आँच में जलते गए, जलते गए और जब-तब तन कर प्रतिवाद करने लगे।

'सालो, तुम लोगों की सारी लिखाई-पढ़ाई धरी रह जाएगी—हाथ खींच लूँगा तो।' यह डाँटकर कहता।

बच्चे हँसते—'आपके हाथ हमारी ओर हैं ही कहाँ जो खींचेगे? वे तो कहीं और हैं। यह तो दादा और चाचाजी न होते तो हम लोग कब के अनाथ हो गए होते।'

जीवन के पिता मर गए, माँ मर गई, तब यह और भी स्वच्छंद हो गए। लेकिन तब तक बच्चे अपनी मंजिल के करीब पहुँच चुके थे। पत्नी भी पति की उपेक्षा से तंग आ चुकी थी। जीवन को अब पत्नी और बच्चों की सम्मिलित शक्ति का तनाव महसूस होने लगा। इसलिए उनसे निरपेक्ष होकर अपनी दुनिया में डूबते चले गए। बदनाम तो थे किंतु बाहरी शक्तियों से इनका समीकरण इन्हें ताकत दिए हुए था। चलते रहे अपनी राह पर।"

"उसके बाद?"

"उसके बाद जो हुआ, उसे तुमने बताया ही।"

"हाँ, लेकिन तुम्हारी जिंदगी कहाँ नरक हुई उसके मारे?"

"अरे हाँ, यह तो बताना ही भूल गया। बताया न, कि यह कई सरकारी, गैर-सरकारी संस्थाओं का सदस्य या अधिकारी रहा है। तब मैं वहाँ एक स्कूल में मास्टर लगा था। जीवन उस स्कूल का चेयरमैन था। नियुक्ति अस्थायी थी किंतु जगह स्थायी थी। मेरे पिताजी इसके पिताजी के अच्छे दोस्त थे। उनके बहुत कहने पर इसने अहसान लादते हुए अस्थायी नौकरी दे दी। चार साल तक इसी प्रकार चलता रहा। स्टाफ के सब लोग मुझे चाहने लगे थे।

छात्र भी प्रसन्न थे किंतु यह आदमी मुझे अस्थायी पद पर लटकाए चल रहा था। स्थायी के लिए कहने पर कहता—'हो जाएगा। चिंता क्यों करते हैं?'

एक दिन इसने बुलाया और कहा, 'एक मुकदमे में आपको गवाही देनी है।'

'मुकदमा? कैसा मुकदमा?'

'वहीं संतराम वाला।'

'अच्छा वो।' याद आया। संतराम हमारे स्कूल में सीनियर टीचर हैं। एक दिन ये स्कूल में गए। एक क्लास में बच्चे शोर कर रहे थे। इन्होंने पूछा, 'किसकी क्लास है?'

बच्चों ने बताया—'संतराम की।'

तब तक संतराम साइकिल खड़ी करके भागे-भागे क्लास की ओर जाने लगे।

'ओ सुनो!'

संतराम ठिठक गए।

'जी कहिए।'

'देर से आए हो? तुम्हारी क्लास के बच्चे शोर कर रहे हैं।'

'देखिए, मैं केवल दस मिनट लेट हूँ। मैं हमेशा घंटा भर पहले आनेवाला शिक्षक हूँ। किसी से भी पूछ लीजिए। आज आ रहा था तो एक बूढ़ी औरत एक कार से टकराकर गिर पड़ी। उसे बहुत चोट आई, कारवाले अंधे होते हैं न—मद से अंधे। उसे रिक्शे पर लादकर अस्पताल ले गया। फिर वहाँ से भागा-भागा आ रहा हूँ।'

'हराम की कमाई खाने की आदत पड़ गई है। एक तो गलती करते हो, दूसरे झूठ बोलते हो। बुढ़िया गिर गई तो गिर गई, तुम वहाँ मसीहा बनने क्यों गए?'

'झूठ और हराम की कमाई हम शिक्षक नहीं, वकील लोग खाते हैं। यह बुढ़िया नहीं थी, माँ थी, दादी थी। मैं मसीहा नहीं, इनसान हूँ। नौकरी का मतलब यह नहीं होता कि हम इनसानियत भूल जाएँ।'

'चोप। दो कौड़ी का मास्टर मुझसे जबान लड़ाता है। अहमक…ईडियट।'

अनेक मास्टर वहाँ जुट आए थे। सभी सनाका खा गए। लेकिन संतराम

तनकर खड़ा हो गया। बोला, 'चेयरमैनजी, यह स्कूल है। मैं यहाँ तमाशा नहीं खड़ा करना चाहता। दूसरी जगह होती तो आपको बता देता कि एक टीचर से बदतमीजी करने का मतलब क्या होता है?'

'अरे क्या कह रहे हो संतराम?' प्रिंसिपल बोले।

'कुछ नहीं प्रिंसिपल साहब। टीचर के अपमान पर जब आप सभी लोग चुप हैं तो क्या मैं भी चुप रह जाऊँ?' कहकर संतराम क्लास में चला गया और 'देख लूँगा तुझे' कहते हुए जीवन अपनी कार की ओर बढ़ गए।

कुछ दिन बाद सुना कि कहीं रास्ते में जीवनजी पिट गए। उन्होंने रपट में संतराम का नाम दे दिया।

'क्यों चुप हो अखिलेश। कुछ बोलते क्यों नहीं।'

'नहीं चेयरमैनजी, यह नहीं होगा। जहाँ मैं था ही नहीं, वहाँ की घटना की गवाही कैसे दूँ?'

कहकर मैं चला आया और दस दिन बाद मेरी छुट्टी कर दी गई।

दुःखी मन से घर लौट रहा था। सड़क पर चलता हुआ गम में डूबा था। तब तक एक कार आकर टक्कर मार गई। मेरा दायाँ पाँव टूट गया। दो महीने तक पलस्तर चढ़ा रहा। पलस्तर उतरने के बाद भी पाँव ठीक होने में कई बरस लग गए। वही पाँव घसीटता हुआ नौकरी खोजता रहा, निराश होकर लौटता रहा, बाल-बच्चों की भूख से अपनी भूख मिलाता रहा। ऐसे ही न जाने कितना समय बीत गया बंधु। यह तो भला हो मेरे एक संबंधी का, जिन्होंने अपने प्रभाव से दिल्ली में मुझे नौकरी दिला दी।''

''अच्छा यह बताओ अखिलेश, जब तुमने जीवन को पहचान लिया था तो अपनी पहचान क्यों नहीं खोली?''

''अरे भाई! उसकी हालत देख रहे हो न। इस भुक्खड़ हालत में दो-चार दिन मेरे यहाँ आकर पड़ा रहता। मेरे यहाँ तो तुम देखते हो, आनेवालों की हमेशा भीड़ लगी रहती है और एक से एक लोग आते हैं, लेकिन इस सड़े हुए आदमी को झेल पाना मेरे लिए मुश्किल होता।''

''एक बात बताओ अखिलेश! तुम तो कहानियाँ लिखते हो और कहानीकार जब किसी पात्र को देखता है तब काफी दूर तक उसकी अनदेखी दुनिया में पहुँच जाता है। यानी जो ऊपर है, उसके नीचे भी बहुत कुछ है?

और जो ऊपर है, वह बहुत कुछ नीचे का परिणाम है। क्या तुम्हें लगता है कि जीवन के इस सारे गलीज क्रिया-व्यापार के नीचे कोई और बात है। तुमने बताया था कि वह शुरू में बहुत विनम्र और मस्त आदमी था, फिर क्या हुआ?''

मैं मौन हो गया। सचमुच, यह एक बड़ा प्रश्न था—मानवीय प्रश्न था। इस पर तो कभी विचार किया ही नहीं। जीवन के उस विनम्र और प्रिय व्यक्तित्व का यह रूपांतरण क्यों हुआ और कोई सोचे या न सोचे, एक लेखक को तो सोचना ही चाहिए।

''क्या सोचने लगे?'' उदय ने कहा।

''तुम्हारे सवाल ने मुझे भीतर तक छेड़ दिया है। मैं अतीत की गहराई में धँसा जा रहा हूँ, कुछ याद आ रहा है। कुछ लोगों से सुन रहा हूँ। जीवन की एक बहन थी—संगीता। वह मेरी दीदी की बहुत अच्छी दोस्त थी। दीदी बताती है (और मैंने स्वयं अपनी उम्र के लिहाज से अनुभव किया था) कि जीवन संगीता को बहुत प्यार करता था। उस जमाने में अपने परंपरावादी पिता से लड़-झगड़कर उसने संगीता को नृत्य की शिक्षा दिलाई। इसके लिए उसने अच्छी फीस देकर एक नृत्य टीचर रखा था। घुँघरू की आवाज पड़ोसियों के परंपरावादी कान सह नहीं पाते थे, उनके होंठों पर एक विद्रूप हँसी तैर जाती थी—ये देखो, अब इस परिवार में नाच-गाना ही होगा। संगीता सुंदर भी बहुत थी। लोग उसकी सुंदरता के साथ नृत्य को जोड़कर न जाने क्या-क्या अर्थ निकालते रहते थे। लेकिन जीवन को इसकी चिंता नहीं थी। वह तो उस जमाने में भी किसी सभा-सोसाइटी में जाता तो संगीता को साथ ले जाता। वे भी क्या दिन थे उदय!''

''फिर?''

''संगीता की शादी हुई बहुत धूमधाम से। दान-दहेज भी खूब दिया गया लेकिन…?''

''लेकिन क्या?''

''वह सुखी नहीं हुई। उसके पति कॉलेज में भौतिकशास्त्र के प्रोफेसर थे। लेकिन उनकी माँ घोर परंपरावादी ठहरी। पहले तो उसका नाचना-गाना बंद किया, दूसरे परंपरावादी ढंग से रहने-सहने के लिए मजबूर किया। सुबह

नहाओ, शाम नहाओ, जितनी बार शौच से आओ तो नहाओ। स्वस्थ हो तो नहाओ, बीमार पड़ी हो तो नहाओ। छुआछूत के कठोर अनुशासन से गुजरो। जाड़े में भी केवल अधोवस्त्रा होकर खाना बनाओ।''

''और भौतिकशास्त्री कुछ नहीं बोलता था?''

''नहीं, वह क्या बोलेगा? उसने भी सिर पर बड़ी सी चुटिया रख छोड़ी थी और माँ का गुलाम था। बात यह है उदय कि विज्ञान बहुतों के लिए खाने-कमाने के लिए एक विषय होता है, वह उन्हें अंतर्दृष्टि नहीं, नौकरी देता है। ये प्रोफेसर भी ऐसे ही काठ के उल्लू थे।''

''फिर?''

''फिर क्या, संगीता को क्षय रोग हो गया और मर गई।''

''उफ! यह क्या हुआ?''

''फिर तो जीवन पागल सा हो गया और काफी दिनों तक क्षुब्ध मानसिकता से ग्रस्त रहा। दीदी भी बहुत दिनों तक परेशान रही। उसकी इतनी प्यारी सहेली उससे छिन गई थी। वह उस घर में जाती रही, आती रही। वहाँ की बेचैनियाँ और गतिविधियाँ बताती रही। एक दिन जीवन पहुँच गया संगीता की सास के यहाँ। वे खाना पका रही थीं। प्रोफेसर साहब नंगी देह पर रामनामी दुपट्टा डाले हुए पूजा कर रहे थे।

'हल्लो वैज्ञानिकजी, चुटिया फटकार कर पूजा हो रही है और घंटी बजाई जा रही है।' जीवन बोला।

उन्होंने छद्म मुँदी हुई आँखें खोलकर देखा।

'अरे, दूर, दूर रहना जीवन। जूता पहनकर इधर मत आना।''

'ठीक है, इधर नहीं तो उधर जा रहा हूँ।' कहकर चौके की ओर जाने लगा।

'अरे-अरे, क्या कर रहे हो, जूते और कपड़े पहन कर मत आओ।'

'अरे, तो कहाँ जाऊँ? इधर नहीं जाऊँ, उधर नहीं जाऊँ तो जाऊँ कहाँ?'' कहते हुए वह चौके में घुस गया। और बोला, 'अरे माताजी, कपड़े और जूते उतारने से क्या होगा, मन पर से मैल की परत उतारनी चाहिए। लाइए, खाना दीजिए बड़ी भूख लगी है।'

'अरे मलेच्छ! सारा खाना खराब कर दिया और कह रहा है कि भूख

लगी है। ले अब तू ही खा आदमी के खाने के लायक तो रहा ही नहीं।'

'अरे, इस घर में आदमी भी रहते हैं क्या? अरे बुड्ढी, घंटी बजाने और दस बार नहाने तथा नंगा होकर खाना बनाने से कोई आदमी बन जाता है क्या? तुम सब आदमी होते तो मेरी बहन की जान नहीं लेते। काश, उसे भी मेरी तरह तेरे किचन को जूते मारने की हिम्मत आ गई होती तो सपनों से भरी जवानी में उसकी जान तो नहीं गई होती।'

'ये क्या बकता है जीवन?' कहकर प्रोफेसर साहब खड़े हो गए।

'अरे मेरे वैज्ञानिक जीजाजी, आप बैठकर घंटी बजाओ, मुझे अपना काम करने दो।' और उसने अपने बूट से ही खाना भरे बरतनों को उलट दिया—झन्न-झन्न।

माँ क्रोध में आकर बकने लगी तो जीवन डपटकर बोला, 'चोप बुढ़िया, अब तू संगीता की सास नहीं है कि तेरी धौंस सहूँगा। तू डायन है डायन।...और यह तेरे आँचल में पलनेवाला तेरा बेटा चूहा है चूहा। इसके लिए संगीता जैसी पत्नी नहीं चाहिए थी, कोई चुहिया चाहिए थी, अब खोज कोई चुहिया।' कहकर वह बाहर आ गया और इतने उद्वेग में था कि शायद उसी दिन पहली बार शराब पी थी। एक बार पी तो धीरे-धीरे उसके चंगुल में फँसता ही गया।''

''हाँ यार, देखो एक व्यक्ति के भीतर पैठने पर कितने ऐसे सत्य हाथ लगते हैं, परंतु इस घटना में उसकी वेश्यागामिता, पत्नी की उपेक्षा और लंपटई का कोई रिश्ता जुड़ता है क्या?''

''नहीं, मुझे नहीं लगता कि जुड़ता है किंतु कुछ और भी है, जिसे दूसरी नजर से देखा जा सकता है।''

''वह क्या?''

''यह तो तुम्हें पता होगा ही पूरब में जल्दी ही शादी हो जाती है। जीवन की तब शादी हुई जब वह मैट्रिक में था। तब कोई लड़की कहाँ देखता था। बाप ने एक बहुत बड़े जमींदार के यहाँ शादी कर दी। काफी दान-दहेज मिला। किंतु लड़की काली-कलूटी असुंदर नाटी सी। कीमती कपड़े और जेवर कब तक असुंदरता को ढकते। जीवन ज्यों-ज्यों आगे बढ़ता गया ज्यों-त्यों सौंदर्य की दुनिया के बीच अपने को पाता गया, ज्यों-ज्यों दुनिया का

सौंदर्य उसकी ओर खिंचता गया, पत्नी से विरक्ति बढ़ती गई। और फिर जो हुआ वह पता ही है।''

''विचित्र है यार! अब पत्नी सुंदर नहीं है तो इसमें उसका क्या दोष? आखिर वह विवाहिता पत्नी है, उसका अधिकार तो बनता है न।''

''बिलकुल ठीक कह रहे हो, मगर इसमें दोष किसका है? क्या जीवन का? उसके बाप ने धन-दौलत देखकर एक जमींदार की असुंदर बेटी से उसकी शादी कर दी तो इसमें जीवन का क्या दोष? वह पत्नी तो है किंतु सौंदर्य से दीप्त, पढ़े-लिखे जीवन का सौंदर्य-खोजी मन उससे तृप्त नहीं होता और इधर-उधर भटकता है तो इसके लिए उसे भी कैसे दोष माना जाए?''

''हाँ, यह भी ठीक कह रहे हो, दोष-निर्दोष का चक्कर कुछ इतना पेचीदा है दोस्त, कि उसका सिरा ढूँढ़ पाना आसान नहीं है। न जाने उसमें कितनी-कितनी चीजें उलझी हुई हैं। सीधे-सपाट, ढंग से देखो तो बड़ी आसानी से हम दोष-निर्दोष, भले-बुरे का फैसला कर लेते हैं किंतु गहराई में जाओ तो चीजें उलझती चली जाती हैं, सूत्र सूत्र से जुड़ते चले जाते हैं।''

''अब यही देखो, अभी तक हम लोग बहुत साफ-सुथरे ढंग से जीवन की विद्रूपताओं को देख रहे थे, उन पर हँस रहे थे, घृणा कर रहे थे, क्रोध कर रहे थे किंतु ज्यों ही थोड़ा ठहरकर उनके अंदर देखना शुरू किया, उनका रंग बदलने लगा, दूसरे आयाम खुलने लगे और मन इतनी आसानी से जीवन पर न हँस पा रहा है, न घृणा कर पा रहा है, न क्रोध कर पा रहा है, बल्कि एक यंत्रणा-बोध सा अनुभव हो रहा है।''

''हाँ, ठीक कह रहे हो।''

''और मुझे लग रहा है दोस्त कि मुझे उसे अपने घर ले जाना चाहिए था, दो-एक दिन ठहर ही जाता तो क्या हो जाता?''

हम दोनों जब पार्क में से उठे तो दोनों गंभीर थे, लगता था कि कुछ कहने को अब नहीं है।

□

दुकान

"चलिए क्लास में पढ़ाइए।" प्रिंसिपल शिवनारायणजी बोले।

वह तो घबरा गई। आज तो वह इनसे केवल मिलने आई थी। यानी यह जानने आई थी (बल्कि इनके द्वारा बुलाई गई थ0ी) कि इस स्कूल में उसके जाने पर कौन सी क्लास उसे पढ़ानी होगी और इस क्लास में किताबें कौन-कौन सी हैं?

किंतु यहाँ तो प्रिंसिपल ने सीधे उसे दसवीं कक्षा में धकेल दिया और भूषण की एक कठिन सी कविता खोलकर दे दी—"पढ़ाओ।"

वह कविता उसने पहले कभी नहीं पढ़ी थी। उसे एक बार देखने का मौका भी नहीं दिया गया और खुद प्रिंसिपल सामने बैठ गए।

नर्वस तो उसे होना ही था। जिस-तिस तरह से कविता पढ़ाई। पढ़ाई क्या उससे निजात पाई।

"क्या हुआ मैडम आपको?" प्रिंसिपल ने बहुत शरारती ढंग से पूछा।

उसके जी में आया कि कह दे—'वही जो आप चाहते हैं।' किंतु यहाँ तो वह एक उम्मीद लेकर आई थी, वह अभी भी मरी नहीं, इसलिए अपना क्षोभ दबाकर कहा, "कुछ नहीं सर, कोर्स को बिना जाने हुए जैसा पढ़ा सकती थी, पढ़ाया। कल तैयारी के साथ आऊँगी।"

"ओके, ओके मैडम!"

उस दिन वह गृहस्थी के जंजाल से मुक्त होकर देर रात तक कविताएँ

तैयार करती रही। दूसरे दिन बहुत आत्मविश्वास के साथ क्लास में गई। प्रिंसिपल तो नहीं आए किंतु उनकी दो प्रतिनिधि शिक्षिकाएँ आईं। उसने जमकर पढ़ाया और शिक्षिकाओं ने तारीफ की किंतु जब वह बाहर निकली तो प्रिसिंपल ने अपने कमरे में बुला लिया और कहा, "मैडम, मैंने आपसे कविता पढ़ाने को कहा था, आप तो गद्य पढ़ाती रहीं।"

वह तो इस झूठ से हतप्रभ हो गई किंतु दृढ़ स्वर में कहा, "यह आप क्या कह रहे हैं सर, मैंने तो तीन पीरियड कविता के ही लिये हैं।"

"नहीं, नहीं, आप गलत कह रही हैं। शिक्षिकाएँ तो मुझे यही बता रही थीं।"

"मैं नहीं, वे गलत कह रही हैं। उन्हें बुलाइए मेरे सामने। मेरे सामने तो वे मेरी प्रशंसा करती रहीं और आपसे यह कह गईं।"

"नहीं मैडम, वे झूठ नहीं बोलती हैं।"

वह समझ गई कि प्रिंसिपल उसे नियुक्त नहीं करना चाहता, केवल नाटक कर रहा है, इसलिए उसने दृढ़ स्वर में कहा, "मैं दुनिया के बारे कुछ नहीं कह सकती, किंतु अपने बारे में निश्चयपूर्वक कह सकती हूँ कि मैं झूठ नहीं बोलती। मैं उस परिवार से हूँ, जिसकी विश्वनीयता पर किसी ने उँगली नहीं उठाई।"

"ऐसा?" प्रिंसिपल ने कुछ व्यंग्य, कुछ नाराजगी भरे स्वर में कहा।

"जी, ऐसा ही। आप याद कीजिए, आप तीन बार मुख्य अतिथि के रूप में बुला चुके हैं मेरे पिताजी को। एक बार तो गणतंत्र दिवस पर झंडा फहराने के लिए बुलाया था।"

"हाँ, मैं उनका बहुत सम्मान करता हूँ।"

"हाँ, इसलिए जब उन्होंने मेरी नौकरी के बारे में आपसे कहा तो आप 'न' नहीं कर सके। आपने कहा, आपका आदेश मेरे लिए काफी है।"

"हाँ, कहा था। मैं सचमुच उनका सम्मान करता हूँ। नौकरी के लिए मैंने हाँ जरूर कहा था किंतु योग्यता की परीक्षा तो करनी होती है न।"

"देखिए प्रिंसिपल साहब, आपने योग्यता की परीक्षा नहीं, उसका अपमान किया है। वास्तव में आपको मुझे नियुक्त करना था ही नहीं और पिताजी को हाँ कह चुके थे, इसलिए योग्यता की परीक्षा का यह भोंड़ा नाटक किया। मुझे

और पिताजी दोनों को अपमानित किया।''

कहकर वह तैश में मई की दोपहर की गरमी में तमतमाती हुई पैदल चली आई थी पिताजी के पास।

उसे देखते ही पिताजी सबकुछ समझ गए। फिर भी पूछा, ''क्या हुआ?''

''पिताजी अब वहाँ नहीं जाऊँगी।'' उसने कहा और जो घटित हुआ था वह सब बता दिया। फिर कहा, ''पिताजी, मैं अपने को रोक नहीं सकी, इसलिए उनके नाटक का पर्दाफाश करके चली आई। मुझे माफ कीजिएगा, यदि मुझसे कोई अभद्रता हुई हो।''

''बेटी, तुमने बहुत अच्छा किया। यदि उनके अपमानपूर्ण व्यवहार को चुपचाप झेलकर चली आई होती तो मैं तुम्हें कभी माफ नहीं करता। देने को हजार रुपए और नाटक इतना बड़ा। ये छोटे-छोटे पब्लिक स्कूल स्कूल नहीं हैं, शिक्षा की दुकानें हैं। छात्रों से फीस लेंगे पाँच-पाँच सौ रुपए, फिर डोनेशन और न जाने किस-किस चीज के लिए चंदा वसूलेंगे और एम.ए., बी. एड. टीचरों को देंगे पाँच सौ, छह सौ, बहुत हुआ तो एक हजार। लूट मचा रखी है।''

वह धीरे-धीरे डगमगाते पाँवों से ससुराल लौट आई।

कितने वर्षों से उसकी यह यात्रा चल रही है। वह अपनी दुर्दशा से कम किंतु पिताजी के अपमान से अधिक आहत होती है। वह जब शादी करके यहाँ आई तो केवल बी.ए. थी। उसके पतिदेव फ्रीलांसर थे। अभी भी हैं। शादी के बाद भी पिताजी ने पढ़ाई जारी रखने को कहा। पिताजी ने ही उसे उत्साहित किया कि अपने पाँव पर खड़ी होने की योग्यता प्राप्त कर लो। आज औरतों के लिए यह बहुत जरूरी हो गया है। उन्हीं के प्रोत्साहन से प्राइवेट एम.ए. किया, फिर बी.एड. किया। बी.एड. करने के लिए क्या-क्या नहीं पापड़ बेलने पड़े। दिल्ली में तो दाखिला मिलने का सवाल ही नहीं था, अत: अन्नामलाई से प्राइवेट बी.एड. किया। जब बी.एड. कर लिया तो लगा कि उसने मंजिल पा ली। भीतर बहुत उल्लास था, पिताजी भी बहुत प्रसन्न थे। सोचती थी—पिताजी का इतना मान है, इतना प्रभाव है, किसी-न-किसी स्कूल में नौकरी मिल ही जाएगी। हालाँकि यह भी जानती थी कि पिताजी की जीवन-यात्रा बहुत सादगी से बीती। वह अपने किसी काम के लिए किसी से

कहते नहीं। सहज भाव से उन्हें जो मिलता गया, लेते गए, कभी किसी से कुछ माँगने नहीं गए। इसलिए उनके पास जो कुछ है (भले ही थोड़ा है) अपना है, अपने द्वारा अर्जित किया हुआ। वे स्वाभिमान से सबके आगे सिर उठाकर मुसकरा सकते हैं। किसी के सामने उनकी आँखें झुकती नहीं हैं। वे उसके लिए किसी से कहने जाएँगे क्या? वे नहीं कहेंगे तो भी विश्वास था कि उनकी बेटी होने का उसे फायदा अवश्य मिलेगा। लोग उन्हें जानते ही हैं। जहाँ कहीं, जब कभी उनका नाम आता है, लोग उसके साथ अदब से पेश आते हैं। 'अरे उन्हें कौन नहीं जानता? बहुत यशस्वी और भद्र पुरुष हैं। उनके तो दर्शन से पुण्य मिलता है।'

लोगों के इस प्रकार के व्यवहार से वह धन्य हो जाती है। इसलिए विश्वास था कि पिताजी के न कहने पर भी उनका प्रभाव कहेगा। इसी विश्वास के साथ वह पास के एक स्कूल में गई। प्रिंसिपल से मिली। साथ में बेटी भी थी। उसने अपना परिचय दिया। प्रिंसिपल प्रसन्न हो गईं। 'अरे चिन्मयजी को कौन नहीं जानता? वे तो हमारे स्कूल में आ चुके हैं एक समारोह की अध्यक्षता करने।' उन्होंने बच्ची की ओर गौर किया। बोली, 'बहुत प्यारी बच्ची है। तो इसका नाम लिखाना होगा।' उन्होंने उत्साह से कहा।

'जी नहीं, अभी तो यह तीन साल की है, बड़ी दिखती है न।'

'अच्छा-अच्छा।' देखा उनका चेहरा उतर गया था।

'तो फिर' के भाव से उसे देखने लगीं।

'दरअसल, मैंने सुना है कि आपके स्कूल में टीचर की कोई जगह खाली है।'

'नहीं, कुछ साफ नहीं है अभी। जगह हो भी सकती है, नहीं भी हो सकती है। वैसे आपकी योग्यता क्या है?'

'जी मैं हिंदी में एम.ए., बीएड. हूँ।'

'स्कूलिंग कहाँ से की है?'

'दिल्ली के ही सरकारी स्कूल से।'

'सरकारी स्कूल से?'

'जी हाँ।'

'वहाँ तो अंग्रेजी की स्थिति बड़ी दयनीय है। आपने तो हिंदी माध्यम से

ही पढ़ाई की होगी।'

'जी हाँ। और हिंदी तो हिंदी ही माध्यम से पढ़ी जाएगी न। और मुझे तो हिंदी-संस्कृत ही पढ़ानी है।'

'सो तो ठीक है मिसेज…'

'शर्मा। मिसेज उषा शर्मा।'

'हाँ मिसेज शर्मा, बात यह है कि हमारा तो कॉन्वेंट स्कूल है। यहाँ विषय कोई भी पढ़ाया जाए, माहौल अंग्रेजी का ही है। शिक्षा का माध्यम तो अंग्रेजी है ही, हम यह भी चाहते हैं कि और भाषाओं के शिक्षक भी स्कूल के भीतर अंग्रेजी में ही बात करें, ताकि छात्रों को अंग्रेजी का वातावरण मिल सके।'

'सो तो आप ठीक कहती हैं किंतु क्या आपको नहीं लगता है कि कॉन्वेंटी एजुकेशन से गुजरने वाली शिक्षिकाओं की हिंदी बड़ी असहज लगती है, उच्चारण बनावटी और गलत लगता है।'

'सो व्हाट? हम तो चाहते हैं कि हिंदी के उच्चारण में भी अंग्रेजी की सी स्मार्टनेस आए।'

'ठीक है मैडम। अब मैं क्या कह सकती हूँ?' उठकर चलने को हुई कि एकाएक याद आया कि मेरे पड़ोसी वर्माजी ने प्रिंसिपल के नाम एक पत्र दिया था। वे आयकर विभाग में क्लर्क हैं।

उसने वह पत्र उन्हें दे दिया। पढ़कर कहा, 'बैठिए-बैठिए। पहले ही यह पत्र देना था न।'

वह बैठ गई। वे बोली, 'वर्माजी को आप कैसे जानती हैं?'

'वे मेरे पड़ोसी हैं और मेरे पिताजी के शिष्य रहे हैं। मेरे-उनके बड़े घरेलू संबंध हैं।'

'अच्छा-अच्छा। वे तो हमारे सरपरस्त हैं भाई? उनका कहा कहाँ टाल सकती हूँ। ठीक है, आप कल से पढ़ाने आ जाइए।'

'धन्यवाद मैडम।'

वहाँ से चली तो मन ग्लानि से भर गया था। पिताजी को अध्यक्ष बनानेवाले स्कूल के लिए पिताजी का कोई महत्त्व नहीं है और वर्माजी का नाम गोली की तरह चल गया। वर्माजी ने बताया कि प्रिंसिपल के व्यापारी पति

प्राय: आयकर के सिलसिले में आते रहते हैं और अपनी बचत और बचाव के लिए सहायता पाते रहते हैं।

उसने घर आकर बताया कि कल से नौकरी पर जाना है तो सभी लोग खुश हुए। बाबूजी और अम्मा ने ढेर सारा आशीर्वाद दिया, किंतु पतिदेव खामोश रहे। उन्होंने इतना ही पूछा कि 'तनख्वाह क्या मिलेगी?'

"यह सब तो मैंने पूछा नहीं। लेकिन पता तो चल ही जाएगा।"

"बेटे, यह तो पता है कि पब्लिक स्कूलवाले क्या देते हैं, किंतु कहीं से तो शुरू करना ही पड़ेगा।"

"सो तो ठीक है बाबूजी, लेकिन पाँच-छह सौ पर पूरे महीना मजदूर की तरह खटना कोई नौकरी है क्या? माँ घर में अकेली पड़ जाएँगी। वह क्या-क्या सँभालेंगी?"

"मैं सब सँभाल लूँगी बेटे! आज तक सँभालती ही तो आई हूँ। हाँ, तुम अपने को सँभाल लो तो सबकुछ सँभल जाएगा।"

पतिदेव झल्लाकर चले गए।

उसने काम तो शुरू कर दिया किंतु यह नहीं पूछा कि क्या मिलेगा? फिलहाल तो इसी बात से बड़ी राहत मिल रही थी कि वह अपने पाँव खड़ी हो रही है। हाँ अपने पाँव खड़ा होना जरूरी था। पतिदेव लेखक हैं खाली लेखक। नौकरी नहीं की। कभी उसके लिए प्रयत्न भी नहीं किया। स्वभाव से अक्खड़ हैं, किसी की धौंस या आधिपत्य नहीं सह सकते। एक बार किसी पत्रिका में काम शुरू किया था किंतु वहाँ मारपीट करके निकल आए—'साले सोचते हैं, उनका खरीदा हुआ नौकर हूँ, उनके कहने पर उठूँगा-बैठूँगा, उनके कहे हुए समय पर आऊँगा-जाऊँगा। लानत है, ऐसी नौकरी पर। मैं नौकरी करने के लिए नहीं, लेखन करने के लिए पैदा हुआ हूँ।' वे बहुत अच्छे कथाकार हैं। आलोचक भी हैं किंतु लेखक होने मात्र से घर चलता है क्या? लेखक तो पिताजी भी हैं बल्कि बड़े लेखक हैं, लेकिन नौकरी करते रहे हैं इसलिए घर-गृहस्थी ठीक-ठाक चलती रही है। पतिदेव तो बस लिखते हैं। कहीं से अनुवाद मिल गया तो कर दिया, नहीं तो उसे भी लेने कहीं नहीं जाते। बस पैसे टुकड़ों-टुकड़ों में आते रहते हैं। आ गए तो एक साथ आ गए, नहीं आए तो महीनों नहीं आए और आदतें कई पाल रखी हैं—पान भी खाएँगे,

सिगरेट भी पिएँगे, शराब का भी शौक है और मांस-मछली तो उन्हें चाहिए ही। उधार जमा रहता है। जब कहीं से पैसा आता है, उधार चुकाने में चला जाता है। वह जब से इस घर में आई है, उन्हें सँभालने की कोशिश में लगी है, लेकिन वे किसी की नहीं सुनते। बाबूजी भी अब उन्हें नहीं समझाते। समझाने पर और उग्र हो उठते हैं। फिलहाल तो बाबूजी हैं, सब ठीक चल रहा है, जब वे नहीं रहेंगे तो क्या होगा? वैसे बाबूजी के पास भी कौन संपदा रखी हुई है। जिंदगी भर दूर संचार विभाग में क्लर्क रहे, रिटायर्ड होने से चार साल पहले सेक्शन ऑफिसर हो गए थे। जो पी.एफ. के पैसे थे, वे बेटी की शादी में चले गए। जो पेंशन आती है, उसी में घर चलता है, हाँ मकान अपना है। पचास गज में दो कमरे नीचे और एक कमरा ऊपर बना लिये गए हैं, इसलिए किराए की परेशानी से बचे हुए हैं। रिटायर्ड होने के बाद बाबूजी ने एक कमरे में स्टेशनरी की दुकान खोल ली है। मकान सड़क पर है, इसलिए कुछ बिक्री हो जाती है। वे अपने बेटे और बहू के भविष्य को लेकर काफी चिंतित रहते हैं। जब तक वे हैं किसी तरह चल जाएगा, जब नहीं रहेंगे तब क्या होगा? उसके मन में आता है कि नवीन से कहे कि 'कुछ देर दुकान पर ही बैठा करें' किंतु यह संभव नहीं है। नवीन लेखक हैं। वे कागज बेचने के लिए नहीं हैं, उस पर लिखने के लिए हैं। एक बार बाबूजी ने संकेत में कहा था तो नवीन ने बहुत अपमानित अनुभव किया था।

नवीन को कोई चिंता नहीं। उनका दार्शनिक तकिया-कलाम है, 'जो कल होगा, उसे कल देखा जाएगा, उसकी चिंता में आज को क्यों खराब किया जाए?' लेकिन दार्शनिक अंदाज में बोल देने से न आज की समस्या हल होती है, न कल की। उनके साथ आज और कल दोनों के रूप में यह बेटी चल रही है। कल कुछ और चलेंगी या चलेंगे। उनकी परवरिश है, पढ़ाई-लिखाई है, शादी-ब्याह है, यह सब क्या दार्शनिक शब्दावली से संपन्न होगा? हाथ में एक पैसा नहीं होता और जब बेटी कुछ माँगती है तो वह अभागिन अपने खालीपन को टटोलती कितना हीन अनुभव करती है। इसलिए बाबूजी की चिंता थी, अम्मा की चिंता थी, उसकी चिंता थी कि उसे कोई नौकरी मिले। यह नौकरी मिली है, चाहे जैसी भी है एक शुरुआत तो है।

पहली तनख्वाह मिली तो मन बुझ गया। कुल छह सौ रुपए और

हस्ताक्षर कराया था दो हजार पर। सभी कर रहे थे उसने भी किया। और टीचरें तो पुरानी थीं फिर भी चुपचाप कर रही थीं, वह तो अभी कल लगी है, कुछ कहे तो प्रिंसिपल आज ही आने से मना कर देंगी।

मन बुझ तो गया लेकिन पहली बार अपनी कमाई के कुछ पैसे हाथ में आए थे—यह अच्छा लग रहा था। पहली बार अपनी कमाई से बच्ची के लिए कुछ खरीदने का सुख मिलेगा।

घर आते ही चाय बनाई और पतिदेव को भी दी। चाय पीते हुए उन्होंने पूछा, ''कितनी तनख्वाह मिली?''

''छह सौ रुपए।''

''बस इसी टुच्ची राशि के लिए दिन भर वहाँ खटती हो? इतना पैसा तो मेरे एक आर्टिकल से आ जाता है, जो मैं एक घंटा में लिखता हूँ।''

''हाँ लिखते हैं, लेकिन कुल मिलाकर कितने पैसे आते हैं?''

''अब मैं बनियों की तरह हिसाब-किताब तो रखता नहीं, जो आता है आता है। बस काम चल रहा है, यह क्या कम है?'' नवीन ने झल्लाकर कहा।

''काम चलता है? आपके पैसे से काम चलता है? जिस दिन बाबूजी और अम्मा नहीं रहेंगे, उस दिन आपको पता चलेगा कि काम कैसे चलता है।''

''अब तुम आ गईं न अपनी टुच्ची सोच पर। कल कौन रहेगा, कौन नहीं रहेगा, क्या होगा, क्या नहीं होगा, इसे लेकर आज क्यों मरा जाए? तुम्हारे इसी प्रकार के संवाद मेरा मूड ऑफ कर देते हैं, अब तुम्हीं पूरा करो यह लेख।'' कहकर उन्होंने चाय का प्याला उठाकर फेंक दिया और हाथ से माथा पीटने लगे। मैं भी चाय छोड़कर उठ गई और अम्मा के कमरे में सोई बच्ची को जगाने चली गई। ऊपर चीजों की उठा-पटक चलती रही। अम्मा और बाबूजी जानते ही थे कि नवीन को इन सब क्रियाओं के लिए कोई कारण नहीं चाहिए। फिर भी अम्मा ने पूछा, ''क्या हुआ बहू?''

''कुछ नहीं अम्मा, बस यों ही।''

दो घंटे बाद जब वह अपने कमरे में गई तो नवीन फिर बड़बड़ाए—''इतना अच्छा लेख लिख रहा था, तुमने दिमाग खराब कर दिया। अब निकालो

सौ रुपए। जब तक पिऊँगा नहीं, कुछ नहीं होगा।''

वह चुप रही।

''सुनती नहीं हो।'' वे थोड़ा उग्र हुए।

''सुन रही हूँ, लेकिन आपके पीने के लिए मेरे पास पैसे नहीं है। महीना भर स्कूल जाना है, बच्ची के लिए कपड़े लाने हैं, आए दिन बीमार रहती है, दवा लानी पड़ती है और···और हर बार पैसे के लिए, अम्मा के सामने हाथ पसारते प्रायः शर्म आती है।''

''शर्म? काहे की शर्म? वे हमारे माँ-बाप हैं, उनसे माँगने में शर्म कैसी?''

''आपको शर्म नहीं है, मुझे तो है। अब उनसे माँगने का समय नहीं है, उन्हें देने का समय है। देखते नहीं, बाबूजी इस अवस्था में भी हम लोगों के लिए कुछ-न-कुछ करते रहते हैं।''

''दे दो, बहुत बहस मत करो, मुझे सौ रुपए चाहिए।''

उसने दुःखी मन से दे दिए। जानती थी, देना ही पड़ेगा, नहीं तो चीखेंगे-चिल्लाएँगे, अरतन-बरतन फेंकेंगे।

यह भी जानती थी कि पीकर उनका मूड बनेगा नहीं, बहकेगा। यदि ज्यादा बहक गया तो कुछ भी कर सकते हैं। आसपास को भी पता चल जाएगा। फिर भी पैसा देना था दे दिया।

स्कूल चाहे जितना कम देता हो, वह अपने टीचरों को गुलाम ही समझता था। बच्चों के घर चले जाने के दो घंटे बाद टीचरें वहाँ से छोड़ी जाती थीं। टीचरों में अधिकांश माताएँ थीं। उनके छोटे-छोटे बच्चे उनकी प्रतीक्षा में होते थे किंतु प्रिंसिपल को न तो इसका ध्यान था, न दर्द। दर्द क्यों हो? वे तो अविवाहित थीं। उन्हें क्या पता कि बच्चा पैदा करने का दर्द क्या होता है और घर पर छूटे हुए बच्चे कैसे मौन भाव से माताओं को पुकारते हैं। वे टीचरों को अपने स्कूल के बच्चों के हित में नहीं रोकती थीं, बस उन्हें अहसास कराती थीं कि तुम लोग हमारे नौकर हो। हम जब तक चाहेंगे, यहाँ रुकना होगा।

जैसा भी था बीत ही रहा था, इस बात से थोड़ा संतोष था कि कुछ मिल ही रहा है और धीरे-धीरे कुछ वर्षों में इतना मिलने लगेगा कि वह अपने को असहाय अनुभव नहीं करेगी। और अध्यापन का अनुभव तो हो ही रहा

है। यह भी आगे के लिए काम की चीज है। और इस बात का भी संतोष था कि छात्राओं को उसका अध्यापन प्रिय लगता था। प्रिंसिपल भी संतुष्ट थीं, लेकिन फिर एक व्यवधान आ गया। रोज-रोज की किच-किच तो थी ही, बहुत बचाने पर भी वह एक और बच्चे की माँ बनने वाली थी। चलिए पतिदेव की इच्छा। आठ महीने तो किसी तरह जाती रही किंतु नौवें महीने स्थिति भारी हो गई।

छुट्टी लेनी ही थी, लेकिन यहाँ लंबी छुट्टी कहाँ मिलती है? या तो दो-चार दिन के लिए या हमेशा के लिए। और छुट्टी मिलती भी है तो बिना तनख्वाह के।

छुट्टी माँगने पर प्रिंसिपल ने कहा, ''देखो उषा, तुम्हें नौकरी करते साल भर भी नहीं हुआ है और इम्तहान आनेवाला है। तुम्हें डेढ़-दो महीने की छुट्टी चाहिए ही। इससे तो हमारा काम नहीं चलेगा।''

''अब क्या बताएँ मैडम, मुझसे चला जाता नहीं और कष्ट बढ़ता जा रहा है।''

''वह तो पहले सोचना था न! नौकरी शुरू कर रही हो और शुरू करते ही अपने भीतर एक बोझ लाद लिया। सोचना चाहिए था न।''

वह चुप रही। इस बदतमीजी का क्या उत्तर देती। और वे गलत भी तो नहीं कह रही हैं। जो नौकरी करा रहा है, उसे तो पूरा काम चाहिए, उसे दूसरे के जीने-मरने से क्या संबंध?

''देखो, तुम चिंता न करो। मैं तुम्हारी जगह किसी को रख ले रही हूँ। जब तुम स्वस्थ हो जाना तो मुझसे मिल लेना। मैं देखूँगी कि तुम्हें फिर यहाँ काम मिल जाए।''

''धन्यवाद मैडम।'' कहकर उसने त्यागपत्र लिख दिया।

उस दिन घर लौट रही थी तो बेकारी का अतिरिक्त बोझ उसके तन-मन पर था। रह-रहकर नवीन पर गुस्सा आ रहा था। 'इन्हें तो जीने का कोई सलीका आया नहीं, दूसरों का भी सलीका छिन्न-भिन्न कर दिया है।'

स्कूल से लौटते समय उसकी सहेली रमा भी साथ थी। उसने दर्द से कहा, ''तो अब कल से तुम्हारा साथ नहीं रहेगा।''

वह चुप रही। रमा ने कहा, ''यह प्रिंसिपल अपने स्कूल में जो चाहती

है करती-कराती है, अब वह चाहती है कि लोग अपने परिवार में भी उसकी मरजी से चले। हुँह बोझ लाद लिया। संतानें बोझ होती हैं? क्यों न हो, वह तो अविवाहित है न और संभ्रांत घरों की बहू-बेटियाँ अपने पाँव खड़ी होने के लिए यहाँ आती हैं और यह जिस-तिस को अपमानित करती रहती है। वे खून का घूँट पीकर रह जाती हैं।''

बेटी पैदा हुई। मन में था कि एक बेटी के बाद बेटा पैदा हो तो अच्छा रहेगा। किंतु अपने मन का कहाँ होता है? जब अपना आदमी ही नहीं सुनता तो भगवान् क्या सुनेगा?

सास से कहा, ''माँ कुछ दिनों के लिए बुला रही है, हो आऊँ क्या?''

''बेटे, वैसे यहाँ मैं भी तुम्हारी माँ ही हूँ, किंतु जाओ, माँ के यहाँ हो आओ, मन बहल जाएगा।''

सासजी ने ठीक ही कहा था, वे उसकी माँ से बढ़कर हैं। उसे कभी बहू समझा ही नहीं। अभी भी तमाम गृहकार्य स्वयं कर लेती हैं और यह उन्हीं की ममता का फल है कि वह नौकरी कर लेती है। तीन साल की बेटी उनसे इतनी हिली-मिली है कि माँ के न होने का दु:ख उसे नहीं सताता है। फिर भी माँ तो माँ ही होती है न। उसके साथ बिताए गए क्षणों की आत्मीयता ही कुछ और होती है और बच्ची को नानी मिल जाती है। दादी और नानी दोनों चाहिए न।

वह माँ के घर चली गई। दो महीना रही। पिताजी और माँ दोनों बहुत चिंतित थे। उनकी आँखों में उसके भविष्य को लेकर चिंताएँ लदी रहती थीं, किंतु कहते कुछ नहीं थे। पिताजी ने एक बार बहुत दर्द से कहा कि एक छोटी सी नौकरी भी लगी, लेकिन वह भी नहीं चल सकी। न जाने नवीन क्यों नहीं कुछ ठीक से सोचता है जीवन के बारे में।

उसने सुना और इसके जाने कितने अर्थ भीतर फैल गए। पिताजी साफ-साफ तो उससे कुछ कहेंगे नहीं, लेकिन लगता है, इस दूसरी बच्ची के जन्म को लेकर उनके भीतर एक नाराजगी है। यानी क्या जल्दी थी इस दूसरे बच्चे के आने की। इसी ने एक लगी-लगाई नौकरी चौपट की। इसके लिए वे नवीन को कोस रहे हैं। बेटी के प्रति भी तो आक्रोश होगा ही किंतु कहें कैसे?

अब सवाल इस नौकरी के छूटने का ही नहीं था, काफी दिनों तक नई

नौकरी कर पाने की स्थिति में न आने का भी था। कम-से-कम दो साल तक तो यह बच्ची उसे निकलने नहीं देगी। अम्मा किस-किस बच्चे को सँभालेंगी?

फिर वही दिनचर्या। बूढ़े बाबूजी घर का खर्चा चलाते रहे और नवीन निश्चिंत होकर उसी रास्ते पर चलते रहे। उस दिन तो वह दंग रह गई जब दोपहर को उन्होंने कहा, ''अपनी एक चूड़ी मुझे दे दो, मुझे काम है।''

''चूड़ी का क्या काम है, मैं जानती हूँ। शराब पीने के लिए मैं चूड़ी नहीं दूँगी।''

''क्यों नहीं दोगी? आखिर ये चीजें मुसीबत के समय के लिए ही होती हैं न। पैसे आएँगे तो फिर बनवा दूँगा।''

''आप बनवा चुके। कभी कुछ बनवाया भी है? तोड़ते ही तो रहे हैं चीजों को।'' उन्होंने हल्ला-गुल्ला शुरू कर दिया। चूड़ी हाथ से खींचने लगे। बच्चियाँ हल्ला सुनकर चीखने लगीं। बाबूजी और अम्मा भी आ गए।

वे हाथ से चूड़ी निकाल चुके थे। हाथ में खून छलछला आया था।

बाबूजी आँखों में खामोश आग लिये खड़े थे। इससे अधिक वे कर भी क्या सकते थे। क्या जवान बेटे से हाथापाई करते?

अम्मा ने कहा, ''लाओ चूड़ी मुझे दो। मैं ज्वेलर के यहाँ बेचकर पैसे लाती हूँ। तुम्हें तो ठग ही लेगा।''

''हाँ ले आओ, जल्दी आना।''

अम्मा ने चूड़ी लेकर अपने पास रख ली और बाजार जाने का नाटक किया। बाजार से लौटकर उन्होंने अपने पास से नवीन को आठ सौ रुपए थमा दिए।

''इतना कम मिला?''

''हाँ, बेँचा नहीं है बंधक रखा है।''

इसी तरह दिन बीत रहे थे। कभी-कभी इच्छा होती कि वह जलती इस्त्री हाथ से पकड़ ले और सदा के लिए सो जाए, लेकिन बच्चे बीच में आ जाते थे और बच्चे ही क्यों, नवीन भी तो थे। वे भी बच्चे ही लगते थे। सच पूछिए तो उन पर दया आती थी। और उसे लगता था कि इन सारे उपद्रवों के बावजूद वे बहुत सीधे-सादे, भोले-भाले बौड़म इनसान हैं। उनमें छल बिलकुल नहीं है, इसलिए जो भीतर हैं वही बाहर हैं। शायद इसीलिए घर में या सड़क

पर कुछ भी करते या कहते शर्म नहीं करते, बल्कि प्यार के क्षणों में वे निर्मल नदी की तरह बहने लगते थे, अपने भावात्मक आवेग में उसे डुबा देते थे और वह उन क्षणों में अपना सारा ताप-दाप भूलकर शीतल और शांत हो उठती थी। यह कम तो नहीं कि इस जमाने में, और शराब की लत लगने के बावजूद उन्होंने पराई स्त्री की ओर देखा तक नहीं। कई बार तो अनजान औरतों की अस्मत की रक्षा की गुंडों से, और लहूलुहान होकर घर लौटे हैं। उन्होंने अपने व्यक्तिगत किस्म के लेखों और साक्षात्कारों में कई बार स्वीकारा भी है कि मैं उषा को बहुत प्यार करता हूँ। उनके पास हो तो उसके ऊपर कितना कुछ निछावर कर दें। लेकिन होने की ही तो समस्या है। वह होता नहीं और पाने के लिए इस जमाने में जो चालाकियाँ करनी होती हैं, वे इनके पास हैं नहीं। न होने पर भी बहुत कुछ खाने-पीने की जो आदत बनी हुई है, वही समस्या खड़ी करती है।

अम्मा बताती हैं कि नवीन को उन्होंने बहुत लाड़-प्यार से पाला है। इसलिए कि इस लड़के ने बचपन में बहुत कष्ट भोगे हैं। क्या-क्या नहीं भोगे हैं और बचपन में ही इसकी प्रतिभा एक चमत्कार की तरह दिखाई देती थी। प्रतिभा ही क्यों, आचरण की सभ्यता भी। फिर पता नहीं क्या हुआ कि यह रास्ता छोड़ता गया और जहाँ रहा, वहाँ के सभ्य और पढ़ाकू लड़कों की अपेक्षा खिलदंड़ और आवारा लड़कों की संगत पसंद करता गया। और धीरे-धीरे वहाँ तक पहुँचा जहाँ आज है।

उसके पिताजी कहते हैं कि एक बड़ा लेखक बनने के लिए जैसी जिंदगी अपेक्षित है, वैसी जिंदगी नवीन ने जी है। उसकी कहानियों और उपन्यासों में जो आम जन की इतनी जीती-जागती तसवीर मिलती है, वह इसलिए कि वह खिलंदड़ और आवारा लड़कों के साथ घूमता-फिरता रहा है, जिंदगी के तमाम पहलू देखता रहा है। उन्होंने नवीन के साथ उसका विवाह भी इसलिए किया था। उन्होंने नवीन में एक बड़ा कथाकार देखा था। उन्हें यह उम्मीद तो थी ही कि यह साहित्य में एम.ए. है, किसी कॉलेज या अखबार में नौकरी पा ही लेगा और फिर उसका अपना लेखन है। लेकिन लेकिन रह गया। पिताजी का अपना भी तो प्रभाव था किंतु नवीन ने नौकरी करने से साफ मना कर दिया तो पिताजी क्या करते? पिताजी जब उसके

सामने होते हैं तो अपराध-बोध से उनका चेहरा भर जाता है। कभी-कभी भारीपन कम करने के लिए कहते हैं—'नवीन बड़ा कथाकार है। वह विज्ञापनबाज नहीं है, फिर भी एक दिन लोग उसके लेखन का लोहा मानेंगे।'

उस दिन शाम को नवीन घर आए तो बहुत प्रसन्न थे। उसे देखते ही पूछा, ''क्यों मैडम उषा, क्या बात है?''

''कुछ नहीं, परंतु आप बहुत प्रसन्न हैं आज।''

''हाँ, प्रसन्न क्यों न होऊँ? इधर तुम्हें पता हो कि न हो, मैं एक सीरियल की स्क्रिप्ट लिख रहा था, उसके फिलहाल दस हजार रुपए मिले हैं, बाकी बाद में मिलेंगे।''

उन्होंने दो हजार रुपए देते हुए कहा, लो तुम्हारी चूड़ी बंधक रखी है न, छुड़ा लेना, बाकी पैसों से अपने लिए कुछ अच्छी साड़ियाँ ले लेना। छह सौ रुपल्ली पर तुम महीना भर हलाल होती थीं। अब देखो, मैं कहानी-वहानी उपन्यास-सुपन्यास छोड़कर धारावाहिकों के लिए स्क्रिप्ट लिखूँगा। क्या मिला है इनसे?''

उन्होंने उसे अंक में भर लिया, खूब प्यार किया। बोले, ''मैं तुम्हें बहुत सताता हूँ न। मैं शैतान हूँ, अहमक हूँ...शराबी हूँ।''

''नहीं-नहीं, ऐसा मत कहिए।'' उसने उनके मुँह पर हाथ रख दिया।

वे पिघल आए थे। बोले, ''सुनो, तुम्हें एक राज की बात बताता हूँ। उस दिन तुम्हारी चूड़ी शराब पीने के लिए नहीं ली थी।''

'तो' के भाव से उसने देखा।

''मेरा एक मित्र है न एक ऑटोवाला। उसका स्कूटर एक्सीडेंट में टूट गया और वह भी घायल हो गया। उसकी बूढ़ी माँ घर पर भूख से मरने लगी। उस परिवार में और कोई नहीं है। मुझसे देखा नहीं गया, किंतु अपने पास भी पैसे कहाँ थे, बस तुम्हारी चूड़ी का सहारा लिया।''

उसकी आँखें भीग आईं।

''तो सीधे माँग लिया होता।''

''सीधे माँगने पर इस काम के लिए तुम अपनी चूड़ी मुझे देतीं?''

वह कुछ बोली नहीं।

वे हँसते रहे, गाते रहे, बच्चों से देर तक खेलते रहे।

उसने कहा, "सुनिए, आप कहानी और उपन्यास लिखना नहीं छोड़ेंगे।"

वे हँसे और बोले, "ओके मैडम!"

पैसे दस दिन में ही खत्म हो गए। फिर वही दिनचर्या।

जो भी हो नौकरी उसकी मजबूरी बनती गई। लेकिन अब तो दो साल तक कुछ करने से रही। ज्ञात हुआ कि दिल्ली के सरकारी स्कूलों में सैकड़ों जगहें निकली हैं। कुछ आशा बँधी किंतु सरकार ने कमाल कर दिया। शिक्षामंत्री ने बिना लिखित परीक्षा और साक्षात्कार के स्कूल और कॉलेज में प्राप्त अंकों के आधार पर नियुक्तियाँ कर लीं। यह भी नहीं देखा कि कोई छात्र नकल करके इतने अंक लाया है कि अपनी मेहनत से। वह कैसे बोलता है? यानी पढ़ा भी सकता है कि नहीं। परिणाम यह हुआ कि तमाम नकलची लोग शिक्षक के रूप में नियुक्त कर लिये गए।

कुछ दिनों बाद फिर एक आशा बँधी। नगर निगम के स्कूलों मे जगहें निकलीं। एक परचा आउट हो गया तो परीक्षा रद्द कर दी गई और यहाँ भी नियुक्तियों की वही प्रक्रिया अपनाई गई।

धीरे-धीरे दो वर्ष भी बीत गए। अम्मा ने कहा, "बेटे, अब रिंकी भी सँभल जाएगी। अब तुम चाहो तो किसी स्कूल में कोशिश करो।"

उसने पिताजी से कहा कि अब किसी स्कूल में लगने की कोशिश करनी होगी।

पिताजी कुछ बोले नहीं किंतु लगा कि वे भीतर-ही-भीतर अपने दायरे से बाहर आने के लिए छटपटा रहे हैं। हाँ, उन्होंने एक तरह से प्रतिज्ञा ही कर ली थी कि वे अपना हर काम अपने बूते पर करेंगे, किसी के आगे हाथ नहीं फैलाएँगे और अपने तक उन्होंने अपनी इस अघोषित प्रतिज्ञा का पालन भी किया, किंतु दूसरे लोग तो अपना काम कराने के लिए उनकी प्रतिज्ञा पर लगातार दबाव डालते रहे। अपनी मर्यादा का पालन करते हुए दूसरों के लिए वे जितना कर सकते थे, करते ही रहे। दूसरों के हित के लिए कुछ करने में मर्यादा टूटती भी है तो यह असुंदर नहीं लगती, किंतु अपने लिए दूसरों से माँगने में आदमी कितना छोटा हो जाता है, इसे पिताजी जानते थे।

उसे इसी बात की गहरी पीड़ा है कि पिताजी विवश होकर उसके लिए कई बार छोटे हुए। दो दिन के लिए वहाँ गई थी। उस दिन तो वे कुछ नहीं

बोले, किंतु लगता था कि भीतर–ही–भीतर लगातार छटपटा रहे हैं।

दूसरे दिन बोले, "बेटे, एक छोटे–मोटे नेता हैं, छोटे–मोटे साहित्यकार भी हैं।"

"किसकी बात कर रहे हैं?"

"तुम जानती होगी, शायद न भी जानती हो। उनका नाम है राजेश्वर चौधरी।"

"हाँ–हाँ जानती हूँ, जो रोमानी गीतों की एक पत्रिका निकालते हैं।"

"हाँ–हाँ वही। उनका एक नया उपन्यास आया है—दोजख की आग। उस पर वे गोष्ठी कर रहे हैं। मुझे मुख्य अतिथि बनाया है।"

"तो जाएँगे?"

"हाँ जाऊँगा।"

"क्या यह बहुत अच्छा उपन्यास है?"

"यों ही है, फिर भी जाऊँगा।" वह समझ नहीं पाई कि पिताजी वहाँ क्यों जा रहे हैं। लेकिन उनका निर्णय था वे जानें।

एक सप्ताह बाद वे उसके यहाँ आए, बोले, "बेटे राजेश्वरजी ने तुम्हें बुलाया है।"

"मुझे?" उसने चौंककर कहा।

"हाँ।"

"मगर किसलिए?"

"बेटे वे कई स्कूल चलाते हैं बल्कि यों कहो कि वे तमाम छोटे–बड़े पब्लिक स्कूलों के संगठन में सम्मानित मुखिया हैं। उनसे तुम्हारी नौकरी के बारे में बात की है। उन्होंने तुम्हें मिलने को बुलाया है।"

अब वह समझी कि पिताजी उस दिन उपन्यास पर बोलने क्यों गए थे।

उस गोष्ठी में गए हुए नवीन के एक मित्र से रपट भी मिली थी। उसने बताया कि नवीनजी को देखते ही राजेश्वरजी लपककर आए और बहुत विनम्रता के साथ झुककर अभिवादन किया और बोले, 'धन्य भाग कि हमारे यहाँ आपके चरण पड़े।'

'पिताजी क्या बोले उस दिन? उपन्यास के काफी विरोध में बोले होंगे।'

'नहीं तो। बहुत संतुलित बोले। कुछ दोषों की चर्चा करते हुए भी उपन्यास के महत्त्व को ही रेखांकित किया। उनके भाषण से राजेश्वरजी बहुत प्रसन्न दिखे।'

तो पिताजी के वहाँ जाने का कारण वह है। उसके भीतर बहुत ग्लानि भर आई। उसके कारण पिताजी को न जाने क्या करना पड़ेगा।

"किस सोच में डूब गई बेटी। कल आठ बजे तैयार रहना, तुम्हें लेकर वहाँ चलूँगा।"

दूसरे दिन राजेश्वरजी के यहाँ पहुँचने पर उसने देखा कि पिताजी और राजेश्वरजी ने एक-दूसरे को नमस्कार किया किंतु राजेश्वरजी का सिर तना हुआ था और पिताजी का झुका हुआ था। राजेश्वरजी की बातचीत में साहित्यिक सहजता नहीं दिखाई पड़ी। स्वागत-सत्कार में भी एक औपचारिकता नजर आई। फिर भी कुल मिलाकर उनकी सज्जनता छाई रही। उससे उसके कॅरियर के बारे में औपचारिक बातचीत की किंतु उसमें भी चालू ऑफिशियल ठसके की जगह परिचय की एक गंध महसूस होती रही।

उन्होंने कहा कि उनके यहाँ जगह नहीं है किंतु वे उसके घर के आस-पास के किसी स्कूल में व्यवस्था कर देंगे।

"देखिए राजेश्वरजी, इसकी मुख्य समस्या रोजी-रोटी की है। नौकरी करने के बाद भी यदि महीने में पाँच-छह सौ रुपए मिले तो उससे क्या होगा? उधर के स्कूल इतना ही देते हैं।"

"नहीं-नहीं, इतना कैसे देंगे, मैं कहूँगा कि कम-से-कम दो हजार तो मिलना ही चाहिए।"

"धन्यवाद! आपसे मिलकर बहुत आश्वस्त हुआ। अब आज्ञा दीजिए।"

"मैं फोन से आपको सूचित कर दूँगा। नमस्कार।"

एक सप्ताह बाद पिताजी ने उसे सूचित किया कि राजेश्वरजी ने विवेक पब्लिक स्कूल की प्रिंसिपल से बात कर ली है। प्रिंसिपल ने कल तुम्हें बुलाया है। तुम तो वहाँ पहले भी काम कर चुकी हो। सबकुछ परिचित हैं वहाँ।

दूसरे दिन अम्मा के साथ वह स्कूल गई। प्रिंसिपल बहुत धधाकर मिली और अम्मा से मेरी प्रशंसा करने लगी—"अरे, यह तो बहुत प्यारी है। बहुत अच्छी टीचर भी है। मैं तो इसे छोड़ना ही नहीं चाहती रही, किंतु इसकी

मजबूरियाँ ही इसे मुझसे दूर ले गईं। यह तो मेरे लिए यों ही प्रिय है। दूसरे मेरे परम आदरणीय राजेश्वरजी ने कहा है। मुझे कुछ करना ही होगा किंतु फिलहाल कोई जगह नहीं है, एकाध महीने में मैं जगह बनाऊँगी तो सूचित कर दूँगी।''

उन्हें धन्यवाद देकर वह खुशी-खुशी घर आई और लगा कि कष्ट कटा।

पिताजी को भी सूचित किया। उन्होंने राजेश्वरजी को सूचित किया। दो दिन बाद पिताजी ने उसे फोन पर सूचित किया—''बेटे दुनिया बड़ी टेढ़ी है। जिस प्रिंसिपल ने तुम्हारे ऊपर इतना प्यार उड़ेला, उसी ने राजेश्वरजी से कह दिया कि यह तो क्लास में सोती है। इसे नहीं लूँगी। मैंने राजेश्वरजी को बता दिया कि वह झूठ बोल रही है। वह ऐसा इसलिए कह रही है कि आपने अच्छी तनख्वाह देने के लिए कहा होगा।''

राजेश्वरजी गंभीर हो आए थे। फिर बोले, ''अच्छा कहीं और देखता हूँ।''

पाँच-छह दिन बाद पास के ही एक स्कूल से फोन आया—''उषाजी हैं।''

''जी मैं बोल रही हूँ।''

''देखिए, मैं नरोदा गाँव के अरुण कमल विद्यालय से बोल रहा हूँ। राजेश्वरजी ने आपके बारे में मुझसे कहा है। कृपया आइए, मिल जाइए।''

वह गई तो प्रिंसिपल ने कहा, ''आपको कल से नियुक्ति दी जा रही है। डेढ़ हजार रुपए महीने के मिलेंगे।''

''धन्यवाद। मैं कल ज्वॉइन कर लूँगी।''

वहाँ पढ़ाना शुरू कर दिया। सबकुछ ठीक-ठाक चल रहा था। शीघ्र ही कुछ अध्यापिकाएँ निकट आ गईं। वे पूछती थीं कि कितने पर तय किया है।

''यह तो तब पता चलेगा जब पहली तनखाह मिलेगी।''

वैसे उसे धीरे-धीरे पता चला कि यहाँ की टीचरें पाँच-छह सौ के करीब पाती हैं, बहुत सीनियर हुईं तो हजार-डेढ़ हजार।

उसे जो इतने पैसे देने की बात कही गई है, वह राजेश्वरजी के दबाव के नाते कही गई है। वह खुश तो हुई किंतु मन में एक आशंका भी समा गई कि पता नहीं राजेश्वरजी का यह दबाव कब तक बना रहेगा।

महीने भर उसने देखा कि एक महिला प्राय: स्कूल में आ-जा रही है। निकट की शिक्षिकाओं ने उसे बताया कि यह स्कूल के मैनेजर से संबंधित है। पहले यहाँ पढ़ाती थी किंतु अपने पति के साथ भोपाल चली गई थी। अब इसके पति का तबादला दिल्ली हो गया है तो फिर अपनी नौकरी पर आना चाहती है।''

''ये किस विषय की हैं।''

''हिंदी की।''

उसका माथा ठनका। भीतर एक भय समा गया। कहीं⋯।

और हुआ वही। दूसरा महीना खत्म होते ही प्रिंसिपल ने उसे बुलाया और कहा, ''मैडम, हम लोग आपके अध्यापन से संतुष्ट नहीं हैं। अत: कल से मत आइए।''

वह तो सनाका खा गई। भीतर आग सी लग गई और बोली, ''क्या आपको यह अहसास दो महीने बाद हुआ है? क्यों न हो, मैनेजेर की संबंधिन जो आ गई है।''

''देखिए मैडम, अपनी सीमा में रहिए।'' तड़पकर प्रिंसिपल बोले।

''मैं तो अपनी सीमा में हूँ, आप ही अपनी सीमा नहीं पहचान रहे हैं। एक छोटे स्कूल के पिंसिपल हो गए हैं तो समझते हैं किसी का भी अपमान करने का अधिकार आपको प्राप्त हो गया है।''

वह वहाँ से तड़पकर चली आई। संयोग से पिताजी भी आए हुए थे। उन्हें जब सबकुछ मालूम हुआ तो उन्होंने राजेश्वरजी को फोन से सबकुछ बता दिया।

शायद राजेश्वरजी दु:खी भी हुए और कहा, ''फिर कहीं देखूँगा।''

पिताजी बोले, ''नहीं, राजेश्वरजी, मैं आपका बहुत आभारी हूँ कि आपने मेरी बेटी के लिए इतना कुछ किया, किंतु अब रहने दीजिए। जिन-जिन से आप कहेंगे वे सब मिलकर मेरी बेटी को पागल कर देंगे। उसकी योग्यता को इतना बदनाम कर देंगे कि कोई संस्था उसे स्वीकार ही नहीं करेगी। दरअसल, ये लोग आपके तात्कालिक दबाव में आकर मेरी बेटी को स्वीकार तो कर लेते हैं, किंतु बाद में किसी-न-किसी फूहड़ बहाने से उसे हटा देते हैं। वे इस बात से भी डरते हैं कि आपके संकोच से उन्हें ज्यादा

तनखाह देनी पड़ जाएगी। इन लोगों ने इसे आपकी नजर में भी गिरा दिया। आप भी मानने लग गए होंगे कि खोट मेरी बेटी में ही है। खैर, जाने दीजिए।''

पिताजी ने फोन रखा तो रोष से काँप रहे थे।

फिर काफी दिनों तक खाली बैठी रही। एक दिन किसी ने पिताजी को सुझाया कि आप शिवनारायण से क्यों नहीं कहते। वे तो आपका बड़ा सम्मान करते हैं। एक तरह से वे आपके शिष्य भी हैं। उनके कई स्कूल हैं, कहीं-न-कहीं एडजस्ट कर ही लेंगे।

पिताजी को यह बात स्वीकार्य लगी और एक दिन उसे लेकर पहुँच गए। शिवनारायणजी ने बहुत उत्साह दिखाते हुए कहा, ''अरे, आपकी बात टाल सकता हूँ क्या? और यह तो अपने घर की बात है। स्कूल खुलने दीजिए, फिर व्यवस्था करते हैं।''

उस दिन वह और पिताजी बहुत प्रसन्न लौटे थे और शिवनारायण के शिष्ट व्यवहार तथा सज्जनता से बहुत प्रभावित थे। और आज?

दोनों लड़कियाँ सोई हुई थीं और वह चुपचाप बैठी हुई सामने के खाली आकाश को देख रही थी, रह-रहकर लड़कियों के सिर पर प्यार से हाथ फेर देती थी।

एकाएक उसने एक निर्णय लिया और दुकान पर बाबूजी के पास जाकर खड़ी हो गई।

''क्या है बेटे, इतनी दु:खी मत हो। यहाँ नहीं तो किसी और स्कूल में नौकरी मिल ही जाएगी।''

''नहीं बाबूजी, अब मैं और अधिक अपमानित होने के लिए शिक्षा की किसी और दुकान पर नहीं जाऊँगी, अपनी इस दुकान पर बैठूँगी।''

''अरे, यह तुम क्या कह रही हो। इससे अपना कितना अपमान होगा।'' कहते हुए बाबूजी अचकचाकर खड़े हो गए।

वह मुसकराकर उनकी जगह बैठ गई और बोली, ''दूसरों की दुकानों पर धक्के खाने की अपेक्षा अपनी दुकान पर बैठना ज्यादा सम्मानपूर्ण है।''

□

सहयात्री

जाड़े की शाम गहरा रही थी।

कई साल बाद गाँव से मेरा भतीजा लगनेवाला एक युवक सूरज मेरे यहाँ आया। चाय पीने के बाद मैंने उससे गाँव का हालचाल पूछा। उसने कहा, ''सब ठीक है, चाचाजी!'' फिर उसने फेहरिस्त खोल दी कि इस वर्ष मेरे घर-परिवार में क्या हुआ, पास-पड़ोस में क्या हुआ। फिर जर-जवार में क्या हुआ। गाँव में किसकी शादी हुई, कौन मरा, किससे किसका झगड़ा हुआ, राजनीति का विषवृक्ष कितना फला-फूला आदि। और अंत में फिर कहा, ''बाकी सब ठीक ही है, चाचाजी!''

हर बार जब गाँव का कोई व्यक्ति मिलता था तो जानेवालों की सूची में कुछ और नाम जुड़ जाते थे और लगता था कि मुझसे पहले या मेरे समय के लोगों में से कुछ लोग और चले गए, फिर बचपन की स्मृतियाँ मुझे देर तक घेरे रहती थीं। देर तक एक सन्नाटा मेरे शहर और गाँव के बीच टँग जाता था।

''और भाई, मेरे मित्र काशीनाथ के क्या हाल है?''

''काशीनाथ के?'' वह चौंककर बोला।

''हाँ, काशीनाथ के। क्या तुम उन्हें नहीं जानते?''

''कैसी बात करते हैं, चाचाजी! अरे उन्हें कौन नहीं जानेगा? परंतु उन्हें मरे तो तीन साल हो गए।''

''क्या···वे मर गए? और तीन साल पहले।''

''हाँ आं आं आं···। क्या किसी ने बताया नहीं?''

''कौन बताता? कई साल बाद तो गाँव से तुम्हीं आए हो। घर से पत्र आते भी हैं तो लोग अपनी बात कहेंगे कि गाँव का पँवारा गाएँगे।''

''हाँ, ठीक ही कहते हैं, चाचाजी!''

''बीमार थे क्या?''

''नहीं-नहीं, ठीक-ठाक थे। जीप में बैठकर चुनाव-प्रचार में जा रहे थे। जीप पेड़ से टकरा गई और वहीं उनकी इहलीला समाप्त हो गई।''

''ओह, यह क्या हो गया? क्या वे चुनाव लड़ रहे थे?''

''नहीं, खुद नहीं लड़ रहे थे, एक कांग्रेसी सेठ लड़ रहा था, उसी के प्रचार में लगे थे। खुद तो बेचारे एक ही बार उठे थे और बुरी तरह हारे थे।''

''ओह! कैसी विडंबना है।'' मेरे मुँह से उच्छवास सा निकला।

''कैसी विडंबना, चाचाजी?''

''यही कि काशी ने जिस राजनीति के लिए अपना एकेडेमिक कॅरियर खराब किया और न जाने क्या-क्या बरबाद किया, उसने उन्हें कुछ नहीं दिया। आखिर वे दूसरों का ही झंडा थामे चलते रहे और अंत हुआ तो एक सेठ नेता के झंडे के नीचे। यह कितना करुण है न!''

''हाँ चाचाजी, करुण तो है, लेकिन इसका जिम्मेदार कौन है?''

''जिम्मेदार कौन है, इस पर अब बहस करने से क्या फायदा? हाँ, इतना कह सकता हूँ कि आदमी जो भी रास्ता चुने, उस पर पूरा समर्पित होकर चले, तभी वह कहीं पहुँचता है। अरे हाँ, अब काशी के यहाँ कौन-कौन है?''

''उनकी पत्नी तो है ही, एक लंठ बागड़ा बेटा है। एक बेटी थी, उसकी शादी हो गई थी।''

''बेटा लंठ बागड़ा क्यों है भाई, काशी खुद तो टीचर रहे।''

''अरे, वे कहने को टीचर थे। मैं तो उनके स्कूल का छात्र रहा। वे पढ़ाते-लिखाते कहाँ थे, वे तो छात्रों से लेकर जर-जवार तक की राजनीति करते रहे। आठ साल पहले विधान सभा के चुनाव में भी खड़े हुए थे, लेकिन हार गए।''

''हार क्यों गए?''

''हारेंगे नहीं तो और क्या होगा? पार्टी ने उन्हें टिकट नहीं दिया तो स्वतंत्र उम्मीदवार के रूप में खड़े हो गए। स्कूल से लेकर बाहर तक इनकी कोई अच्छी छवि तो थी नहीं, हारना तो था ही।''

वह हँसा। हँसा तो मैं भी, लेकिन मेरी हँसी एक विषाद से भरती गई। न जाने कितनी स्मृतियाँ बसंत के फूलों की तरह मुझमें भर आईं और मैं एक बिंदु से फैलता-फैलता न जाने कितने देश और काल में व्याप्त हो गया।

"क्या सोच रहे हैं, चाचाजी?" उस युवक ने पूछा तो मैं अचकचा गया।

"अरे कुछ नहीं, कुछ नहीं।"

"हाँ, आपके बचपन के लँगोटिया यार थे न काशी चाचा।" वह भी थोड़ा गंभीर हो गया। लगा जैसे मेरा भीतर उसे छू गया हो।

"अरे भइया सूरज, खाना-वाना खा लो।" पत्नी ने पुकारा।

मैंने देखा 9 बज रहे थे। बोला, "हाँ भाई सूरज, खाना-वाना खाकर उस कमरे में जाकर आराम करना, मैं भी कुछ पढ़ते-पढ़ते सो जाऊँगा। कल फिर बात होगी।"

"और आप? आप खाना नहीं खाएँगे?"

"नहीं, शाम को मैं कुछ फल और दूध लेता हूँ, सो ले चुका हूँ।"

वह खाना खाने चला गया तो मैंने अपना कमरा बंद कर लिया। एक कविता-पुस्तक लेकर बिस्तर पर लेट गया। इस पुस्तक पर कल बोलना है। इसका लेखक मुझे प्रिय तो नहीं है किंतु इस पुस्तक की चर्चा चारों ओर छींट दी गई है। और न चाहते हुए भी मैं इस पर बोलने को राजी हो गया। वैसे तो उलट-पुलटकर यह पुस्तक देखी है किंतु असत्य पर चोट करने के लिए बहुत तैयारी के साथ जाना होगा। सोचा था, आज दिन में देख लूँगा। अनपेक्षित व्यस्तताएँ आ गईं। अब इसे देखना ही चाहिए। कल भी समय नहीं मिलेगा। सो किताब लेकर लेट गया। पढ़ने लगा लेकिन क्या पढ़ रहा हूँ पता नहीं चलता था। एक तो यों भी इस कवि का जटिल और कृत्रिम वाक्य-विन्यास अपने को दुबारा-तिबारा पढ़ने को मजबूर करता है, दूसरे मन उचट-उचटकर काशी की ओर भाग रहा था। यह सच है कि पंद्रह-बीस बरस हो गए थे काशी से मिले हुए, लेकिन वे हैं और जब उधर जाऊँगा तो भेंट होगी ही, यह विश्वास तो था न। और यह विश्वास कितना भरा-पूरा लगता है। इतनी भौगोलिक दूरियों में यह अहसास ही हमें पास-पास रखता है। हमें जोड़े रहता है। अहसास ही मूल वस्तु है। हम पास-पास रहकर भी दूर हो जाते हैं और दूर रहकर पास-पास होते हैं। यह अहसास ही न था कि काशीनाथ और मैं पास-पास थे तन से भी और मन से भी। यह अहसास जब छीजने लगता है तो पास-पास रहकर भी आदमी दूर हो जाता है

और दूर होने पर भी उस अहसास की स्मृति कहीं दर्द बनकर भीतर समाई रहती है।

काशीनाथ और मैं शुरू से ही सहपाठी थे। वे थे तो मेरे ही गाँव के किंतु मेरी सगी पट्टीदारी में नहीं आते थे। मेरी सगी पट्टीदारी के भी कई लड़के मेरे सहपाठी थे किंतु न जाने क्या बात थी कि निकटता बनी काशीनाथ से ही। काशीनाथ और मैं सहपाठी ही नहीं थे, मित्र भी थे। हमारी मित्रता धीरे-धीरे परवान चढ़ती गई। हम मित्र भी थे और प्रतिस्पर्धी भी। लिखने-पढ़ने में हम दोनों एक-दूसरे की सहायता करते थे और एक-दूसरे से आगे निकल जाने की कोशिश भी। हम दोनों अभावों में पले थे फिर भी शरीर से अच्छे थे और प्राय: हम दोनों की कुश्तियाँ भी कराई जाती थीं। कभी मैं पटकता था, कभी काशीनाथ, किंतु हमारे मन में कोई मालिन्य नहीं आने पाता था। कभी मैं उनके घर खा लेता, कभी वे मेरे घर। स्कूल में कभी मेरे पास भूजा नहीं होता था, कभी उनके पास, लेकिन हम दोनों बाँटकर खा लेते थे। हम दोनों साथ ही मास्टर से मार खाते थे और साथ ही मेले-हटिए में जाते थे।

हम दोनों कभी-कभी स्कूल से ऊब जाते थे और यह भी संयोग था कि एक बार वे स्कूल नहीं गए तो मैं भी नहीं गया और हमें उसका पता नहीं था। जब स्कूल में एक लड़का हमें पकड़ने आया तब ज्ञात हुआ कि हम दोनों कई दिन से स्कूल नहीं जा रहे थे। किंतु शीघ्र ही ज्ञात हो गया, जो लड़का पकड़ने आया था, वह भी स्कूल नहीं जा रहा था और हम तीनों दिन भर बस्ता लिये यहाँ से वहाँ और वहाँ से यहाँ भागते फिरे, और जब स्कूल छूटने का समय आया तब घर लौटे; और जब उसके बाद स्कूल गए तो दोनों की अच्छी पिटाई हुई। अब क्या-क्या याद करूँ-हमारी सहयात्रा स्कूल से लेकर गाँव की गलियों, खेलों, खलिहानों, बाग-बगीचों, नदियों-तालाबों, मेलों-हटियों तक फैली हुई थी, यानी एक लय में बँधे हुए दो व्यक्ति थे। हमने साथ-साथ प्राइमरी स्कूल की परीक्षा पास की, मिडिल पास किया, उर्दू मिडिल पास किया और एक ही डिवीजन में किया। लगता था एक-दूसरे के बिना हमारा वजूद ही नहीं है।

हम एक पथ के दो अभिन्न यात्री थे—साथ-साथ एक ही मंजिल की ओर चलते हुए, साथ-साथ सुख-दु:ख भोगते हुए, साथ-साथ रोते-गाते हुए। वैसे हमारी मंजिलें भी कहाँ निर्दिष्ट थीं? इस अनिर्दिष्टता को भी हम साथ-साथ तय करते थे। पड़ोसी गाँव में प्राइमरी और मिडिल स्कूल था, सो आसानी से पास

कर लिया। मिडिल स्कूल से ही उर्दू मिडिल भी पास किया। इसके बाद की क्या मंजिल होगी, हमें कुछ सूझ नहीं रहा था। हमारे घरों के लोग भी शिक्षा-जगत् की अगली मंजिल से अनभिज्ञ थे, इसलिए वे भी कुछ तय करने की स्थिति में नहीं थे। मास्टर लोग भी मिडिल करके नॉर्मल कर लेते थे और स्कूल में शिक्षक लग जाते थे, अत: उन्हें भी यहीं तक की मंजिल मालूम थी। हम दोनों क्या होना चाहते थे, यह तो स्पष्ट नहीं था किंतु प्राइमरी मिडिल का मास्टर नहीं होना चाहते थे। अत: मंजिल की तलाश जारी थी। किसी मास्टर ने सुझाव दिया कि तुम लोगों की साहित्य में गहरी रुचि है। अत: विशेष योग्यता परीक्षा पास कर लो। फिर आगे की सोचना। हमें अच्छा लगा। गाँव से दस कोस की दूरी पर स्थित रामपुर गाँव में विशेष योग्यता का स्कूल चलता था। हम दोनों वहाँ के लिए चल पड़े। बरसात के दिन थे। कछार के रास्ते कीचड़ से भरे हुए थे। रास्ते में छोटे-छोटे नाले थे। हम दो सोलह वर्षीय किशोर पहली बार गाँव से दूर जा रहे थे, एक अजनबी स्थान पर अपनी मंजिल तलाशने। गाँव से दो मील की दूरी पर नदी पड़ती थी। वहाँ पहुँचे तो दिखाई पड़ा कि नदी फैलकर मील भर चौड़ी हो गई है। हलकी बूँदें पड़ रही थीं। हम नदी के असीम विस्तार को देख रहे थे। तेज पुरवा हवा में लहरें ऊँची-ऊँची उछाल ले रही थीं। ऊपर से बूँदें पटापट-पटापट गिर रही थीं और एक भयानक शोर पानी में व्याप्त हो रहा था। गृहममता से गीली आँखों में भय की भँवर घूम रही थी। उस पार जाती हुई एक छोटी सी नाव लहरों पर उठ-गिर रही थी। हम किनारे पर खड़े-खड़े डर रहे थे कि यह नाव कहीं उलट न जाए। यदि हमें लिए-दिए डूब गई तो? सोच कर मैं थर्रा उठता था। शायद काशीनाथ भी यही सोच रहे थे। फिर भी नाव से नदी तो पार करनी ही थी। यह नाव न जाने कितनी देर से वहाँ पहुँचेगी, फिर लौटेगी, फिर हमें उस पार ले जाएगी। दस कोस का सफर आज कैसे तय होगा। खड़े-खड़े दोपहर हो गई। हम तन-मन से बुरी तरह थक गए थे। भूख भी लग आई थी। हमने दोपहर को खाने के लिए भूजा ले लिया था और शाम के लिए आटा-दाल। हमने खड़े-खड़े भूजा खाना शुरू किया। तीन घंटे बाद ही हम कहीं नदी पार पहुँच पाए।

तिजहर हो गई और हम अभी कुल तीन मील की दूरी तय कर सके थे। एक मील की दूरी पर पक्की सड़क मिल जाएगी और हम तेजी से चलकर चार-पाँच कोस की दूरी तय कर सकते हैं। फिर रात को क्या होगा? हम दोनों ने तय किया कि रात को भौवापार रह जाएँगे। वहाँ हम लोगों के एक टीचर बाबू साहब

(जिन्होंने दर्जा पाँच में पढ़ाया था और उसी साल उनका तबादला हो गया था) रहते हैं। जब भौवापार आया तो पूछते-पूछते उनके मकान पर पहुँच गए, लेकिन हम दोनों गाँव के संकोची लड़के उनके घर के पास जाकर संकोच में पड़ गए। मकान भी आलीशान था। उसका आतंक मन पर छा गया। यद्यपि हम दोनों उन बाबू साहब के प्रिय छात्र थे, फिर भी डर लगा कि पता नहीं अब हम उन्हें याद हों कि न हों? और क्या पता वे घर पर हों या स्कूल गए हों। हम दोनों की आगे बढ़ने की हिम्मत नहीं हुई और उस भव्य मकान तथा अजनबीपन के आतंक से डरकर पीछे हट आए। फिर क्या हो? एकाएक काशीनाथ को याद आया कि इसी गाँव में उनके पड़ोसी ग्वाले की लड़की चंपा ब्याही है। वहाँ चलते हैं। हम दोनों पूछते-पाछते वहाँ पहुँचे। कुछ मामूली घर, उनके सामने बँधी हुई भैंसें, पड़ी हुई चारपाइयाँ। हमारे ऊपर थी सबकी उत्सुक निगाहें। हमें देखते ही चंपा उल्लास से भर गई और घरवाले भी खुश हो उठे। देखते-देखते चंपा काशीनाथ का पाँच छानकर रोने लगी—'अरे ए मोर बिरना।' काशीनाथ परेशान हो उठे और भीतर-भीतर हँसी आ रही थी। कुछ देर बाद वह चुप हो गई और गाँव-घर का हालचाल पूछने लगी। हम लोग भी अपने से वातावरण में प्रकृतिस्थ हो गए, किंतु संकोच जब स्वभाव में हो तो उसे कैसे हटाया जा सकता है। हम लोगों को भूख तो लगी थी किंतु कह दिया कि हम लोगों को भूख नहीं, देर से खाया था रास्ते में। लेकिन चंपा और उसके घर वालों ने हमारे ना-ना करने पर भी अहरा सुलगा दिया, आटा गूँध दिया, आलू लाकर रख दिया और कहा, आप लोग हमारे दरवाजे पर भूखे सोएँगे, यह तो हमारे लिए मर जाने जैसी बात होगी।

उन्होंने हमारे संकोच को एकदम परास्त कर दिया था। हम लोगों ने खाना बनाया और खाया। फिर बरामदे में पड़ी चारपाई पर लेट गए। थके थे, नींद आ रही थी किंतु मच्छर भनभना रहे थे और मच्छरों से उद्विग्न होकर भैंसें बार-बार अपनी पूँछ अपने शरीर पर पटकती थीं पट्ट-पट्ट···और हम लोग चौंक-चौंक उठते थे। हमारे सिरहाने हमारी गठरी-मोटरी भी थी, जिसमें कुछ आटा-दाल बँधे थे। एकाएक काशीनाथ उठ बैठे और अपना छाता खींचकर एक कुत्ते पर दे मारा। कुत्ता पोंय-पोंय करके भागा। नींद खुल गई थी। देखा, उनकी गठरी नीचे गिरी थी, जिसमें से सीधा-पिसान गिर रहा था और छाता टूट गया था। 'साला आटा भी गया और छाता भी।' काशी दुःख से बुदबुदाए। मैंने कहा, 'आटे की चिंता नहीं है, मेरे पास तो है न? लेकिन छाता···अब इसका क्या किया जाए?'

हम लोग लेट गए किंतु मुझे लगा कि काशी सुबक रहे हैं। मैं अपने बिस्तर से उठा और उनके सिर पर हाथ रखकर बोला, 'नहीं दोस्त, रोते नहीं। अभी तो हमारा आटा है, बाँटकर खा लेंगे। मेरा छाता है, हम दोनों उसकी छाँह में अपने को बरसात से बचा लेंगे। हम-तुम दो थोड़े ही हैं। हम लोग साथ रहेंगे तो न जाने कितने दु:खों को साथ-साथ काट लेंगे।'

काशी चुप हो गए और कुछ क्षण बाद उठकर मेरे कंधे पर अपना सिर रखकर बोले, 'घर की बहुत याद आ रही है दोस्त। तिस पर यह नुकसान।'

हम लोग सवेरे उठे तो बादल फिर घिर आए थे। बूँदाबाँदी हो रही थी। काशी अपना टूटा छाता बगल में दबाए मेरे छाते के नीचे सट कर चले रहे थे। छूटता हुआ घर हमारे पीछे था, एक अनजानी मंजिल आगे थी और एक भीगा हुआ मौसम अपने सारे सुख-दु:ख के साथ हमारे साथ था···। हम चले जा रहे थे।

दोपहर तक किसी तरह रामपुर पहुँच गए। वहाँ जाकर विशेष-योग्यता पाठशाला का पता लगाया। वहाँ पहुँचे तो देखा, एक खेत में एक कच्चा घर बना हुआ है। उसके चारों ओर चहारदीवारी है। उसके भीतर कुछ फूल लगे हुए हैं। कुछ पेड़ खड़े हैं। खेल का मैदान भी बना हुआ है। एक गौरवर्णीय युवक अहाते में घूम रहा था। उसने हमें देखकर पूछा, 'कहिए?'

'जी, हम यहाँ पढ़ने आए हैं। यहाँ के गुरुजी से मिलना है।'

'आइए, आइए,' कहता हुआ वह एक कमरे में ले गया।

'कहाँ से आए हैं आप लोग?'

'बहुत दूर से। यहाँ से दस कोस की दूरी पर एक गाँव है वहाँ से आए हैं।' मैंने कहा।

'तो ठीक है। दस दिन बाद स्कूल चालू होगा, आप लोग तभी आ जाइए। चाहे अभी नाम लिखा लीजिए, चाहे जब आइए तब।'

'जी अभी तो हम लोग गुरुजी से मिलने चले आए हैं। पैसे-वैसे भी नहीं लाए हैं। जब दस दिन बाद आएँगे तो नाम लिखा लेंगे। गुरुजी कहीं गए हैं क्या?'

वह युवक ठठाकर हँसा तो हम लोग घबरा गए।

'हमसे कोई गलती हो गई क्या महोदय!' काशीनाथ बोले।

'नहीं, गलती आप लोगों से मुझसे हो गई है, जो बूढ़ा हुए बगैर गुरुजी बन गया। क्या आप लोगों के मन में गुरुजी की कुछ ऐसी ही कल्पना थी न कि

होगा, कोई साठ वर्ष का बूढ़ा आदमी—पके बाल, पकी बढ़ी दाढ़ी।'

अब हमें अपनी भूल समझ में आई और हम दोनों उनके पाँव पर गिर पड़े—'गुरुदेव! हम आपको पहचान न सके। क्षमा करेंगे।'

'उठो बच्चो, मैं तुम दोनों में एक संवेदनशील मनुष्य देख रहा हूँ और एक उज्ज्वल भविष्य भी। वैसे तो मेरे स्कूल में हर साल पचीस-तीस छात्र आते ही हैं, उन्हें पाकर मुझे खुशी होती है किंतु तुम लोग आओगे तो मुझे एक अलग तरह की खुशी होगी।'

बीस दिन बाद हम वहाँ पहुँच गए। गुरुजी ने बहुत प्रसन्नता व्यक्त की और हमारे रहने-सहने की व्यवस्था करा दी। दूसरे दिन हम भी पचीस-तीस लोगों की पंक्ति में बैठे। गुरुजी ने सबसे हमारा परिचय कराया। हमने सारे चेहरों की ओर नजर डाली। इतनी दूर अपरिचित चेहरों की भीड़ में हम पहली बार अपने को पा रहे थे। बरसात का मौसम न जाने क्यों मुझमें एक अवसाद भर जाता है। मैं किसान-पुत्र हूँ। और बरसात किसानों के लिए बारिश का छंद लेकर आती है, खेतों के साथ जीवन भी हरियाली के स्वर से भर आता है, फिर यह अवसाद? हाँ, लगता है, इस छंद के नीचे अवसाद की एक खामोशी रेंग रही है। शायद इसका कारण है अंत में कछार जीवन को प्राप्त होनेवाली तबाही···शायद इस मौसम में उठनेवाले वियोग के दर्द से भीगे हुए गीत···बंद रास्ते, टूटे हुए रास्ते, भीगे हुए रास्ते, परदेस से न कोई आता है न जाता है, वियोग से भरा जीवन अपनी जगह थरथराता है। शायद कुछ और भी है इस अवसाद के मूल में। हाँ, गरमी की जलती किंतु खुली-खुली छुट्टियों में जीवन की स्वच्छंद उछाल भरने के बाद फिर स्कूल के बंद और डरावने वातावरण की ओर प्रस्थान करने की विवशता। हाँ, शायद यही है। स्कूल खुलने का समय मुझे हमेशा उदास कर देता रहा है, मन में एक अजनबीपन भर देता रहा है। बरसात की सीलन उस उदासी को और भी भारी कर देती है। इसलिए बरसात मुझे कभी अच्छी नहीं लगी। बरसात बीतते-बीतते वातावरण में एक प्रसन्नता भर जाती है और स्कूल के वातावरण में तब तक एक परिचय की धूप निखर आती है। आतंक और वर्जनाओं के स्कूली माहौल में भी सहयात्रियों के साथ जुड़ गई आपसी सुख-दुःख की लय भीतर-भीतर हँसने लगती है और हम एक-दूसरे के लिए प्रतीक्षा बन जाते हैं। धीरे-धीरे हमारा आत्म-विस्तार होने लगता है।

अब तक तो हम गाँव के स्कूल में थे और हर साल नए चेहरों के आने

के बावजूद तमाम चेहरे अपने पूर्व परिचित और मित्र होते थे, इसलिए स्कूल खुलने की वेला इतनी अवसादमयी नहीं होती थी, किंतु आज तो हम दोनों गाँव से दूर एक नई जगह में नए लोगों के बीच बैठे थे। वे लड़के तो कई दिनों से पढ़ने आ रहे हैं और हो सकता है कि उनमें कई पहले से परस्पर परिचित हों। अत: उनमें आपस में एक पहचान की लय बनी हुई थी।

शाम हुई तो अधिकांश लड़के अपने घर चले गए, बाकी बचे हम दोनों और दो-तीन छात्र और! गुरुजी शाम को घूमने चले गए। वे हमारे चूल्हे-चौके की व्यवस्था समझा गए थे। काशीनाथ और मैं दोनों उदास थे। सामने पक्की सड़क थी, हम दोनों घूमने के लिए उस पर हो लिये।

'घर बहुत याद आ रहा है, भुवनेश।'

'हाँ, सो तो आएगा ही।'

'मन होता है लौट जाऊँ।'

'तब क्या करोगे?'

'हाँ, यही तो बात है।'

'हाँ भाई असली बात तो यही है। अरे! हमने एकाएक घर छोड़ा है। माँ छूटी, पिताजी छूटे, भाई छूटे, बहन छूटी, गाँव छूटा, परिचित खेतबारी छूटे। एक साथ इतना कुछ छूट गया तो तकलीफ तो होगी ही न। लेकिन इतना कुछ हमने इसलिए छोड़ा न कि हमें पढ़ना है, पढ़-लिखकर कुछ बनना है।'

'हाँ भाई, यह तो है।'

'और देखो, सड़क के दोनों ओर फैले खेत अपने खेत से नहीं लगते? इनमें काम करते लोग अपने गाँव के लोग नहीं लगते? देखो उन खपरैलों से जो धुआँ उठ रहा है, वह अपनी रसोई से उठते धुएँ की तरह नहीं लगता? और देखो यह औरत, जो सामने से आ रही है, क्या वह माँ की तरह नहीं लगती और उसके साथ का आदमी तो ठीक अपने पिता जैसा लगता है।'

'हाँ, लगता तो है।' के भाव से काशी ने यह सबकुछ देखा और सिर हिला दिया। वह औरत और पास में आई। उसने हमारी आँखों में देखा। हमने उसकी आँखों में देखा। लगा—सचमुच हमारी माँ उतर आई है। वह ज्यों ही वहाँ से गई, काशी बिलखकर रो पड़े माँ आं आं आं…।

मैंने काशी को गोद में भर लिया और रोने लगा। रोते-रोते कहा, 'सब ठीक हो जाएगा काशी। सब ठीक हो जाएगा। हम दोनों तो साथ हैं न। हम दोनों साथ

रहेंगे तो कोई भी परदेस परदेस नहीं लगेगा और भगवान् करे हम हमेशा साथ रहें।'

रो लेने के बाद हम दोनों हलके हो गए। बादल घिरे आ रहे थे और हम स्कूल की ओर लौट पड़े।

खाना खाकर गुरुजी से बातें करने लगे। उन्होंने अपनी आत्मीय वार्त्ता से हमारे अजनबीपन को कम करने की कोशिश की। घर-दुवार के बारे में पूछा, पिछले जीवन के बारे में पूछा, कुछ कोर्स की बातें कीं। फिर कहा, 'सो जाओ, तुम लोग बहुत थके होगे।'

बरामदे में दरी बिछाकर हम लेट गए। थके थे। नींद आ गई।

बहुत जोर से बादल गरजा और बिजली कड़की तो हम चौंककर जाग गए। मैंने देखा, गुरुजी के कमरे की लालटेन जल रही थी। (बाद में पता चला कि वे रात को काफी देर तक पढ़ते हैं।) बिजली फिर चमकी। मैंने काशीनाथ का चेहरा देखा—आँसुओं से भीगा हुआ था।

'तुम सोए नहीं थे क्या?'

'सोया था।'

'फिर सोने में रो रहे थे क्या?'

'क्यों रोऊँगा?'

'तुम्हारा चेहरा आँसुओं से भीगा हुआ है।'

'और अपना चेहरा नहीं देखा है?'

'क्यों, मेरे चेहरे को क्या हुआ है?'

मैं चुप हो गया।

बादल फिर गरजे, बिजली फिर चमकी और हम दोनों को लगा कि बादल नहीं, घर का विछोह गरज रहा है; बिजली नहीं, घर की स्मृति चमक रही है।

'माँ बहुत याद करती होगी न, भुवनेश?'

'हाँ, तभी तो।'

'क्या तभी तो?'

'तभी तो पानी बरस रहा है।'

'तुम्हें कविता सूझ रही है न?' उसने उदास मन से कहा।

'कविता तो ऐसे में ही सूझती है न। वह तो इसी तरह आती है।'

हम दोनों मित्र फिर लेट गए एक-दूसरे को सहारा देते हुए।

धीरे-धीरे दिन बीतने लगे। यहाँ की दुनिया हमारी अपनी दुनिया बनती गई और गृह-ममता कम होती गई बल्कि अपना घर-गाँव फैलकर यहाँ तक आ गया। गाँव-घर के साथी यहाँ के साथियों के रूप में दिखाई पड़ने लगे। हम दोनों पढ़ने में अच्छे थे, इसलिए स्कूल में प्रतिष्ठा भी पाते गए।

हम दोनों परम मित्र थे किंतु इसका अर्थ यह नहीं कि हम दोनों एक-दूसरे के पर्याय थे। शुरू से ही हममें कुछ अपनी-अपनी विशेषताएँ थीं। काशीनाथ इस भावुकता के बावजूद कुछ तर्कप्रिय थे और मैं अपनी गंभीरता के बावजूद मूलत: भावुक था। अत: मैं शुरू से ही कविता की ओर उन्मुख था और काशीनाथ बहस-मुबाहसे की ओर। इस स्कूल में मेरी प्रतिष्ठा कवि के रूप में थी और उनकी एक वक्ता के रूप में। मैं उनसे कुछ बड़ा होकर भी उम्र के कच्चेपन से गुजर रहा था, अत: लड़कियों के प्रति मेरे मन में कोई खिंचाव नहीं पैदा होता था। काशीनाथ छोटे होकर भी इस मामले में कुछ बड़े लगते थे। उनकी तबीयत में रंगीनी का असर कुछ गहरा ही था। उनके यहाँ भैंस थी और वे छुट्टियों में भैंस भी चराते थे। उनके साथ उनके आसपास के पट्टीदारों और ग्वालों के लड़के-लड़कियाँ भी भैंस चराते थे। इस माहौल में कुछ रोमानी प्रसंग उपस्थित होते रहते थे, जिसका जिक्र कभी-कभी रस लेकर काशी मुझसे करते थे। मेले-ठेले में भी उनकी रंगीनी को उभरते देखा था। किसी सुंदर लड़की के आसपास बार-बार चक्कर काटने लगते थे और भ्रम पाल लेते थे कि वह इन्हें देखकर रीझ गई है तथा मुसकानों से अपने प्रेम के संकेत दे रही है। पाँच-छह महीने बाद स्कूल में भी एक प्रसंग उपस्थित हुआ। हुआ कुछ ऐसा कि एक बार हम लोग सब गाँव से स्कूल में पहुँचे तो गुरुजी ने काशी से चुप्पी साध ली। दो-एक दिन तो हम इस चुप्पी को पहचान नहीं पाए, किंतु धीरे-धीरे समझ में आने लगा। मैंने काशी से कारण पूछा तो उसने अनभिज्ञता जाहिर की। एक दिन गुरुजी ने ही मुझे बुलाकर कहा, 'भुवनेश, अपने इस दोस्त से कहो कि इसने दोबारा यह हरकत की तो मैं बरदाश्त नहीं करूँगा, उसे यहाँ से जाना पड़ेगा।'

'क्या हुआ गुरुजी?'

'यह नहीं बताऊँगा। बस उससे इतना कह देना।'

मैंने काशी से कहा और पूछा तो वह चुप रहा। मैंने कुछ विस्तार में जाने की जरूरत नहीं समझी, किंतु इतना कहा कि जो भी हो, गुरुजी से क्षमा-याचना कर लेना।

उसने कर ली होगी, तभी तो गुरुजी फिर उससे बोलने लगे थे और धीरे-धीरे यह रहस्य खुला कि एक दिन जब स्कूल में कोई नहीं था और पंडितजी भी घर गए थे, तब काशी कामवाली की जवान लड़की के साथ रोमांटिक हो रहा था। एकाएक गुरुजी घर से आ गए थे और देख लिया था।

काशी खूब देर तक अपनी एड़ी रगड़ते थे। नहाते समय कुछ प्रेमगीत भी गुनगुना लेते थे। अपने अभावों की सीमा में भी टिपटाप रहने की कोशिश करते थे। बीच से माँग फाड़ते थे और लड़कियों को देखकर एक रोमानी अदा देने की कोशिश करते थे।

रामपुर स्कूल की यात्रा साल भर की थी। पूरी हो गई। इस स्कूल ने हमें बहुत कुछ दिया—ज्ञान दिया, गुरुजी का अद्‌भुत स्नेह दिया, नए साथी दिए, नए अनुभव दिए, किंतु सबसे बड़ी चीज जो दी, वह थी अपने गाँव से बाहर की दुनिया से जुड़ाव। जब हम घर छोड़कर आए थे तो लगा था, हम कहाँ जा रहे हैं? अब लग रहा था कि हम घर से बाहर कहीं भी जा सकते हैं। गृह-ममत्व एक बड़ी सामाजिक ममता में बदल रही थी।

विशेष योग्यता पास करने के बाद फिर एक भटकन सामने थी। अब? अब क्या किया जाए? अंग्रेजी पढ़ी जाए, इस तरह का न भाव था, न वातावरण। फिर यही तय हुआ कि इसके बाद विशारद किया जाए।

विशारद करने के लिए फिर हमें एक नई जगह कप्तानगंज जाना पड़ा, किंतु अब नई जगह जाने में वह कचोट नहीं थी। वही बरसात, वही नई जगह का अजनबीपन किंतु इस बार की यात्रा में हम कुछ दूसरे थे। हम महीना भर बाद जब वहाँ से घर आए तो मैं अकेला ही स्कूल लौटा। काशीनाथ ने कहा, 'नहीं, अब मैं नहीं पढ़ूँगा। साहित्य पढ़ने में मन नहीं लगता।'

मेरे बहुत समझाने पर भी जब वे नहीं माने तो मैं अकेला चला गया। यहीं से हम दोनों के रास्ते अलग हुए और हम दोनों की सहयात्रा अकेली हो गई। इस बार कई महीने बाद लौटा तो मित्रों से पूछा, 'क्या कर रहे हैं काशी इन दिनों?'

'काशी? अरे बहुत अच्छा काम कर रहे हैं। पढ़ाई-लिखाई छोड़कर भैंस चरा रहे हैं। कल देख लीजिएगा—तेल पी हुई लाठी लेकर दोकाछ मारे हुए भैंस की पीठ पर बैठे दिखाई पड़ जाएँगे। उनके साथ ग्वालों के लौंडे होंगे, बिरहा गाते हुए। अरे, अब तो कहते हैं कि इस गाँव में जीना हो तो पहलवान बनो, लाठी चलाना सीखो। इस गाँव के कुछ गुंडों ने मेरे घर के साथ जो जुल्म किया है, उसका

बदला लूँगा। एक-एक को पाठ पढ़ाऊँगा।'

सुनकर मैं मर्माहत रह गया। यह क्या हो गया मेरे दोस्त को?

'अब तो वे सुबह-शाम अखाड़े में जाते हैं और अपने समौरिए लड़कों की एक पहलवान मंडली बना रहे हैं।'

मैंने अनुभव किया कि काशी के बारे में दी जाती सूचनाएँ सीधी सूचनाएँ नहीं थीं, उनमें उपहास और व्यंग्य का विष था। दूसरे दिन मैं खेतों की ओर जा रहा था तो रास्ते में काशी मिल गए भैंस की पीठ पर बैठे हुए।

मुझे देखकर काशी भैंस की पीठ से उतर आए और बोले, 'कब आए?'

'कल आया, लेकिन यह सब क्या है? क्या इन्हीं कामों के लिए विशारद की क्लास छोड़कर घर बैठ गए?'

'अरे छोड़ो यार, यह सब शिकवा-शिकायत की बात। विशारद नहीं करना था, नहीं किया और जो कुछ कर रहा हूँ, वह भी काम ही है, इसमें बड़ा मजा आ रहा है। चलो बैठकर बातें करते हैं।'

मैं काशी के साथ बैठ गया। देर तक बातें होती रहीं—पुरानी-नई। हँसते-बतियाते रहे और जब अलग होने लगे तो मैंने कहा—'काशी, क्या मेरी तुम्हारी शैक्षिक यात्रा को यहीं तक साथ चलना था? क्या हम लोगों ने यही सपने थे, कि तुम एक दिन पढ़ाई-लिखाई छोड़कर भैंस की पीठ पर बिरहा गाते पाए जाओगे? मैं कुछ बन गया हूँ या बन पाऊँगा, यह तो नहीं कह सकता किंतु रास्ते पर तो हूँ। तुमने तो वह रास्ता छोड़कर एक नई मंजिल पा ली है, यानी जो बनना था बन गए हो। क्या तुम्हें यही बनना था?'

कहकर मैं झटके से विदा हो गया। मैं नहीं चाहता था कि काशी बहस करके मेरे कहे हुए का दंश निकाल फेंके। मैं चाहता रहा कि उसके भीतर दंश छोड़कर चला जाऊँ और उसे तड़पने दूँ। शायद यह तड़पन ही उसे कोई नया मोड़ दे दे।

मैं कप्तानगंज लौट गया था। लौटकर अशांत था। अब तक तो काशी से छूटकर अकेला पड़ जाने का ही दर्द था, अब यह व्यथा भी थी कि काशी काशी से छूट गया है।

विशारद की परीक्षा देकर गाँव लौटा तो अनुभव किया कि काशी मुझसे मिलने से कतरा रहा है। शायद उसे भय था कि मैं फिर उसे उपदेश पिलाऊँगा। मुझे बताया गया कि उसके साथ भैंस चरानेवाली कुछ ग्वाल-बालाएँ भी हैं, अतः

उसे इस काम में ज्यादा रस आने लगा है।

विशारद का परीक्षाफल आ गया तो सामने फिर समस्या खड़ी हुई कि अब क्या किया जाए? अब शायद मेरी समझ में आने लगा था कि बिना अंग्रेजी पढ़े आगे की शिक्षा-यात्रा संभव नहीं। किंतु कहाँ पढ़ें? पहले तो मैं काशी के साथ विचार करता था, अब अकेला पड़ गया था। हमारे पारिवारिक माहौल इस संबंध में सलाह देने में समर्थ नहीं थे। सबकुछ खुद ही सोचना था और खुद ही चलना था। हाँ, चलने पर कुछ आर्थिक सहारा मिल जाने की स्थिति थी। मेरे पिताजी एक गन्ना मिल में काम करते थे, उन्होंने आश्वस्त कर रखा था कि वे मेरी पढ़ाई-लिखाई रुकने नहीं देंगे और काशी के पिता भी कलकत्ता में एक सेठ के यहाँ मुनीम थे। वे भी उसे सहायता देने की स्थिति में थे ही, किंतु फिलहाल काशी की बात काशी जानें।

दूर-दूर तक कोई अंग्रेजी स्कूल नहीं था। मेरे ननिहाल के पास के कस्बे शिवगंज में एक मास्टर प्राइवेट अंग्रेजी स्कूल चलाते थे। वे दो साल में मैट्रिक की परीक्षा की तैयारी करा देते थे। कुछ बात चली तो मामाजी ने कहा, 'इसी स्कूल में पढ़ो, मेरे यहाँ रहो। अरे, अपने घर में कोई पढ़नेवाला नहीं निकला तो तुम तो मेरे घर में रहकर पढ़ लो। इससे मेरा घर अपढ़ता के कलंक से छुटकारा पा जाएगा।' मामा का घर संपन्न था और वे लोग हम लोगों को बहुत मानते थे, अतः मैंने शिवगंज के स्कूल में अंग्रेजी पढ़ने का निश्चय कर लिया।

फिर वही बरसात, फिर वही शैक्षिक-यात्रा, फिर वही नई जगह का अजनबीपन, लेकिन कुल मिलाकर इस बार काफी कुछ परिचित था। रहना तो मामा के घर में था ही, शिवगंज भी परिचित कस्बा था। यहाँ कितनी बार आया हूँ मेले ठेले में, हाट-बाजार में। और अब तो बाहर की दुनिया धीरे-धीरे मेरे भीतर का हिस्सा बनती जा रही थी।

दशहरे की छुट्टियों में शाम को घर आया। दूसरे दिन खेतों की ओर निकला तो लगा कि काशी अभी किसी भैंस की पीठ पर बिरहा गाते मिल जाएँगे। भैंसों के झुंड देखे, उनके चरवाहे भी देखे किंतु काशी कहीं दिखाई नहीं पड़े। मैं बगीचे में जाकर एक पेड़ के नीचे बैठ गया और शरद की चिरपरिचित गंध से भरा हुआ गुनगुनाने लगा। गुनगुनाते-गुनगुनाते अपने में खो गया।

'कहाँ खो गए?'

चौंककर देखा—काशी सामने खड़े थे।

चमचमाता कुरता-पायजामा, जूता, चमकता हुआ चेहरा, बीच में फटी हुई माँग हाथ में एक झोला। 'अरे वाह!' मेरे मुँह से निकला। वे मुसकराए।

'कहाँ से आ रहे हो?'

'गोरखपुर से?'

'किसी शादी-वादी में गए थे क्या?'

काशी ठठाकर हँसे। फिर बोले, 'अरे, तुम क्या समझते हो कि तुम्हीं अंग्रेजी पढ़ सकते हो, मैं नहीं।'

'यानी।'

'मैं गोरखपुर के एक प्राइवेट स्कूल में अंग्रेजी पढ़ने गया हूँ।'

'अरे वाह रे मेरे भाई! तुमने तो तबीयत खुश कर दी।' मैं उनके गले से लिपट गया। वे भी लिपट गए।

'और वह भैंस?' मैंने शरारत से पूछा।

'गई पानी में।' कहकर वे भी हँसे।

'तुमने बहुत अच्छा किया, काशी। तुम नहीं जानते, तुम्हें भैंस चराते देखकर मैं भीतर-भीतर कितना रोया था। मैंने तुम्हें खो दिया था। खोकर बहुत अकेला हो गया था। आज तुमने मुझे जिला दिया दोस्त।'

'मैंने नहीं, तुमने मुझे जिलाया है। पिछले साल जब तुम मुझे मिले थे न, तो मेरे भीतर एक दंश छोड़कर चले गए थे। बाहर-बाहर बिरहा गाता था किंतु भीतर-भीतर बहुत बेचैन हो गया था। उसने मुझे चैन लेने नहीं दिया जब तक कि मैंने फिर पढ़ने का निर्णय नहीं ले लिया।'

हम दोनों घर आए और जितने दिन घर रहे, सुबह-शाम मिलते ही रहे, सुख-दुःख बतियाते रहे, अपने-अपने स्कूलों की दुनिया का हालचाल कहते रहे और छुट्टी खत्म होते-होते हम अपने-अपने स्कूल को चले गए।

हम लोग छुट्टियों में मिलते तो मिलने की अजब तड़प भरी होती। छुट्टियाँ लगभग साथ ही होतीं और काशीनाथ शहरी रंगीनी के अद्‌भुत चित्र खींचते।

हम दोनों ने दो साल में मैट्रिक पास कर लिया। हाँ, मैंने बनारस की एडमिशन परीक्षा पास की थी और काशी ने इलाहाबाद बोर्ड की। हम दोनों फर्स्ट डिवीजन में पास हुए थे। जब आगे पढ़ने की बात आई तो हम दोनों की अपनी-अपनी सुविधाएँ फिर हमें अलग-अलग ले गईं। काशी गोरखपुर से परिचित हो गए थे। उनकी एक दुनिया बन गई थी, इसलिए उन्हें गोरखपुर में रहना

सुविधाजनक लगा। मेरे लिए तो सारी जगहें नई थीं, कहीं भी जाता, क्या फर्क पड़ता, किंतु अच्छा डिवीजन आ जाने से मुझे बी.एच.यू. से स्कॉलरशिप मिलेगी, यह जानकर मुझे बी.एच.यू. जाना अच्छा लगा और मेरे भीतर जो एक साहित्यकार खुराफात मचाए था, वह भी मुझे बनारस क़ी ओर ठेल रहा था।

लिहाजा हम दोनों ने अपनी-अपनी जगह से आगे की पढ़ाई शुरू की। लेकिन लगा कि हम अलग होकर और पास आ गए हैं। पत्र-व्यवहार होता रहता था। गाँव में मिलते थे तो हमारी मुलाकातों का क्या कहना?

काशी की बात में शहरी रँगीनियों का बयान ज्यादा झलकने लगा था। बात-बात में किसी सहपाठिन का जिक्र जरूर करते और यह संकेत भी देते कि उसके साथ उनके बहुत बेतकल्लुफी के संबंध हैं, बल्कि वह उन्हें चाहती भी है। वे कांग्रेस पार्टी से जुड़ गए थे। अत: कई कांग्रेसी सहपाठियों के साथ कांग्रेस के दफ्तर में ही रहते थे। इससे रहने की समस्या हल हो गई थी। कांग्रेसी होने के कारण उन्हें कांग्रेस के बड़े-बड़े संभ्रांत नेताओं के यहाँ आने-जाने का अवसर मिलता था। इस प्रसंग में उन्हें उनके घरों की औरतों और लड़कियों से भी मिलने-जुलने का संयोग भी बनता था, काशी उनके सौंदर्य का बखान करते-करते मुग्ध हो जाते और यह कहना नहीं भूलते, उनके प्रति उन सबका बड़ा प्रीतिकर भाव है।

मैं सुनता था और मुसकराता था। काशी मेरी मुसकान को अपना समर्थन मान कर और भी उत्साहित हो जाते थे। एक बार उन्हें शायद मेरी मुसकान पर कुछ संदेह हो गया और पूछ बैठे—'क्यों, मुसकरा रहे हो?'

'तुम्हारे भाग्य पर। इतने बड़े शहर के इतने बड़े विश्वविद्यालय में मैं पढ़ता हूँ और अब तक कोई लड़की ऐसी नहीं मिली जो मुझे देखकर मुसकराई भी हो, बात और प्रीति की बात करना तो दूर की बात है।'

पता नहीं काशी क्या समझे। बात बदलकर और बातें करते रहे। और-और बातें यानी अपने नए साथियों की बातें, नेताओं की बातें, और-और···। हाँ, एक बात और उनमें उग रही थी—वह यह कि वे अपने भाषणों तथा अपने ज्ञान की भी स्वयं प्रशंसा करने लगे थे। उन्होंने कहाँ क्या भाषण दिया, कहाँ क्या बहस की, किससे कौन से सवाल पूछे और सुननेवाले चकित भाव से पूछते रहे—कौन है यह प्रतिभाशाली आदमी?

मैं बनारस से लौटते हुए उनके यहाँ पहली बार जब गोरखपुर गया तो वे

प्रेम से विह्वल हो गए। उन्होंने अपने सभी सहपाठियों (जो कांग्रेस पार्टी के सदस्य भी थे) से परिचय कराया और सबके प्रेम के बीच मेरे जो दो दिन बीते वे अविस्मरणीय हैं। काशी के माध्यम से सभी मुझे पहले से जानते थे—और यह भी जानते थे कि मैं कविताएँ लिखता हूँ। और तब राजनीति व कविता में बड़ा सौहार्द भाव था। उन्होंने मेरी कविताएँ सुनीं और मुझे लगा कि वे सब मुझे इतना अधिक स्नेह, सम्मान इसलिए भी दे रहे हैं कि मैं कवि हूँ।

इसके बाद तो मैं कई बार काशी के यहाँ गया और लगातार इनके और इनके नए-पुराने साथियों के प्यार की गहमागहमी में अपने को पाया। काशी भी कई बार मेरे होस्टल आए और मेरे साथियों के साथ जुड़ गए।

मैंने प्रथम श्रेणी में इंटर पास कर लिया और काशी की तृतीय श्रेणी आई। सुनकर बहुत धक्का लगा। क्या हो गया है काशी को। काशी गाँव आए तो कारण पूछा। वे बोले, 'अरे क्या हो गया डिवीजन से। डिवीजन किसी की प्रतिभा का परिचायक थोड़े ही है। देश और समाज की समस्याओं से विमुख होकर रट-वटकर प्रथम श्रेणी पा ही लूँ तो कौन सी उपलब्धि होगी? और मुझे कौन मास्टर बनना है, मैं तो जन-सेवा में उतरूँगा।'

'हाँ, बात तो तुम्हारी ठीक है लेकिन…।'

'अरे छोड़ो यार लेकिन-वेकिन, सबके अपने-अपने रास्ते होते हैं, अपनी-अपनी मंजिल होती है, अपने-अपने तौर-तरीके होते हैं।'

'हाँ, होते तो हैं, लेकिन।'

'फिर वही लेकिन।' और हम ठठाकर हँस पड़े।

इस बार काशी के यहाँ गोरखपुर पहुँचा तो ज्ञात हुआ कि काशी कांग्रेस का वह दफ्तर छोड़ चुके हैं और सोशलिस्ट हो गए हैं। उनका दफ्तर पूछता हुआ वहाँ पहुँचा तो बोला, 'अरे मैं कितना परेशान हुआ तुम्हारा पता खोजते हुए। तुमने पत्र में सूचित कर दिया होता तो यह परेशानी न होती।'

'माफ करना दोस्त, पत्र लिखनेवाला ही था किंतु बस रह ही गया।'

'किंतु तुमने पार्टी क्यों छोड़ दी?'

'अरे, कांग्रेस दकियानूसों की संस्था रह गई है। कहने को गरीबों के नेता हैं किंतु देखिए इनके पास कितनी संपत्ति है, कितना विलास है। बात तो करते हैं जनतंत्र की, लेकिन आचरण तानाशाह का। अभी भी इनके परिवार में मुक्त सोच नहीं आई, व्यवहार में आधुनिकता नहीं आई। अभी इनकी दृष्टि में अमीर

और गरीब की खाई बनी हुई है। मैं इनके सड़े हुए वातावरण से ऊब गया था, दम घुटने लगा था। उस दिन लोहियाजी को सुना तो मेरी आँखें खुल गईं और वहाँ से यहाँ चला आया।'

'हाँ, बहुत अच्छा किया। वे लोग··· ।'

'वे लोग, वे लोग कुछ कह रहे थे क्या?'

'नहीं-नहीं, कुछ खास नहीं, अरे तुम्हारे दोस्त के नाते मुझे भी तो वे लोग जानने लगे थे, अतः बड़े प्यार से चाय-वाय पिलाई और बातें करते रहे।'

'कैसी बातें?' चौंककर काशी ने पूछा।

'अरे जैसी बातें होती हैं—कुछ हालचाल, कुछ गपशप, कुछ देश-दुनिया के समाचार··· ।'

'ठीक है, ठीक है··· । ये सब भी बड़े नेताओं के चमचे हैं। बकवास करते रहते हैं।'

शाम को अकेला घूम रहा था तो काशी का एक पुराना कांग्रेसी सहपाठी मिल गया। बातों में काशी की बात आई तो मैंने कहा, 'हाँ, उसने ठीक किया कि समाजवादी पार्टी में आ गया। इस पार्टी में एक चमक है, नई सोच है, नई समाज- दृष्टि है।'

वह ठठाकर हँसा तो मैं चौंक उठा। मैंने पूछा, 'क्या बात है, भाई? मेरी बात पर इतने जोर से ठठाकर हँसने की क्या बात थी?'

'थी न, तभी तो हँसा।'

'क्या थी?'

'अरे आपके मित्र काशीनाथ किसी सिद्धांतवश समाजवादी पार्टी में नहीं गए हैं, उन्हें निकाला गया है।'

'क्यों, किसने निकाला है?'

'जिला प्रधान ने। काशी उन्हीं की बेटी से इश्क फरमाने लगे थे। उसे समझाने लगे कि तुम एक बड़े और धनी बाप की बेटी हुई तो क्या हुआ, तुम्हारे पिता तो समता की बात करते हैं, ऊँच-नीच के भेदभाव का विरोध करते हैं। आखिर हम सभी लोग एक ही पार्टी में साथ काम करते हैं।'

'यह सब तो ठीक है किंतु आप अपनी सीमाएँ पहचानते हुए अपनी जात पर रहिए।'

'तुम भी तो अपने बाप की तरह ही दकियानूस हो, कूढ़-मगज हो।'

उस लड़की ने इन्हें दो झापड़ दिए और कहा, 'भाग जाओ, फिर मेरे सामने मत आना।'

'तब?'

'तब लोगों ने उसके बाप से भी कहा, उन्होंने इन्हें दफ्तर से भगा दिया और कहा कि इधर फिर मत आना।'

'तभी काशी कह रहे थे।'

'क्या कह रहे थे?'

'यही कि उनके समाजवादी हो जाने के बाद यारों ने न जाने क्या-क्या कहानियाँ गढ़ ली हैं।'

'अच्छा तो आपको यह गढ़ंत कहानी लगती है? तो लगे।' कहकर वह व्यक्ति आगे बढ़ गया और मैं भी आगे सरक गया।

गाँव गया तो वहाँ बड़ा हो-हल्ला था—'अरे कसिया तो वेधरम हो गया। जनेऊ नहीं पहनता है, चोटी कटवा ली है, अंडा खाता है, शराब पीता है, खड़े पेशाब करता है, छोटी जातियों के साथ बैठकर खाता है। ससुरा भरभट्ट हो गया है। कहता है मैं सोशलिस्ट हूँ और सोशलिस्ट कोई धरम-करम नहीं मानता।'

दो-तीन दिन बाद काशी भी गाँव आ गए और गाँव की चर्चा व प्रवादों के बीच छाती ताने घूमते रहे। मुझसे बोले, 'इन मूर्खों को धरम-करम का कोई ज्ञान नहीं है, लकीर के फकीर बने हर नए कदम को गाली बकते रहते हैं। अब इनके कहने से अपनी विचारधारा तो नहीं छोड़ दूँगा, अपना आचरण तो नहीं बदल दूँगा।'

मुझे लगा कि काशी में विरोध का इतना साहस आ गया है। मैं इनके इस प्रकार के आचरण का अनुयायी तो नहीं हो सकता, किंतु इनका इस तरह होना न जाने क्यों मुझे अच्छा ही लग रहा था। शायद मेरे भीतर भी बाह्याडंबर और धार्मिक कर्मकांड के विपरीत एक मन शुरू से ही रहा है किंतु वह तब तक मुखर नहीं हो सका था और एकाएक अतिवादी हो उठना तो हमेशा मेरे स्वभाव के विपरीत रहा। काशी कल तक कुछ थे और आज एकाएक इस रूप में विद्रोही हो उठे, यह बात मेरे मन में अँट नहीं रही थी और गाँववाले तो इनकी खिल्ली ही उड़ा रहे थे। किंतु फिर भी यह बदलाव कहीं अच्छा ही लग रहा था, इसलिए मैं अपने ढंग से गाँववालों का विरोध ही करता रहा। उन्हें काशी के पक्ष में समझाता ही रहा।

समय बीतता गया। हम दोनों अपने-अपने ढंग से आगे बढ़ते गए। मैं साहित्य में पैठता गया और वे राजनीति में।

बी.ए. में काशी ने हिंदी छोड़ दी थी और मैंने हिंदी के साथ एक विषय राजनीति भी लिया था। मैं तो राजनीति के महत्त्व को अनुभव करता हुआ उसे समझने की कोशिश कर रहा था, दूसरी ओर काशी मुझसे पूछते थे, 'हिंदी साहित्य पढ़कर क्या होगा? उससे मेरा और समाज या देश का क्या फायदा होगा? आज तो विज्ञान, टेक्नोलॉजी, अर्थशास्त्र, राजनीतिशास्त्र, समाजशास्त्र, नव दर्शन आदि की आवश्यकता है, जो ठोस रूप से समाज को कुछ दे सकें, कविता-कहानी पढ़कर किसी को क्या मिल जाएगा? ये सब खोखली खयाली बातें हैं, जो आदमी को खयालों की दुनिया में भटकाती हैं।'

मैं काशी से बहस करता था और उन्हें साहित्य की महत्ता समझाने की भी कोशिश करता था, किंतु वे उपहास की मुद्रा में हँसकर टाल देते थे—'रहने दीजिए, रहने दीजिए, सब शाब्दिक बातें हैं।'

सचमुच शाब्दिक बातें हैं। यदि कोई ठान ले कि किसी चीज का विरोध करना ही है तो उसका समर्थन और विरोध दोनों ही शाब्दिक होकर रह जाते हैं। महत्ता तो अंदर से अनुभव की जाती है और काशी जिस तेजी से चीजों को छोड़ और ग्रहण कर रहे थे, वह सहज नहीं कही जा सकती। वह उनके भीतर नहीं उग रही थी, ऊपर से लादी जा रही थी। यों भी कहा जा सकता है कि वे अपने नेताओं की वाणियों और समाजवादी दर्शन के सत्य को ठीक से न समझकर उनके आभास को ले रहे थे और बहुत जल्दी समाजवादी बन जाना चाहते थे। यदि ऐसा न होता तो ये साहित्य का विरोध नहीं करते। किसी बड़े समाजवादी चिंतन और दर्शन ने साहित्य का विरोध नहीं किया है। अब मुझे चिंता होने लगी कि काशी का साहित्य-विरोध कहीं मेरा विरोध न बन जाए और एक दिन हम दोनों बिलकुल दो अलग-अलग तटों पर दिखाई पड़ें।

बी.ए. का परिणाम आया। मैं प्रथम श्रेणी में पास हुआ और काशी का राजनीति में कंपार्टमेंट आ गया। बाकी विषयों में भी बहुत सामान्य अंक थे। मैं उनके सामने पड़ा तो उदास था। वे हँसकर बोले, 'अरे भाई! आप क्यों उदास होते हैं, आप तो फर्स्ट आ गए। बाकी मेरा क्या, कंपार्टमेंट आऊँ, चाहे फेल हो जाऊँ, कौन मुझे डिवीजन से कॅरियर बनाना है। अरे, मुझे तो कल जनसेवा में उतरना है, उतरूँगा।'

मुझे लगता रहा कि काशी जो कुछ कर रहे हैं, ठीक नहीं कर हैं किंतु अब वे मेरे प्रभाव से छूट चुके थे, उन्हें समझाना कठिन था।

हमारा आना-जाना जारी रहा। गाँव में भी हम उसी तरह मिलते-जुलते रहे किंतु लगता रहा कि हमारे संवादों में आत्मीयता की जगह औपचारिकता उगती आ रही थी। काशी अपनी बड़ाई के पुल बाँधते, गांधीजी को भला-बुरा कहते हुए जयप्रकाश और लोहिया की यशोगाथा गाते, वे हमारे साहित्यिक ज्ञान को दोयम-तैयम दरजे की चीज मानकर अपने भौतिकवादी दर्शन-ज्ञान का डंका पीटते और मुझे इसलिए कुछ हीन स्तर का मानने का संकेत देते कि साहित्य जैसी अनावश्यक चीज में तो मेरी पैठ है किंतु आधुनिक भौतिक ज्ञान-विज्ञान तथा राजनीति जैसी आज की परम अनिवार्य वस्तुओं में समुचित प्रवेश नहीं है। यद्यपि ऐसा था नहीं, साहित्य पढ़ने की प्रक्रिया में मैं यह सब भी पढ़ता था बल्कि साहित्य समझने के लिए इन्हें समझना ही होता है किंतु मेरा अपना ढंग था और मैं बहस में बहुत रुचि लेता नहीं हूँ। मेरी गति भी उसमें नहीं। इसलिए मैं काशी को अपने ज्ञान के प्रति आश्वस्त नहीं कर पाता था और उनके ज्ञान की सीमाएँ जो दिखाता था, उसे वे अपने विवादी स्वभाव के नाते मानने और समझने को तैयार नहीं होते थे।

हम दोनों ने एम.ए. भी कर लिया और फिर वही स्थिति हुई। मैं प्रथम आया और वे राजनीति में थर्ड आ गए। मैं देखते-देखते वाराणसी के ही एक कॉलेज में लेक्चरर नियुक्त हो गया। वे व्यावहारिक राजनीति में उतर ही चुके थे और उसी के कारण लगातार अपना डिवीजन गँवाया था, इसलिए शायद उन्हें किताबी राजनीति में असफल होने पर व्यावहारिक राजनीति पर ज्यादा भरोसा था और थर्ड आकर भी हँस रहे थे।

साल भर बाद जब मैं गाँव आया तो भाई से ज्ञात हुआ कि काशी भी गाँव पर ही हैं।

'क्यों, कुछ कर नहीं रहे हैं?'

'क्या करेंगे, थर्ड डिवीजन आने पर कॉलेज में नौकरी कहाँ पाएँगे?'

'हाँ, लेकिन राजनीति?'

'राजनीति में भी उन्हें कौन पूछता है? जिला बोर्ड का चुनाव था। इन्होंने टिकट माँगा तो पार्टी ने टिकट नहीं दिया, दूसरों को दे दिया। इनसे कह दिया—पार्टी के पास पैसा नहीं है और चुनाव लड़ने के लिए न तो आपके पास पैसा है,

न जनता पर आपका प्रभाव है। थोड़ा और इंतजार कीजिए और जनसंपर्क बढ़ाइए, तब से बौखलाए घूम रहे हैं। शायद पार्टी ही बदल दें।'

'हाँ, हो सकता है।'

मैं दो-तीन-बार काशी से मिलने उनके घर गया किंतु वे घर पर नहीं मिले। घरवालों ने बता दिया कि यहाँ गए हुए हैं, वहाँ गए हुए हैं। इस पर भी जब वे मिलने नहीं आए तो लगा कि मुझसे कतरा रहे हैं।

दशहरे की छुट्टियों में तो मैं घर आता ही था, इस बार आना जरूरी ही हो गया। बात यह थी कि दो महीने बाद विधान सभा का चुनाव था और मेरे बड़े भाई साहब मुझे निर्दलीय सदस्य के रूप में चुनाव लड़ाना चाहते थे। घर आया तो ज्ञात हुआ कि काशी ने पार्टी से टिकट चाहा था और उन्हें टिकट नहीं मिला। यह भी ज्ञात हुआ कि वे पास के कस्बे के एक स्कूल में टीचर हो गए थे। साइकिल से रोज आते-जाते रहते हैं। गाँव के कई बच्चे उस स्कूल में पढ़ते थे। उन्होंने बताया कि वहाँ राजनीति शुरू कर दी है। साल भर में प्रिंसिपल के खिलाफ हड़ताल करा दी और अंत में इनकी नौकरी जाते-जाते बची। गाँव में भी इन्होंने राजनीति का खेल शुरू कर दिया, इनसे उनको, उनसे इनको लड़ा रहे हैं।

चुनाव लड़ने की मेरी इच्छा नहीं थी। वास्तव में मैं मना करने के लिए ही यहाँ आया था किंतु यह देखकर हैरानी हुई कि भाई साहब के साथ गाँव के तमाम लोग जोर देने लगे कि नहीं मैं उठ जाऊँ। इससे इस जवार की आवाज तो पहुँचेगी।

मैंने उन्हें समझाया—'राजनीति में न तो मेरी रुचि है, न दखल। मेरा क्षेत्र दूसरा है।' लेकिन अपने लोगों के प्रेम के आग्रह के सामने तर्क कहाँ ठहरता है। फिर मेरे तर्क के सामने उनका भी तर्क था कि कई प्रोफेसर तो इस क्षेत्र में हैं। दोनों काम वे कर ही रहे हैं।

मैंने सुझाया कि आप लोग मिल-जुलकर काशी को उठाइए। वे राजनीतिक व्यक्ति हैं, राजनीति में उनकी गहरी पैठ है। वे ठीक रहेंगे। लोगों ने उपहास की सी मुद्रा में कहा, 'उनकी राजनीति देख ली है हम लोगों ने। उन्हें उठाकर हम लोग और राजनीति नहीं देखना चाहते।'

मैं पसोपेश में था कि ज्ञात हुआ काशी मेरे विरुद्ध बहुत कुछ बोल रहे हैं। वे कह रहे थे कि राजनीति में भुवनेश क्या हैं और उन्होंने इस क्षेत्र में किया ही क्या है। कुछ लोग चाहते हैं कि जीवन के हर क्षेत्र की सुविधाएँ उन्हीं को मिलें।

और ये निर्दलीय हैं। दलगत राजनीति में निर्दलीय को कौन पूछता है?

बात सही थी लेकिन प्रिय नहीं थी। अपने इतने अच्छे दोस्त के मुँह से ऐसी बात निकलेगी, इसकी उम्मीद मैं नहीं करता था। यह बात तो मेरी समझ में आती है कि वे एक पार्टी के सदस्य हैं और उनकी दलगत नैतिकता यही है कि अपने दल के उम्मीदवार का समर्थन करें किंतु मेरे खिलाफ ये ऐसी विषाक्त बातें उगलेंगे, इसकी आशा मैं नहीं करता था। और मैं उनके दल से उठनेवाले व्यक्ति से ज्यादा पढ़ा-लिखा हूँ। राजनीति शास्त्र का अध्ययन भी किया है और सबसे बड़ी बात यह है कि मैं स्वयं नहीं उठ रहा हूँ, लोगों का आग्रह मेरे पीछे पड़ा है। तो ठीक है, मैं उठूँगा और लोगों से कह दिया कि जाकर काशी से कह दो कि मैं साहित्य में भी हूँ और राजनीति में भी सम्मानपूर्वक रहूँगा, जिसमें वे वर्षों से घिसनी काटते हुए भी कुछ बन नहीं सके।

मैं अपने लोगों के साथ चुनाव प्रचार के लिए पैदल निकल पड़ा। महीना भर में यहाँ से वहाँ तक के सारे गाँव छान मारे। इंजन की तरह मेरे भाई साहब मुझे खींचते रहे। लोगों का अपने प्रति अपूर्व उत्साह देखा। काशी मेरे खिलाफ प्रचार करते रहे। संयोग से उनके पार्टी उम्मीदवार का परचा खारिज हो गया तो कांग्रेसी उम्मीदवार के साथ घूमने लगे। यानी उनका एक ही लक्ष्य था—मेरे खिलाफ प्रचार करना।

चुनाव संपन्न हो गया। मैं जीत गया। अपने लोगों में हर्ष की लहर थी किंतु मैं उदास हो आया। उदास इसलिए कि यह क्षेत्र मेरी रुचि का नहीं है, मैं क्या करूँगा एक-से-एक नाटकीय लोगों के बीच जाकर; उन लोगों के बीच, जो कहते कुछ हैं करते कुछ हैं, जो जनता की सेवा करने के स्थान पर सारा समय इस सोच में बिताते हैं कि कैसे अपनी और दल की कुरसी बचाई रखी जाए, कैसे टाँग खींचकर दूसरों को गिराया जाए। इस असत्य के नाटक में मैं कितने दिन ठहरूँगा। उदास इसलिए भी हुआ कि जीवन की एक बहुत बड़ी अर्जित पूँजी, यानी काशी के साथ मित्रता दाँव पर चढ़ गई थी।

काशी भी राजनीति के छोटे-मोटे खिलाड़ी तो थे ही। लखनऊ से लौटा तो वे हँसते हुए मिले। बधाई भी दी और कहा, 'आप भावुक आदमी हैं। हो सकता है, इस दौरान मेरे व्यवहार से बुरा मान गए हों। लेकिन राजनीति में यह सब होता है। यहाँ मित्रता से बड़ी चीज दल होता है।'

'आप ठीक कह रहे हैं काशीनाथजी! राजनीति में मित्रता तो क्या मनुष्यता

का भी कोई मोल नहीं है। इसे समझता हूँ, यानी आज के माहौल में इसे समझने को बाध्य हूँ। आप ठीक कह रहे हैं कि मैं भावुक हूँ, चोट खा जाता हूँ, लेकिन अब राजनीति में फेंक दिया गया हूँ तो यह भावुकता भी मर जाएगी, मानवीय संवेदना भी मर जाएगी। मैं स्वतंत्र कहाँ रहने पाऊँगा? देखिए न, लखनऊ गया तो कई दलों के नेता मुझे अपने दल में शामिल करने का प्रस्ताव लेकर आए।'

'क्या?'

'हाँ, और सबसे आगे आपकी पार्टी के नेता थे। क्या माया है राजनीति की। आपने वर्षों उस पार्टी की सेवा की और आपको टिकट तक नहीं दिया और मैं अपने बूते पर विजेता बनकर गया तो मुझे अपने में शामिल करने की आतुरता लिये खड़े थे।'

काशी चुप रहे किंतु मुझे लगा कि भीतर-भीतर ये बहुत आहत हो गए हैं, न जाने किस बातों से।

और कुछ दिनों बाद सुना कि वे अपनी पार्टी छोड़कर फिर कांग्रेसी हो गए हैं। यह कोई अचरज की बात नहीं थी। इस दल के अनेक अच्छे नेता कांग्रेसी हो रहे थे, क्योंकि उन्हें लग रहा था कि इस दल को कभी सत्ता का सुख नसीब नहीं होगा, साधना की रेत में यात्रा करते हुए उसी में मरना पड़ेगा। दो साल तक मैं विधान सभा में अपने को खींचता रहा और जब नहीं सहा गया तो मैंने इस्तीफा दे दिया।

काशी कहते फिरे—'मैं कहता था न कि भुवनेश राजनीति के लिए अयोग्य हैं, वे इसे नहीं सँभाल पाएँगे। अरे, कविता-फविता लिखते रहें, कहाँ राजनीति जैसे कठिन और दायित्वपूर्ण क्षेत्र में आ घुसे थे। वे तब मेरा कहना नहीं माने, अब जब खुद अनुभव किया तो अपने सही रास्ते पर आ गए, चलिए देर आए दुरुस्त आए।'

मैं क्या कहता? काशी अब जहाँ पहुँच गए थे वहाँ से कुछ भी कह सकते थे। लेकिन मुझे इस बात की खुशी थी कि चलो, इससे काशी का जी कुछ हलका हुआ। हमारी मित्रता के ऊपर जो परतें जमती जा रही थीं, वे कुछ तो हटीं। एक दिन काशी मेरे यहाँ आए और देर तक बातें होती रहीं, जिनमें कुछ पुराने दिनों की गंध उभर-उभरकर आती थी।

मैं इस बार बनारस गया जो कई साल तक गाँव नहीं आया। परिवार धीरे-धीरे वहाँ जम रहा था, अतः बार-बार गाँव आने की प्रक्रिया मंद पड़ती गई। पत्रों

तथा आने-जानेवालों से गाँव-घर का समाचार मिलता रहता था। यह भी ज्ञात हुआ कि काशी ने कस्बे में अपना एक छोटा सा घर बना लिया है और परिवार सहित वहीं बस गए हैं, लेकिन गाँव की राजनीति में आग लगाने के लिए बार-बार गाँव आते रहते हैं। स्कूल में तो राजनीति का खेल खेलते ही रहते हैं।

मैं कई वर्षों बाद गाँव गया था। गाँव में बड़ी सरगरमी थी। एक सुशिक्षित ब्राह्मण युवक ने शहर में हरिजन लड़की से शादी कर ली थी। यह लड़का काशी की पट्टीदारी का ही था। गाँव के असरदार और संपन्न व्यक्ति पंडित प्रभुनाथ की अध्यक्षता में पंचायत बैठी थी। पंचायत इस युवक के परिवार को जाति-बहिष्कृत कर देने की धमकी दे रही थी। पंचायत ने यह तय किया कि इस परिवार का छुआ न कोई खाएगा न पीएगा। इनके भोज-भात, मरन-जीवन, शादी-ब्याह में कोई सम्मिलित नहीं होगा। ये लोग सार्वजनिक कुएँ से पानी नहीं भरेंगे। अगर बहिष्कृत होने से बचना है तो उस हरिजन लड़की को छोड़ना होगा और शास्त्रानुसार प्रायश्चित्त करना होगा।

'आप लोग कुछ भी कर लीजिए, मैं उस लड़की को नहीं छोड़ूँगा। वह मेरी धर्मपत्नी है। हाँ, यह गाँव मैं जरूर छोड़ दूँगा। यहाँ मध्यकालीन विचारों के दकियानूस लोग रहते हैं।

'अरे अभागा, तू गाँव छोड़ देगा लेकिन अपनी जमीन-जयदाद, घर-दुआर लेकर हम लोग कहाँ जाएँगे?' उसके बाप ने रोते हुए और उसे गाली देते हुए कहा।

मैं भी वहाँ पहुँच गया था। देखा, वहाँ काशी भी हैं। वे सरककर मेरे पास ही आ गए। मैं सोच रहा था काशी कुछ बोलेंगे किंतु वे चुप रहे।

मैंने उस युवक से कहा, 'सुनो युवक, यह गाँव दकियानूसों का नहीं हो सकता। तुम्हें पता है कि नहीं, दशकों पहले इसी गाँव के काशीनाथ ने अपनी युवावस्था के प्रारंभ में ही जाति-पाँति के तमाम बंधन तोड़कर फेंक दिए थे। इस गाँव ने थोड़ी-बहुत अकुलाहट के बाद उन्हें भी स्वीकार कर लिया था। वे यहाँ साक्षात् खड़े हैं, मुझे उम्मीद है उनसे तुम्हें समर्थन मिलेगा।'

वह युवक मुसकराया और काशी के चेहरे पर परेशानी उभर आई। उन्होंने मेरी ओर विचित्र दृष्टि से देखा और बोले—

'देखिए भुवनेश भाई, यह इस जटिल गाँव का मामला है। यह इतना सीधा नहीं जितना आप समझते हैं। इसमें राजनीति है। आपको या किसी को मैं यह

छूट नहीं देता कि वह मेरे कंधे पर रखकर बंदूक चलाए।'

वह युवक मुझे देखकर फिर मुसकराया, जैसे कह रहा हो कि समझ गए न, जिस कारण मैं मुसकरा रहा था। मैंने कहा, 'काशी भाई, मैं दूसरे के कंधे पर रखकर बंदूक क्यों चलाऊँगा? यदि बंदूक होगी तो स्वयं चलाऊँगा। यदि अपने कंधे में ताकत नहीं होगी तो बंदूक उठाऊँगा ही नहीं। मैं नहीं जानता कि इस केस में राजनीति क्या है? एक ब्राह्मण युवक एक हरिजन युवती से विवाह कर रहा है, इसमें कौन सी राजनीति है? हो भी तो राजनीतिवाले जानें? मैं तो इस युवक और इस युवक की हरिजन पत्नी को बधाई देता हूँ और उनके साथ बैठकर खाऊँगा, पिऊँगा जब तक यहाँ हूँ। इसके हर पारिवारिक कार्य में शरीक होऊँगा। देखूँ मुझे कौन रोकता है? मेरे घर के लोग भी इनके साथ होंगे। अरे भाई, यह नवयुवक हम लोगों से कितना बड़ा है कि समाजवाद का दर्शन समझे बिना, उस पर भाषण दिए बिना समाजवादी कार्य कर रहा है।'

काशी वहाँ से सरक गए थे और गाँववालों का पारा थोड़ा नीचे आ गया था। प्रभुनाथजी झल्लाते हुए उठ गए—'नष्ट करो सारा धरम-करम। अरे, पढ़े-लिखे लोगों ने ही तो पाप का अंधकार फैला रखा है। लेकिन मैं यह सब चलने नहीं दूँगा।'

'रात को छिप-छिपकर चलने देंगे और उसमें आप भी गहरे शरीक होंगे।' कहकर वह युवक मुसकराया। प्रभुनाथ ने मुड़कर आग्नेय नेत्रों से देखा और बोले, 'देखूँगा।'

'लोगों को खामख्वाह भ्रम हो गया है कि वे गाँव के और समय के मालिक हैं, जो चाहे कर देंगे। अरे भाई! बदलते समय को पहचानो और उसके धक्के से टूटने के स्थान पर उसके साथ होने की कोशिश करो।' कहकर मैं भी अपने घर की ओर मुड़ गया।

उसके बाद क्या हुआ क्या नहीं, यह खास बात नहीं, खास बात थी काशी का उदासीन आचरण। उदासीन भी नहीं, उस युवक के विरुद्ध आचरण। यह बात मुझे काफी समय तक कचोटती रही।

फिर तो मैं अपनी दुनिया में खो गया। घर जाना बहुत कम हो गया। पंद्रह-सोलह वर्षों मे दो-चार बार दो-चार दिन के लिए गया भी तो काशी से भेंट नहीं हुई। फिर भी वे मेरी स्मृतियों में बने रहे। पता नहीं, मैं उनकी स्मृतियों में हूँ कि नहीं। जरूर हूँगा। बचपन की दोस्ती भी कहीं गुम होती है?...आज भी लोग मिलते

हैं तो कहते हैं, आपके दोस्त काशी ने यह किया, वह किया। यानी हमारी दोस्ती लोगों की स्मृतियों और विश्वासों में भी जीवित है।''

भड़ भड़ भड़ भड़···

''कौन है?''

''अरे, कब तक सोइएगा। उठिए न, चाय लाई हूँ।''

''अच्छा सवेरा हो गया?'' कहकर मैंने दरवाजा खोल दिया और लगा कि रात को एकत्र तमाम यादें बंद चिड़ियों की तरह बाहर की ओर पर फड़फड़ाकर उड़ गईं। और मैं उन्हें देखता रहा।

□□□